Antes de morrer

Antes de morrer

Jenny Downham

TRADUÇÃO DE:
Fernanda Abreu

AGIR

Título original
Before I die

Capa
butternorthdesign.com

Imagem de capa
Auke Holwerda, Istockphoto

Copidesque
Daniela Canedo

Revisão
Jorge Amaral
Taísa Fonseca

Produção editorial
Juliana Romeiro

CIP-Brasil. Catalogação-na-fonte
Sindicato Nacional dos Editores de Livros, RJ.

D799a Downham, Jenny
Antes de morrer / Jenny Downham ; [tradução Fernanda Abreu]. – Rio de Janeiro : Agir, 2008.

Tradução de: Before I die
ISBN 978-85-220-0991-6

1. Doentes terminais – Ficção. 2. Romance inglês. I. Abreu, Fernanda. II. Título.

08-3188. CDD 823
CDU 821.111-3

08 09 10 11 8 7 6 5 4 3 2 1

Rua Nova Jerusalém, 345 – Bonsucesso
Rio de Janeiro – RJ – CEP 21042-235
Tel.: (21) 3882-8200 – Fax: (21) 3882-8212/3882-8313

Para Louis e Archie, com amor

Um

Eu queria ter um namorado. Queria que ele morasse dentro do armário pendurado em um cabide. Sempre que me desse vontade, eu poderia tirar ele lá de dentro, e ele me olharia que nem os meninos fazem nos filmes, como se eu fosse linda. Não diria muita coisa, mas estaria ofegante enquanto tirasse a jaqueta de couro e desafivelasse o cinto da calça jeans. Estaria usando uma cueca branca, e seria tão gato que quase me faria desmaiar. Tiraria minha roupa também. Sussurraria: "Tessa, eu te amo. Porra, como eu te amo. Você é linda" – exatamente essas palavras –, enquanto me despisse.

Acordo e acendo o abajur da cabeceira. Tenho uma caneta, mas não há papel, então escrevo na parede atrás de mim: *Quero sentir o peso de um menino em cima de mim*. Depois torno a me deitar e olho para o céu lá fora. Está de uma cor engraçada – ao mesmo tempo vermelho e quase preto, como se o dia estivesse se esvaindo em sangue.

Sinto cheiro de lingüiça. Tem sempre lingüiça nas noites de sábado. Vai ter também purê de batatas, repolho e molho de cebola. Papai estará com o bilhete da loteria na mão, e Cal terá escolhido os números. Eles ficarão sentados em frente à TV jantando em bandejas apoiadas no colo. Assistirão a um show de calouros e a um game televisivo. Depois disso, Cal irá tomar banho e se deitar, e papai ficará bebendo cerveja e fumando até a hora de dormir.

Mais cedo, ele subiu para me ver. Foi até a janela e abriu as cortinas.

– Olha só! – disse, quando a luz inundou o quarto. Ali estava a tarde, a copa das árvores, o céu. Sua silhueta se destacava na janela, com as mãos nos quadris. Ele parecia um Power Ranger.

– Se você não falar nada, como é que eu vou te ajudar? – perguntou, e se aproximou para se sentar na beirada da minha cama. Prendi a respiração. Quando você prende por muito tempo, luzinhas brancas dançam na frente dos seus olhos.

Ele estendeu a mão e afagou minha cabeça, massageando meu couro cabeludo de leve com os dedos.

– Respira, Tessa – sussurrou.

Em vez disso, peguei meu chapéu na mesinha de cabeceira e enfiei na cabeça até cobrir os olhos. Aí ele foi embora.

Agora está lá embaixo fritando lingüiça. Posso ouvir a gordura estalando, o molho borbulhando na panela. Não tenho certeza se deveria conseguir ouvir isso tudo do andar de cima, mas nada mais me surpreende. Agora posso ouvir Cal abrindo o fecho ecler do casaco ao chegar em casa depois de ter saído para comprar mostarda. Dez minutos atrás, papai deu a ele uma nota de uma libra e disse:

– Não converse com ninguém esquisito. – Enquanto Cal estava na rua, papai foi fumar um cigarro no degrau dos fundos. Pude ouvir o sussurro das folhas caindo na grama a seus pés. A invasão do outono.

– Pendura o casaco e vai ver se a Tess quer alguma coisa – diz papai. – Tem bastante amora. Tenta fazer ela se interessar.

Cal está de tênis; o ar dentro das solas se comprime enquanto ele sobe a escada pulando e entra pela porta do meu quarto. Finjo estar dormindo, mas isso não o detém. Ele se inclina na minha direção e sussurra:

– Estou pouco ligando se você nunca mais falar comigo. – Abro um olho e vejo outros dois, azuis. – Sabia que você estava fingindo – diz ele, com um largo e lindo sorriso. – Papai perguntou se você quer amora.

– Não.

– O que é que eu digo pra ele?

– Diz pra ele que eu quero um filhote de elefante.

Ele ri.

– Vou sentir saudade de você – diz, e me deixa sozinha com a porta aberta e a corrente de ar soprando da escada.

Dois

Zoey nem sequer bate na porta, simplesmente entra e se joga em um dos cantos da cama. Olha para mim com um ar estranho, como se não esperasse me ver ali.

– O que é que você está fazendo? – pergunta.

– Por quê?

– Você não desce mais?

– Meu pai ligou pra você?

– Você está sentindo dor?

– Não.

Ela me lança um olhar desconfiado, depois se levanta e tira o casaco. Está usando um vestido vermelho muito curto. O vestido combina com a bolsa que ela jogou no chão do meu quarto.

– Vai sair? – pergunto a ela. – Vai encontrar alguém?

Ela dá de ombros, vai até a janela e olha para o jardim lá embaixo. Traça um círculo no vidro com o dedo, então diz:

– Talvez você devesse tentar acreditar em Deus.

– Você acha?

– É, talvez todo mundo deva fazer isso. Toda a raça humana.

– Acho que não. Acho que talvez ele já tenha morrido.

Ela se vira para me encarar. Seu rosto é pálido como o inverno. Atrás de seu ombro, um avião avança, piscando pelo céu.

Ela pergunta:

– O que é isso que você escreveu na parede?

Não sei por que a deixo ler. Acho que quero que alguma coisa aconteça. Está escrito com tinta preta. Enquanto Zoey lê, todas as palavras se contorcem como aranhas. Ela lê várias vezes. Detesto a pena que ela é capaz de sentir de mim.

Ela fala bem baixinho.

– Não é propriamente uma ida à Disney, né?

– Eu por acaso disse que era?

– Achei que a idéia fosse essa.

– Não a minha.

– Eu acho que o seu pai está esperando que você peça um pônei, não um namorado.

É incrível, o som de nós duas rindo. Mesmo que doa, eu adoro. Rir com Zoey é sem dúvida uma das minhas coisas preferidas, porque sei que nós duas temos as mesmas imagens idiotas na cabeça. Tudo que ela precisa dizer é: "Quem sabe a solução é um haras de garanhões, então?", e temos um ataque de riso.

Zoey pergunta:

– Você está chorando?

Não tenho certeza. Acho que sim. Eu pareço aquelas mulheres na televisão cuja família inteira foi assassinada. Pareço um bicho devorando o próprio pé. Tudo simplesmente vem ao mesmo tempo – os meus dedos parecem ossos e a minha pele está quase transparente. Dentro do meu pulmão esquerdo, posso sentir as células multiplicando-se, empilhando-se, como cinzas enchendo um vaso devagar. Em breve não conseguirei mais respirar.

– Não tem problema se você estiver com medo – diz Zoey.

– Tem, sim.

– Claro que não tem. Nada que você sentir tem problema.

– Imagina só, Zoey... passar o tempo inteiro apavorada.

– Eu imagino.

Mas não. Como ela poderia imaginar isso quando tem a vida inteira pela frente? Torno a me esconder debaixo do chapéu, só um pouquinho, porque vou sentir saudades de respirar. E de conversar. E de janelas. Vou sentir saudades de bolo. E de peixes. Eu gosto de peixes. Gosto daquelas boquinhas abrindo, fechando, abrindo.

E lá para onde eu vou não se pode levar nada.

Zoey me vê enxugar as lágrimas com a ponta do edredom.

– Vamos fazer juntas – peço.

Ela parece espantada.

– Fazer o quê?

– Está espalhado em uma porção de pedacinhos de papel. Vou passar a limpo, e você me leva pra fazer.

– Te levar pra fazer o quê? Aquilo que você escreveu na parede?

– E outras coisas também, mas primeiro a do menino. Você já transou um monte de vezes, Zoey, e eu nunca nem beijei.

Vejo o impacto de minhas palavras sobre Zoey. Elas a atingem em algum lugar muito profundo.

– Não foi um monte de vezes – diz ela depois de algum tempo.

– Zoey, por favor. Mesmo se eu te implorar que não, mesmo se eu for horrível com você, você tem que me levar pra fazer essas coisas. Tenho uma lista imensa de coisas que quero fazer.

Quando ela diz que tudo bem, faz isso soar como se fosse fácil, como se eu tivesse pedido apenas para ela vir me visitar mais vezes.

– Sério?

– Eu disse que sim, não foi?

Pergunto-me se ela sabe em que está se metendo.

Sento-me na cama e fico olhando ela revirar o fundo do meu armário. Acho que ela tem um plano. É isso que Zoey tem de bom. Mas é melhor ela se apressar, porque estou começando a pensar em coisas como cenouras. E ar. E patos. E pereiras. Veludo e seda. Lagos. Vou sentir saudades de gelo. E do sofá. E da sala de estar. E de como Cal adora truques de mágica. E de coisas brancas – leite, neve, cisnes.

Do fundo do armário, Zoey tira o vestido transpassado que papai me comprou no mês passado. Ainda está com a etiqueta de preço.

– Vou pôr isto aqui – diz ela. – Você pode usar o meu. – Ela começa a desabotoar o vestido.

– Você vai me levar pra sair?

– Hoje é sábado à noite, Tess. Já ouviu falar nisso?

É claro. É claro que já.

Faz horas que não fico na vertical. Sinto-me um pouco estranha quando o faço, meio vazia e etérea. Zoey fica de calcinha e sutiã e me ajuda a pôr o vestido vermelho. Está com o cheiro dela. O tecido é macio e cola no meu corpo.

– Por que você quer que eu use isto?

– De vez em quando, é bom sentir que você é outra pessoa.

– Outra pessoa tipo você?

Ela pensa na pergunta.

– Talvez – responde. – Talvez outra pessoa tipo eu.

Quando me olho no espelho, é incrível como estou diferente – olhos grandes, perigosa. É empolgante, como se qualquer coisa fosse possível. Até os meus cabelos estão bonitos, estilosamente raspados em vez de apenas começando a despontar. Nós nos olhamos no espelho, lado a lado, e então ela me puxa pela mão e faz com que eu me sente na cama. Pega minha cestinha de maquiagem em cima da penteadeira e senta-se ao meu lado. Concentro-me no seu rosto enquanto ela passa base no dedo e espalha pelas minhas bochechas. Ela é muito branca e muito loura, e sua acne lhe dá uma aparência meio selvagem. Eu nunca tive uma espinha na vida. Questão de sorte.

Ela traça o contorno dos meus lábios e preenche o espaço com batom. Encontra um rímel e me diz para ficar de frente para ela. Tento imaginar a sensação de ser ela. Faço isso sempre, mas nunca consigo de fato imaginar como seria. Quando ela me faz ficar em pé de novo em frente ao espelho, estou brilhando. Um pouco como ela.

– Aonde você quer ir? – pergunta.

Há vários lugares possíveis. O *pub*. Uma boate. Quero uma grande sala escura onde quase não seja possível se mexer, com corpos apinhados uns contra os outros. Quero escutar mil músicas tocadas incrivelmente alto. Quero dançar tão depressa que meus cabelos cresçam o suficiente para se arrastarem no chão. Quero que a minha voz soe estrondosa, mais alto do que a batida dos graves. Quero sentir tanto calor que tenha de mastigar gelo.

– Vamos dançar – digo. – Vamos arrumar uns meninos pra transar.

– Tá bom. – Zoey pega a bolsa e me guia para fora do quarto.

Papai sai da sala de estar e sobe a escada até a metade. Finge que estava indo ao banheiro e faz cara de espanto quando nos vê.

– Você levantou! – diz ele. – Que milagre! – E ele acema com a cabeça para Zoey, um gesto contrariado de respeito. – Como foi que você conseguiu?

Zoey sorri e olha para o chão.

– Ela só precisava de um pequeno incentivo.

– Que incentivo?

Apóio o peso do corpo em um dos quadris e o encaro bem nos olhos.

– Zoey vai me levar pra fazer *pole dancing*.

– Muito engraçado – diz ele.

– Não, é sério.

Papai sacode a cabeça, afaga a barriga com uma das mãos. Sinto pena dele, porque ele não sabe o que fazer.

– Tá – digo. – A gente vai sair pra dançar.

Ele olha para o relógio, como se isso fosse lhe revelar alguma novidade.

– Eu cuido dela – diz Zoey. Parece tão fofa e sincera que quase acredito nela.

– Não – diz ele. – Ela tem que descansar. Na boate vai estar enfumaçado e barulhento.

– Se ela precisa descansar, por que você ligou pra mim?

– Queria que você conversasse com ela, não que a levasse embora!

– Não se preocupe – diz ela, rindo. – Eu a trago de volta.

Posso sentir toda a felicidade se esvaindo de mim, porque sei que papai tem razão. Se eu sair para dançar, terei de passar uma semana dormindo. Sempre que gasto energia demais, tenho de pagar por isso depois.

– Tudo bem – digo. – Não tem problema.

Zoey agarra meu braço e me puxa atrás dela escada abaixo.

– Estou com o carro da minha mãe – diz. – Trago ela de volta às três.

Meu pai diz que não, que às três é muito tarde; diz a ela para me trazer de volta à meia-noite. Repete isso várias vezes enquanto Zoey pega meu casaco no armário do hall. Quando passamos pela porta da rua, grito um tchau, mas ele não responde. Zoey fecha a porta atrás de nós.

– Meia-noite está bom – digo a ela.

Ela se vira para mim no degrau da frente.

– Escuta aqui, garota, se você quiser fazer isso direito, vai ter que aprender a desrespeitar as regras.

– Não me importo em voltar à meia-noite. Senão ele vai ficar preocupado.

– Que fique… não tem problema. Pra alguém como você não existem conseqüências!

Nunca pensei nesses termos antes.

Três

É claro que conseguimos entrar na boate. Nunca há garotas suficientes no sábado à noite, e Zoey tem um corpo incrível. Os seguranças ficam todos babando por ela enquanto acenam para avançarmos até o começo da fila. Ela dá uma reboladinha para eles quando passamos pela porta, e seus olhos nos acompanham da entrada até o guarda-volumes.

– Tenham uma ótima noite, senhoritas! – dizem eles. Não precisamos nem pagar. A situação está totalmente dominada.

Depois de deixar os casacos no guarda-volumes, vamos até o bar e pegamos duas Cocas. Zoey turbina a sua com rum de uma garrafinha que sempre leva na bolsa. Segundo ela, todos os seus amigos da faculdade fazem isso, porque assim fica mais barato sair. Não beber é uma das proibições que vou respeitar, porque me lembra a radioterapia. Uma vez, entre dois tratamentos, fiquei embriagada com uma mistura de bebidas do armário do meu pai, e agora as duas coisas estão ligadas na minha mente. O álcool e o gosto da irradiação por todo meu corpo.

Vamos nos encostar no bar para inspecionar o local. Já está lotado, a pista de dança abarrotada de corpos. As luzes correm, piscando por peitos, bundas, pelo teto.

Zoey diz:

– Eu tenho camisinha, aliás. Se você precisar, está na minha bolsa. – Ela toca minha mão. – Tá tudo bem?

– Tá.

– Não está surtando?

– Não.

Uma sala inteira zonza no sábado à noite é exatamente o que eu queria. Comecei minha lista, e Zoey está comigo. Hoje à noite vou dar conta do primeiro item – sexo. E não vou morrer antes de ter realizado todos os dez.

– Olha – diz Zoey. – Que tal aquele ali? – Está apontando para um menino. Ele dança bem, balançando-se de olhos fechados como se fosse a única pessoa na pista, como se não precisasse de mais nada a não ser da música. – Ele vem aqui toda semana. Não sei como consegue fumar maconha aqui dentro. Bonitinho, né?

– Não quero um doidão.

Zoey franze o cenho para mim.

– Que história é essa?

– Se ele estiver muito louco, não vai se lembrar de mim. Também não quero ninguém bêbado.

Zoey bate com o copo em cima do bar.

– Espero que você não esteja com planos de se apaixonar. Não vai me dizer que isso está na sua lista.

– Não está, não.

– Que bom, porque detesto lembrar isso a você, mas o tempo não está correndo a seu favor. Agora vamos logo com isso!

Ela me puxa em direção à pista de dança. Chegamos perto o suficiente para o Doidinho reparar em nós, depois começamos a dançar.

E é muito legal. É como fazer parte de uma tribo, todos se mexendo e respirando no mesmo ritmo. As pessoas olham, avaliam as outras. Ninguém pode tirar isso de mim. Estar aqui dançando neste sábado à noite, atraindo os olhares de um menino e usando o vestido vermelho de Zoey. Algumas meninas nunca têm isso. Nem mesmo isso.

Eu sei o que vai acontecer em seguida, porque tive tempo de sobra para ler e conheço todos os esquemas. O Doidinho vai chegar mais perto para nos avaliar. Zoey não vai olhar para ele, mas eu, sim. Vou deixar meus olhos se demorarem um segundo a mais, e ele vai se inclinar na minha direção e perguntar meu nome. "Tessa", vou responder, e ele vai repetir – o "T" duro, o sibilar dos dois "esses", o "a" cheio de esperança. Vou concordar com a cabeça para dizer que ele escutou certo, que estou feliz com o som adorável e novo do meu nome na sua boca. Aí ele vai estender os dois braços com as palmas para cima como quem diz: *Eu desisto, o que posso fazer diante de tamanha beleza?* Eu vou sorrir, provocante, e olhar para o chão. Isso para ele vai ser o sinal de que ele pode tentar, de que eu não mordo, de que conheço as regras. Ele então vai me tomar nos braços e vamos dançar juntos, com a minha cabeça encostada no seu peito, escutando seu coração – o coração de um desconhecido.

Mas não é isso que acontece. Eu me esqueci de três coisas. Esqueci que livros não são de verdade. Esqueci também que não tenho tempo para azaração. Zoey se lembra. Ela é a terceira coisa que eu esqueci. E, nisso, ela parte pra cima.

– Essa é a minha amiga – grita ela para o Doidinho, mais alto do que a música. – O nome dela é Tessa. Tenho certeza de que ela quer dar um tapa nesse seu baseado.

Ele sorri, passa o beque e olha para nós duas, e seu olhar se demora no comprimento dos cabelos de Zoey.

– É maconha pura – sussurra Zoey. O que quer que seja, bate com força no fundo da minha garganta, grosso e pungente. Me faz tossir, me deixa tonta. Passo para Zoey, que dá um trago fundo e depois devolve para o menino.

Nós três agora estamos unidos, e nos movemos juntos enquanto os graves sobem pulsando pelos nossos pés e entram no nosso sangue. Imagens caleidoscópicas cintilam nos telões das paredes. O baseado dá outra volta.

Não sei quanto tempo passa. Horas, talvez. Minutos. Sei que não devo parar e isso é tudo que sei. Se continuar dançando, os cantos escuros do salão não vão chegar mais perto, e o silêncio entre as músicas não vai ficar mais alto. Se continuar dançando, vou tornar a ver navios no mar, a sentir o gosto dos mariscos e caramujos, e a ouvir os rangidos que a neve dá quando você é o primeiro a pisar nela.

Em determinado momento, Zoey me passa outro baseado.

– Está feliz por ter vindo? – articula ela sem emitir som.

Faço uma pausa para tragar e fico parada feito uma idiota durante um segundo a mais do que o necessário, esquecendo de me mexer. E então o feitiço se desfaz. Tento desesperadamente recuperar um pouco de entusiasmo, mas tenho a sensação de que há um abutre pousado em cima do meu peito. Zoey, o Doidinho e todas as outras pessoas ali dançando parecem distantes e irreais, como um programa de TV. Não espero mais ser incluída.

– Volto em um segundo – digo a Zoey.

No silêncio do banheiro, fico sentada na privada olhando para meus próprios joelhos. Se levantar só mais um pouquinho este vestido vermelho, posso ver minha barriga. Ainda tenho placas vermelhas na barriga. Nas coxas também. Por mais que eu passe creme, minha pele está seca como a de um lagarto. Marcas de agulhas antigas cobrem a parte interna dos meus braços.

Termino de fazer xixi, me limpo e torno a descer o vestido. Quando saio da cabine, Zoey está esperando junto ao secador de mãos. Não a escutei entrar. Seus olhos estão mais escuros do que antes. Lavo as mãos bem devagar. Sei que ela está me olhando.

– Ele tem um amigo – diz ela. – O amigo é mais gatinho, mas você pode ficar com ele, já que hoje é a sua noite especial. Eles se chamam Scott e Jake, e a gente está indo pra casa deles.

Seguro a beirada da pia e olho para meu rosto no espelho. Meus olhos parecem desconhecidos.

– Um dos personagens do *Tweenies,* aquele programa infantil, se chama Jake – digo.

– Escuta aqui – diz Zoey, agora irritada –, você quer transar ou não quer?

Uma garota na pia do meu lado olha para mim. Quero dizer a ela que não sou o que ela pensa. Que na verdade sou uma boa menina, e ela provavelmente iria gostar de mim. Mas não dá tempo.

Zoey me arrasta para fora do banheiro e de volta em direção ao bar.

– Olha eles ali. O seu é aquele.

O menino para quem ela aponta está com as duas mãos espalmadas nas virilhas, os polegares presos nas passadeiras do cinto. Parece um caubói com olhos distantes. Não está nos vendo chegar, então eu cravo os pés no chão.

– Eu não vou conseguir!

– Vai, sim! Viva depressa, morra cedo e seja um cadáver bonito!

– Não, Zoey!

Meu rosto está quente. Pergunto-me se há um jeito de tomar algum ar ali dentro. Onde está a porta pela qual entramos?

Ela me olha com ar zangado.

– Você me pediu pra te trazer pra fazer isso! O que é que devo fazer agora?

– Nada. Não precisa fazer nada.

– Que ridícula você é! – Ela sacode a cabeça para mim, atravessa a pista de dança com passo firme e chega ao guarda-volumes. Sigo depressa atrás dela e a vejo entregar o tíquete do meu casaco.

– O que é que você está fazendo?

– Pegando o seu casaco. Vou arrumar um táxi pra você poder ir embora pra casa.

– Você não pode ir pra casa deles sozinha, Zoey!

– Você que acha.

Ela abre a porta com um empurrão e olha para a rua. Agora que a fila acabou está tranqüilo do lado de fora, e não há nenhum táxi à vista. Na calçada, alguns pombos bicam uma embalagem de frango para viagem.

– Por favor, Zoey, estou cansada. Você não pode me levar pra casa?

Ela dá de ombros.

– Você está sempre cansada.

– Pára de ser tão horrível!

– Pára de ser tão chata!

– Eu não quero ir pra casa de um menino que eu não conheço. Qualquer coisa pode acontecer.

– Ótimo. Espero que sim, porque senão não vai acontecer nada mesmo.

Fico parada, pouco à vontade, subitamente assustada.

– Eu quero que seja perfeito, Zoey. Se eu transar com um menino que nem conheço, vou ficar parecendo o quê? Uma galinha?

Ela se vira para mim, com os olhos chispando.

– Não, vai ficar parecendo viva. E se você entrar em um táxi e voltar pra casa pra junto do papai, vai ficar parecendo o quê?

Imagino-me entrando na cama, respirando o ar morto do meu quarto a noite inteira, acordando de manhã sem nada estar diferente.

O sorriso dela voltou.

– Vamos lá – diz ela. – Você pode liquidar a primeira coisa daquela sua porcaria de lista. Eu sei que você quer. – Seu sorriso é contagiante. – Diz sim, Tessa. Por favor, diz sim!

– Sim.

– Urru! – Ela agarra a minha mão e me conduz de volta até a porta da boate. – Agora manda um torpedo para o pai avisando que vai dormir na minha casa, e vamos apressar essa história.

Quatro

– Você não gosta de cerveja? – pergunta Jake.

Ele está apoiado na pia da sua cozinha, e eu estou em pé perto demais dele. Estou fazendo isso de propósito.

– É que eu estava com vontade de tomar um chá.

Ele dá de ombros, brinda na minha xícara com a garrafa de cerveja e inclina a cabeça para trás para beber. Fico olhando para sua garganta enquanto ele engole, e noto uma pequena cicatriz clara debaixo de seu queixo, uma fina faixa de algum acidente muito antigo. Ele limpa a boca com a manga, percebe que estou olhando.

– Tá tudo bem com você? – pergunta.

– Tá. E com você?

– Também.

– Que bom.

Ele sorri para mim. Tem um belo sorriso. Fico feliz. Seria tudo tão mais difícil se ele fosse feio.

Meia hora antes, Jake e seu amigo Doidinho sorriram um para o outro enquanto faziam Zoey e eu entrarmos na casa deles. Aqueles sorrisos queriam dizer que eles tinham se dado bem. Zoey disse a eles para não tirarem nenhuma conclusão apressada, mas mesmo assim entramos na sala, e ela deixou Doidinho levar embora o casaco dela. Riu das piadas dele, aceitou os baseados que ele apertou para ela e foi ficando cada vez mais doidona.

Posso vê-la pela fresta da porta. Puseram música para tocar, uma melodia lânguida de jazz. Apagaram as luzes para dançar, movendo-se juntos em círculos lentos e chapados pelo carpete. Zoey segura um baseado no ar com uma das mãos, enquanto a outra está enfiada no cinto do Doidinho na parte de trás de sua calça. Ele a envolve com os dois braços, de modo que parecem estar apoiando-se um no outro.

Sinto-me subitamente sensata, bebendo chá ali na cozinha, e percebo que preciso prosseguir com meu plano. Afinal de contas, estamos ali por minha causa.

Termino o resto do chá, pouso a xícara sobre o escorredor e chego ainda mais perto de Jake. As pontas dos nossos sapatos se tocam.

– Me beija – digo, o que soa ridículo assim que as palavras saem da minha boca, mas Jake não parece ligar. Ele larga a cerveja e se inclina na minha direção.

Beijamo-nos delicadamente, com os lábios mal se tocando, e somente um fiozinho de respiração passa entre nós dois. Eu sempre soube que iria beijar bem. Li todas as revistas, as que falam sobre narizes que batem um no outro, excesso de saliva e onde colocar as mãos. Mas eu não sabia que seria assim, não esperava a aspereza do seu queixo contra o meu, suas mãos explorando suavemente as minhas costas, sua língua correndo por meus lábios e entrando na minha boca.

Passamos vários minutos nos beijando, pressionando nossos corpos juntos, inclinando-nos na direção um do outro. Que alívio estar com alguém que não me conhece. Minhas mãos são ousadas, mergulhando na curva em que suas costas terminam e acariciando-o ali. Como ele parece saudável, sólido.

Abro os olhos para ver se ele está gostando, mas em vez disso meu olhar é atraído para a janela atrás dele, para as árvores rodeadas pela noite lá fora. Pequenos galhos pretos batem na vidraça como se fossem dedos. Fecho os olhos depressa e me aperto mais junto dele. Através do meu vestido vermelho, posso sentir o quanto ele me deseja. Ele solta um gemido baixo do fundo da garganta.

– Vamos lá pra cima – diz.

Ele tenta me conduzir em direção à porta, mas eu levo a mão espalmada a seu peito para mantê-lo afastado enquanto penso.

– Vamos – diz ele. – Você quer, não quer?

Posso sentir seu coração pulsar através dos meus dedos. Ele sorri para mim, e eu quero, sim, não é? Não é por isso que estou aqui?

– Tá bom.

Sua mão está quente quando ele entrelaça nossos dedos e me faz atravessar a sala em direção à escada. Zoey está beijando o Doidinho. Está segurando-o contra a parede, com uma das pernas entre as dele. Quando passamos, eles nos escutam e ambos se viram. Parecem desarrumados e com calor. Zoey agita a língua para mim. Sua língua reluz como um peixe dentro de uma caverna.

Solto a mão de Jake para pegar a bolsa de Zoey em cima do sofá. Vasculho lá dentro, consciente de que todos os três estão olhando para mim, e consciente do sorriso lento no rosto do Doidinho. Jake está encostado no batente da porta, esperando. Será que ele está fazendo o sinal de positivo? Não consigo olhar. Também não consigo achar as camisinhas, não sei nem se é uma caixa ou um pacote, na verdade nem sei que cara elas têm. Envergonhada, resolvo levar a bolsa toda para o andar de cima. Se Zoey precisar de uma camisinha, terá de subir para buscar e pronto.

– Vamos – digo.

Sigo Jake até o andar de cima, concentrando-me no movimento de seus quadris para me manter alegre. Sinto-me um pouco estranha, tonta e ligeiramente enjoada. Não achei que subir a escada atrás de um cara fosse me lembrar os corredores do hospital. Talvez eu só esteja cansada. Tento me lembrar das regras sobre o enjôo – sempre que possível, respirar muito ar puro, abrir uma janela ou sair de casa se for possível. Arrumar uma boa terapia de distração – fazer alguma coisa, qualquer coisa, para desviar a mente do enjôo.

– Aqui – diz ele.

O quarto dele não é nada demais – pequeno, com escrivaninha, computador, livros espalhados pelo chão, uma cadeira e uma cama de solteiro. Nas paredes, alguns cartazes em preto e branco – quase todos de músicos de jazz.

Ele me vê olhando para o quarto.

– Pode largar a bolsa – diz.

Depois de recolher algumas roupas sujas de cima da cama e jogá-las no chão, ele ajeita o edredom, senta-se e dá uns tapinhas no espaço ao seu lado.

Não me mexo. Porque, se eu for sentar naquela cama, preciso que as luzes estejam apagadas.

– Pode acender aquela vela? – pergunto.

Ele abre uma gaveta, tira uma caixinha de fósforos e se levanta para acender a vela sobre a escrivaninha. Apaga a luz do teto e torna a se sentar.

Aqui está um menino de verdade, de carne e osso, olhando para mim, me esperando. Este é o meu momento, mas posso sentir o coração disparado no peito. Talvez a única forma de levar isso até o fim sem que ele pense que eu sou uma completa imbecil é fingir ser outra pessoa. Decido ser Zoey, e começo a abrir os botões do vestido dela.

Ele fica me olhando fazer aquilo, um botão, dois botões. Passa a língua pelos lábios. Três botões.

Levanta-se da cama.

– Deixa que eu faço isso.

Seus dedos são velozes. Ele já fez isso antes. Outra menina, em outra noite. Imagino onde ela estará agora. Quatro botões, cinco, e o vestidinho vermelho desliza do ombro até o quadril, cai no chão e aterrissa a meus pés como um beijo. Piso para fora do vestido e fico em pé na frente de Jake só de calcinha e sutiã.

– O que é isso? – Ele franze o cenho para a pele ressecada do meu peito.

– Eu estive doente.

– Doente de quê?

Calo sua boca com beijos.

Meu cheiro é diferente agora que estou praticamente nua – almiscarado, quente. Ele tem um gosto diferente – de fumaça e de algo doce. Vida, talvez.

– Você não vai tirar a roupa? – pergunto com minha melhor voz de Zoey.

Ele tira a camiseta por cima da cabeça, com os braços levantados. Por um segundo, não pode me ver, mas está exposto – o peito magro, sardento e jovem, o brilho escuro dos pêlos nas axilas. Joga a camiseta no chão e torna a me beijar. Tenta desafivelar o cinto sem olhar, com uma das mãos, mas não consegue. Afasta-se e fica olhando o tempo todo para mim enquanto abre atabalhoadamente o botão e o fecho ecler. Chuta a calça para o chão e fica na minha frente só de cueca. Por um instante, talvez não tenha certeza, e hesita, parecendo tímido. Reparo em seus pés, inocentes como margaridas, calçados com meias brancas, e sinto vontade de revelar alguma coisa a ele.

– Eu nunca fiz isso antes – digo. – Nunca fui até o fim com nenhum cara.

A cera escorre da vela.

Durante um segundo, ele não diz nada, então sacode a cabeça como se simplesmente não conseguisse acreditar.

– Uau, que fantástico.

Faço que sim com a cabeça.

– Vem cá.

Enterro a cabeça no seu ombro. É reconfortante, como se tudo fosse ficar bem. Ele me envolve com um dos braços, e sobe o outro pelas minhas costas para acariciar meu pescoço. Sua mão está quente. Duas horas atrás, eu nem sequer sabia seu nome.

Talvez não precisemos transar. Talvez possamos simplesmente ficar deitados agarradinhos, e dormir abraçados debaixo do edredom. Talvez nos apaixonemos. Ele vai procurar uma cura e eu vou viver para sempre.

Mas não.

– Você tem camisinha? – sussurra ele. – Eu fiquei sem.

Estendo a mão para pegar a bolsa de Zoey, viro-a de cabeça para baixo no chão aos nossos pés, ele pega o que precisa, põe a camisinha sobre a mesa de cabeceira e começa a tirar as meias.

Tiro o sutiã devagar. Nunca fiquei pelada na frente de um cara. Ele me olha como se quisesse me devorar e não soubesse por onde começar. Posso ouvir meu coração batendo feito louco. Ele tem dificuldade para tirar a cueca, abaixando-a por cima do pau duro. Tiro a calcinha, percebo que estou tremendo. Estamos os dois nus. Penso em Adão e Eva.

– Vai ficar tudo bem – diz ele, então me pega pela mão e me leva até a cama, afasta o edredom, e nos deitamos. A cama é um barco. Um ninho. Um lugar para se esconder.

– Você vai adorar – diz ele.

Começamos a nos beijar, devagarinho no início, e seus dedos traçam preguiçosamente o contorno dos meus ossos. Gosto disso – da nossa delicadeza um com o outro, da nossa lentidão à luz da vela. Mas ela não dura muito. Seus beijos vão ficando mais profundos, sua língua se move depressa, como se ele não conseguisse chegar perto o suficiente. Suas mãos agora também estão ocupadas, apertando e esfregando. Será que ele está procurando alguma coisa em especial? Ele não pára de dizer:

– Ah, sim, ah, sim – mas não acho que esteja falando comigo. Está de olhos fechados, abocanhando o meu peito.

– Olha pra mim – digo a ele. – Preciso que você olhe pra mim.

Ele se ergue apoiado em um dos cotovelos.

– O quê?

– Eu não sei o que fazer.

– Você está indo bem. – Seus olhos estão tão escuros que eu não o reconheço. É como se ele houvesse se transformado em outra pessoa, e não fosse nem o semidesconhecido de alguns minutos atrás. – Está tudo bem.

E ele volta a beijar meu pescoço, meus seios, minha barriga, até eu não conseguir mais ver seu rosto outra vez.

As mãos dele vão descendo, e eu não sei como lhe dizer para não fazer isso. Afasto os quadris dele, mas ele não pára. Seus dedos se agitam entre minhas pernas e eu solto um arquejo de espanto, porque ninguém nunca fez isso em mim antes.

O que há de errado comigo para não saber fazer isso? Achei que fosse saber o que fazer, o que iria acontecer. Mas está tudo fugindo ao meu controle, como se Jake estivesse me obrigando a fazê-lo, quando quem deveria estar conduzindo as coisas era eu.

Aperto-me de encontro a ele, envolvo suas costas com os braços e o afago ali, como se ele fosse um cachorro que eu não compreendo.

Ele sobe um pouco mais na cama e se senta.

– Tudo bem?

Faço que sim.

Ele estende a mão para a mesa onde deixou a camisinha. Fico olhando enquanto a coloca. Ele faz isso depressa. É um especialista em camisinhas.

– Preparada?

Torno a assentir. Parece grosseiro não o fazer.

Ele se deita, afasta minhas pernas com as suas, pressiona o corpo mais para perto, com o peso apoiado sobre mim. Logo irei senti-lo dentro de mim. E saberei por que todo o alarde. Isso foi idéia minha.

Percebo muitas coisas enquanto os números de neon vermelho do seu despertador digital passam de 3:15h para 3:19h. Percebo que seus sapatos estão de lado junto à porta. A porta não está fechada direito. Há uma sombra estranha no canto mais afastado do teto que parece o rosto de alguém. Penso em um homem gordo que vi certa vez, suando enquanto descia a nossa rua fazendo *cooper*. Penso em uma maçã. Penso que um lugar seguro para estar seria debaixo da cama, ou com a cabeça no colo da minha mãe.

Ele está apoiado nos braços, movendo-se devagar em cima de mim, com o rosto virado para o lado, os olhos fechados com força. É isso. Está acontecendo de verdade. Estou vivendo isso agora. Sexo.

Quando termina, fico deitada embaixo dele sentindo-me sobretudo silenciosa e pequena. Ficamos assim durante algum tempo, depois ele rola para o lado e me olha através da escuridão.

– O que houve? – pergunta. – Qual o problema?

Não consigo olhar para ele, então chego mais perto, enterro-me mais fundo, escondo-me em seus braços. Sei que estou fazendo papel de boba. Estou fungando em cima dele feito um bebê, e não consigo parar, é horrível. Ele traça círculos com a mão nas minhas costas, sussurra "Shhh" no meu ouvido, e depois de algum tempo me solta para poder olhar para mim.

– O que foi? Você não vai dizer que não queria, vai?

Enxugo os olhos no edredom. Sento-me, com os pés pendurados na beirada da cama até o carpete. Sento-me de costas para ele, piscando os olhos, tentando localizar minhas roupas. São sombras desconhecidas espalhadas pelo chão.

Quando eu era criança, sempre montava nas costas do meu pai. Era tão pequena que ele tinha de segurar minhas costas com as duas mãos para eu não cair para trás, mas ficava tão alta que conseguia tocar as folhas das árvores. Eu jamais poderia contar isso a Jake. Não faria nenhuma diferença para ele. Não acho que palavras atinjam as pessoas. Talvez nada atinja.

Visto as roupas apressada. O vestido vermelho parece menor do que nunca; puxo-o para baixo, tentando cobrir os joelhos. Será que eu fui mesmo a uma boate vestida assim?

Calço os sapatos, torno a colocar as coisas dentro da bolsa de Zoey.

– Você não precisa ir embora – diz Jake. Está apoiado em um dos cotovelos. Seu peito parece pálido à luz trêmula da vela.

– Eu quero ir.

Ele torna a se jogar sobre o travesseiro. Um de seus braços está pendurado na beirada da cama; seus dedos se curvam ao tocar o chão. Ele sacode a cabeça bem devagar.

Zoey está deitada no sofá no andar de baixo. O Doidinho também. Estão deitados juntos, com os braços entrelaçados, os rostos muito próximos. Detesto o fato de para Zoey estar tudo bem. Ela está até usando a camisa dele. Os botõezinhos fofos enfileirados me fazem pensar naquela casa de açúcar da história infantil. Ajoelho-me ao lado de Zoey e passo o dedo bem de leve em seu braço. O braço está quente. Aliso-a até ela abrir os olhos. Ela pisca para mim.

– Ei – sussurra. – Já terminou?

Faço que sim com a cabeça, e não posso evitar sorrir, o que é estranho. Ela se desprende dos braços do Doidinho, senta-se e examina o chão.

– Tem algum fumo por aí?

Encontro a lata com a maconha e lhe entrego, depois vou até a cozinha beber um copo d'água. Penso que ela vai me seguir, mas não. Como podemos conversar com o Doidinho na sala? Bebo a água, ponho o copo em cima do escorredor e volto para a sala. Sento-me no chão aos pés de Zoey enquanto ela lambe uma seda e a prende a outra, lambe uma terceira, prende-a também, rasga fora os cantos.

– E aí – diz ela. – Como foi?

– Legal.

Uma luz pulsa através da cortina e me ofusca. Tudo que consigo ver é o brilho de seus dentes.

– Ele mandou bem?

Penso em Jake no andar de cima, com a mão pendurada rente ao chão.

– Não sei.

Zoey traga, me olha com um ar curioso, solta a fumaça.

– Você tem que se acostumar. Minha mãe disse uma vez que sexo eram só três minutos de prazer. Pensei: só isso? Vai ser mais do que isso para mim! E é. Se você deixar eles pensarem que são ótimos, de alguma forma tudo corre bem.

Levanto-me, vou até as cortinas e as abro mais. As luzes da rua ainda estão acesas. Não está nem perto de amanhecer.

– Você simplesmente deixou ele lá em cima? – pergunta Zoey.

– Acho que sim.

– Meio mal-educado isso. Devia subir lá e tentar outra vez.

– Não quero.

– Bom, a gente não pode ir pra casa ainda. Estou muito chapada.

Ela apaga o baseado no cinzeiro, torna a se acomodar junto a Scott e fecha os olhos. Passo séculos olhando para ela, para o subir e descer de sua respiração. Uma fileira de luzes na parede lança um brilho suave pelo carpete. Há um tapete, também, pequeno e oval, com manchas azuis e verdes, como o mar.

Volto para a cozinha e ponho água para ferver. Em cima da bancada há um pedaço de papel. Nele, alguém escreveu: *queijo, manteiga, feijão, pão.*

Sento-me em um banco diante da mesa da cozinha e acrescento: *chocolate crocante, um pacote de ovos de chocolate com recheio de creme.* Quero especialmente os ovos de chocolate, porque adoro comê-los na Páscoa. Faltam duzentos e dezessete dias para a Páscoa.

Talvez eu devesse ser um pouco mais realista. Risco os ovos de chocolate e escrevo: *Papai Noel de chocolate, papel laminado vermelho e verde, com um sino em volta do pescoço.* Isso talvez eu consiga. Faltam cento e trinta dias para o Natal.

Viro o pedacinho de papel e escrevo: *Tessa Scott.* Um bom nome de três sílabas, meu pai sempre diz. Se eu conseguir fazer meu nome caber nesse papelzinho mais de cinqüenta vezes, tudo vai ficar bem. Escrevo em letras muito miúdas, como a fadinha do dente poderia escrever em resposta à carta de uma criança. Meu pulso dói. A chaleira apita. A cozinha se enche de vapor.

Cinco

Algumas vezes, aos domingos, papai leva Cal e eu para visitar mamãe. Subimos de elevador até o oitavo andar, e normalmente há uma hora em que ela abre a porta e diz:

– Vocês! – abarcando nós três com o olhar. Papai em geral fica ainda algum tempo na soleira, e os dois conversam.

Mas hoje, quando ela abre a porta, papai está tão desesperado para sair de perto de mim que já está andando pelo corredor de volta para o elevador.

– Cuidado com ela – diz, apontando o dedo na minha direção. – Ela não merece confiança.

Mamãe ri.

– Por que, o que ela fez?

Cal mal consegue conter a própria animação.

– Papai falou para ela não sair para dançar.

– Ah – diz mamãe. – É a cara dele.

– Mas ela foi mesmo assim. Acabou de chegar em casa. Passou a noite inteira fora.

Mamãe sorri para mim, carinhosa.

– Conheceu algum menino?

– Não.

– Aposto que conheceu. Qual o nome dele?

– Não conheci nada!

Papai está com cara de furioso.

– Típico – diz. – Totalmente típico, droga. Eu deveria saber que não teria o seu apoio.

– Ah, pára com isso – diz mamãe. –Não fez mal nenhum a ela, fez?

– Olhe só pra ela. Está completamente exausta.

Todos os três param alguns segundos para olhar para mim. Detesto isso. Estou me sentindo infeliz e com frio, e minha barriga dói. Está doendo desde que transei com Jake. Ninguém me disse que isso iria acontecer.

– Volto às quatro – diz papai enquanto entra no elevador. – Já faz duas semanas que ela se recusa a fazer contagem sangüínea, então me liga se alguma coisa mudar. Consegue fazer isso?

– Claro, claro, não se preocupe. – Ela se inclina e beija minha cabeça. – Eu cuido dela.

Cal e eu nos sentamos à mesa da cozinha, e mamãe põe água para ferver, encontra três xícaras entre a louça suja da pia e as enxágua debaixo da torneira. Enfia a mão dentro de um armário para pegar saquinhos de chá, tira um leite da geladeira no qual dá uma cheirada, espalha biscoitos em um prato.

Ponho um biscoito recheado inteiro na boca de uma vez. É delicioso. Chocolate barato e açúcar correndo até meu cérebro.

– Eu já te falei sobre o meu primeiro namorado? – pergunta mamãe enquanto pousa a chaleira sobre a mesa com um baque. – O nome dele era Kevin, e ele trabalhava em uma relojoaria. Eu adorava o jeito como ele se concentrava com aquele monoculozinho enterrado no rosto.

Cal se serve de mais um biscoito.

– Quantos namorados você teve na verdade, mãe?

Ela ri, joga os compridos cabelos pretos para trás de um dos ombros.

– Isso lá é pergunta que se faça?

– O papai foi o melhor?

– Ah, o seu pai! – exclama ela, e leva a mão ao coração em um gesto melodramático, que faz Cal soltar uma gargalhada.

Certa vez, perguntei a mamãe qual era o problema com papai. Ela respondeu:

– Ele é o homem mais sensato que eu já conheci.

Eu tinha 12 anos quando ela o deixou. Durante algum tempo, ela mandou postais de lugares dos quais eu nunca ouvira falar – Skegness, Grimsby, Hull. Um deles tinha a foto de um hotel na frente. *É aqui que eu trabalho agora*, escrevia ela. *Estou aprendendo a ser* chef pâtissier *e ficando bem gorda!*

– Ótimo! – disse papai. – Espero que ela exploda!

Preguei seus postais na parede do meu quarto – Carlisle, Melrose, Dornoch. *A gente está morando em um chalé, como os pastores*, escreveu ela. *Sabia que eles usam traquéia, pulmão, coração e fígado de ovelha para fazer* haggis*?*

Eu não sabia, nem sabia o que ela queria dizer com "a gente", mas gostava de olhar a foto do vilarejo de John o'Groats com seu vasto céu se estendendo pelo estuário.

Então o inverno chegou e recebi meu diagnóstico. Não tenho certeza de que no começo ela tenha acreditado, porque levou algum tempo para dar meia-volta e tomar o caminho de casa. Quando finalmente bateu na nossa porta, eu já estava com 13 anos.

– Você está linda! – disse ela quando vim abrir. – Por que o seu pai sempre faz tudo soar muito pior do que é?

– Você vai voltar a morar com a gente? – perguntei.

– Não exatamente.

E foi então que ela se mudou para o seu atual apartamento.

É sempre a mesma coisa. Talvez seja falta de dinheiro, ou talvez ela queira ter certeza de que eu nunca vá me esforçar demais, mas sempre acabamos assistindo a filmes em vídeo ou jogando jogos de tabuleiro. Hoje Cal escolhe o Jogo da Vida. O jogo é uma porcaria, e sou péssima jogadora. Acabo a partida com um marido, dois filhos e um emprego em uma agência de viagem. Esqueço-me de comprar seguro residencial e, depois de uma tempestade, perco todo o meu dinheiro. Cal, porém, vira um astro pop com um chalé à beira-mar, e mamãe vira uma artista plástica com uma renda imensa e um casarão para morar. Quando me aposento, o que acontece cedo porque só fico tirando dez, nem sequer me dou ao trabalho de contar o dinheiro que me resta.

Depois do jogo, Cal quer mostrar a mamãe seu novo truque de mágica. Ele vai buscar uma moeda na bolsa dela e, enquanto estamos esperando, pego o cobertor no encosto do sofá e mamãe me ajuda a cobrir meus joelhos.

– Tenho hospital semana que vem – digo a ela. – Você pode ir?

– Papai não vai?

– Vocês dois poderiam ir.

Ela faz uma cara esquisita por alguns instantes.

– Para que é?

– Voltei a ter dor de cabeça. Eles querem fazer uma punção lombar.

Ela se inclina e me beija, e seu hálito é morno na minha bochecha.

– Você vai ficar bem, não se preocupe. Sei que vai ficar bem.

Cal volta com uma moeda de uma libra.

– Prestem muita atenção, senhoras – diz.

Mas eu não quero prestar atenção. Estou cansada de ver coisas desaparecerem.

No quarto de mamãe, levanto a camiseta em frente ao espelho do guarda-roupa. Eu antes parecia um anão feio. Minha pele era cinza e, se eu pressionasse o dedo na barriga, a carne tinha a mesma textura de um pão fermentado além da conta, e meu dedo desaparecia em sua maciez. Eram os esteróides que faziam isso. Prednisolona de alta dosagem e dexametasona. Os dois são venenos, e deixam você gorda, feia e de mau humor.

Desde que parei de tomá-los, comecei a emagrecer. Hoje meus quadris estão ossudos e minhas costelas brilham através da pele. Estou desaparecendo, como um fantasma, para longe de mim mesma.

Sento-me na cama de mamãe e ligo para Zoey.

– Sexo – pergunto a ela. – O que isso quer dizer?

– Coitadinha – diz ela. – Você teve mesmo uma péssima trepada, não foi?

– Eu só não entendo por que estou me sentindo tão estranha.

– Estranha como?

– Sozinha, e minha barriga está doendo.

– Ah, sim! – diz ela. – Eu me lembro disso. Como se você tivesse sido aberta por dentro?

– Um pouco.

– Vai passar.

– Por que estou com a sensação de que posso chorar a qualquer momento?

– Você está levando isso tudo muito a sério, Tess. Sexo é uma forma de estar próximo de alguém, só isso. É só um jeito de se aquecer e de se sentir bonita.

Sua voz soa estranha, como se ela estivesse sorrindo.

– Você fumou maconha de novo, Zoey?

– Não!

– Onde você está?

– Olha, tenho que ir daqui a pouco. Me diz a próxima coisa da sua lista e a gente faz um plano.

– Eu cancelei a lista. Era uma bobagem.

– Era divertido! Não desiste dela. Você finalmente estava fazendo alguma coisa da vida.

Quando desligo, conto até cinqüenta e sete mentalmente. Então digito 999 para a emergência.

Uma mulher atende:

– Emergência. Qual serviço, por favor?

Não respondo nada.

– Há alguma emergência? – pergunta a mulher.

– Não – respondo.

– Pode confirmar que não há nenhuma emergência? Pode confirmar seu endereço? – pede ela.

Dou o endereço de mamãe. Confirmo que não há nenhuma emergência. Pergunto-me se mamãe vai receber algum tipo de cobrança. Espero que sim.

Ligo para informações e peço o telefone dos Samaritanos. Digito bem devagar.

Uma mulher atende:

– Alô. – Tem a voz suave, talvez irlandesa. – Alô – repete ela.

Como estou arrependida por desperdiçar o tempo dela, digo:

– É tudo um monte de merda.

E ela emite um barulhinho de "Aham" no fundo da garganta, o que me faz pensar em papai. Ele fez exatamente o mesmo barulho seis semanas atrás, quando o médico perguntou se entendia as implicações do que estava nos dizendo. Lembro-me de me perguntar como papai poderia ter entendido alguma coisa, porque ele estava chorando demais para escutar.

– Ainda estou aqui – diz a mulher.

Eu quero contar a ela. Aperto o fone junto à orelha, porque é preciso estar bem perto para falar de uma coisa importante como essa.

Mas não consigo encontrar palavras boas o bastante.

– Ainda tem alguém na linha? – pergunta ela.

– Não – respondo, e ponho o fone no gancho.

Seis

Papai segura minha mão.

– Entrega a dor pra mim – diz ele.

Estou deitada na beirada de uma cama de hospital, em posição fetal, com a cabeça sobre um travesseiro. Minha coluna está paralela à lateral da cama.

Há dois médicos e uma enfermeira no quarto, mas não posso vê-los porque eles estão atrás de mim. Uma das médicas é estudante. Não diz muita coisa, mas imagino que esteja olhando enquanto o outro encontra o lugar certo na minha coluna e marca o ponto com uma caneta. Ele prepara minha pele com solução antisséptica. O líquido é muito frio. Começa no lugar onde vão enfiar a agulha e vai seguindo para fora em círculos concêntricos, depois ele ajeita a toalha sobre as minhas costas e calça luvas cirúrgicas.

– Vou usar uma agulha de diâmetro vinte e cinco – diz ele à estudante. – E uma seringa de cinco mililitros.

Na parede atrás do ombro de papai há um quadro. Estão sempre mudando os quadros do hospital, e eu nunca vi esse antes. Fico olhando fixamente para ele. Nos últimos quatro anos, aprendi todo tipo de técnica de distração.

No quadro, é final de tarde em algum campo inglês, e o sol está baixo no céu. Um homem luta com o peso de um arado. Pássaros traçam arcos e mergulham no céu.

Papai se vira na cadeira de plástico onde está sentado para ver o que estou olhando, solta minha mão e se levanta para inspecionar o quadro.

Na outra extremidade do campo, uma mulher corre. Está segurando a saia com uma das mãos para poder correr mais depressa.

– *A grande peste chega a Eyam* – anuncia papai. – Que quadro mais alegre para um hospital!

O médico ri baixinho.

– O senhor sabia – diz ele – que ainda existem mais de três mil casos de peste bubônica por ano?

– Não – diz papai. – Não sabia.

– Graças a Deus que existem antibióticos, não é mesmo?

Papai se senta e torna a segurar minha mão.

– Graças a Deus.

Enquanto corre, a mulher espanta algumas galinhas, e é só então que percebo seus olhos aterrorizados voltados na direção do homem.

A peste, o grande incêndio e a guerra contra os holandeses: tudo isso foi em 1666. Lembro-me de aprender no colégio. Milhões de pessoas levadas embora em carroças, corpos jogados em covas com cal e túmulos anônimos. Mais de trezentos e quarenta anos depois, todos que viveram essa época desapareceram. Das coisas no quadro, apenas o sol ainda existe. Esse pensamento me faz me sentir muito pequena.

– Agora você vai sentir uma breve ardência – diz o médico.

Papai afaga minha mão com o polegar enquanto ondas de calor provocadas pela estática penetram nos meus ossos. Isso me faz pensar nas palavras "para sempre", em como há mais mortos do que vivos, em como estamos cercados por fantasmas. Deveria ser um pensamento reconfortante, mas não é.

– Aperta minha mão – diz papai.

– Não quero machucar você.

– Quando a sua mãe estava tendo você, ela segurou minha mão durante quatorze horas sem deslocar nenhum dedo! Você não tem como me machucar, Tess.

Parece eletricidade, como se a minha coluna tivesse ficado emperrada dentro de uma torradeira, e o médico a estivesse extraindo com uma faca rombuda.

– O que você acha que a mamãe está fazendo hoje? – pergunto. Minha voz soa diferente. Contida. Contraída.

– Não faço idéia.

– Eu pedi pra ela vir.

– Foi? – Papai parece surpreso.

– Pensei que depois vocês dois poderiam ir tomar um café juntos.

Ele franze o cenho.

– Que coisa mais estranha de se pensar.

Fecho os olhos e imagino que sou uma árvore encharcada da luz do sol, que não tenho nenhum desejo a não ser a chuva. Penso na água prateada molhando minhas folhas, encharcando minhas raízes, subindo pelas minhas veias.

O médico recita estatísticas para a estudante. Ele diz:

– Aproximadamente uma em cada mil pessoas que fazem este exame fica com alguma pequena seqüela nervosa. Também há um ligeiro risco de infecção, hemorragia ou dano à cartilagem. – Então ele retira a agulha. – Boa menina – diz. – Prontinho.

Quase espero que me dê uma palmada no traseiro, como se eu fosse um cavalo obediente. Ele não o faz. Em vez disso, acena para mim com três tubos esterilizados.

– Isto aqui vai para o laboratório. – Nem sequer se despede, simplesmente sai do quarto sem fazer barulho, com a aluna atrás. É como se de repente houvesse sentido vergonha pelo fato de essa intimidade ter acontecido entre nós.

Mas a enfermeira é um amor. Conversa conosco enquanto faz o curativo nas minhas costas, depois dá a volta na cama e sorri para mim.

– Você agora precisa ficar quietinha um pouco, meu bem.

– Eu sei.

– Já passou por isso antes, não é? – Ela se vira para papai. – O que o senhor vai ficar fazendo?

– Vou ficar sentado aqui lendo meu livro.

Ela concorda.

– Estou lá fora. O senhor sabe em que prestar atenção quando chegar em casa?

Ele recita como um profissional.

– Calafrios, febre, rigidez no pescoço ou dor de cabeça. Secreção ou sangramento, qualquer dormência ou perda de força abaixo do local da punção.

A enfermeira fica impressionada.

– O senhor é craque!

Depois que ela sai, papai sorri para mim.

– Muito bem, Tess. Agora acabou, né?

– A menos que os resultados sejam ruins.

– Não vão ser.

– Eu vou ter que voltar a fazer punção lombar toda semana.

– Shhh! Tenta dormir agora, meu amor. Assim o tempo passa mais depressa.

Ele pega seu livro e torna a se acomodar na cadeira.

Pontinhos de luz parecendo vaga-lumes piscam nas minhas pálpebras. Posso sentir meu sangue disparado, como cascos de animais batendo na rua. A luz cinza do lado de fora da janela do hospital se adensa.

Ele vira uma página.

Atrás do seu ombro, no quadro, a fumaça sobe inocentemente da chaminé de uma casa de fazenda, e uma mulher corre – com o rosto virado para cima, aterrorizada.

Sete

– Levanta! Levanta! – grita Cal. Puxo o edredom por cima da cabeça, mas ele o arranca na mesma hora. – Papai disse que, se você não levantar agorinha, vai subir a escada com uma flanela molhada!

Rolo o corpo de costas para ele, mas ele saltita em volta da cama e se posta acima de mim, sorrindo.

– Papai diz que você devia levantar da cama todo dia e fazer alguma coisa da vida.

Dou-lhe um chute com força e torno a cobrir a cabeça com o edredom.

– Caguei, Cal! Agora sai do meu quarto, porra.

Fico espantada com meu próprio desinteresse quando ele vai embora.

O barulho invade o quarto – o estrondo de seus pés na escada, o clamor dos pratos na cozinha quando ele abre a porta e não a fecha atrás de si. Até mesmo os mais leves sons chegam até mim – leite se derramando sobre cereais, uma colher girando no ar. Papai dando um muxoxo enquanto limpa a camisa do uniforme escolar de Cal com um pano de prato. A gata lambendo o chão.

A porta do armário do hall se abre e papai pega o casaco de Cal para ele. Ouço o fecho ecler subir, o botão de cima se fechar para manter seu pescoço aquecido. Ouço o beijo, depois o suspiro – uma grande onda de desespero que se abate sobre a casa.

– Vai lá dizer tchau – diz papai.

Cal sobe correndo a escada, pára um instante do lado de fora da minha porta, depois entra e vai direto até a cama.

– Tomara que você morra quando eu estiver no colégio! – sibila ele. – E tomara que doa bastante! E tomara que enterrem você em algum lugar horrível, tipo a peixaria, ou o consultório do dentista!

Adeus, irmãozinho, penso. Adeus, adeus.

Papai vai ficar sozinho na cozinha toda bagunçada, de roupão e chinelo, com a barba por fazer e esfregando os olhos como se estivesse surpreso por se descobrir sozinho. Ao longo das últimas semanas, ele criou uma pequena rotina matinal. Depois que Cal sai para o colégio, prepara um café, limpa a mesa da cozinha, enxágua os pratos e liga o lava-louças. Isso leva mais ou menos vinte minutos. Em seguida, ele aparece e me pergunta se dormi bem, se estou com fome e a que horas vou me levantar. Nessa ordem.

Quando respondo: "Não, não e nunca", ele se veste e torna a descer as escadas até o computador, onde passa horas teclando, navegando na internet em busca de informações para me manter viva. Me disseram que a dor tem cinco estágios, e se isso então for verdade, ele está empacado no primeiro: negação.

Estranhamente, sua batida na minha porta hoje acontece mais cedo. Ele não tomou café nem arrumou a cozinha. O que está acontecendo? Fico deitada sem me mexer enquanto ele entra no quarto, fecha a porta sem fazer barulho atrás de si e tira os chinelos.

– Chega pra lá – diz. Levanta uma das pontas do edredom.

– Pai! O que você está fazendo?

– Entrando na cama com você.

– Eu não quero!

Ele me abraça e me prende no lugar. Seus ossos são duros. Ele esfrega suas meias nos meus pés descalços.

– Pai! Sai da minha cama!

– Não.

Afasto seu braço e me sento para olhar para ele. Meu pai tem cheiro de fumaça e cerveja choca, e parece mais velho do que na minha lembrança. Posso ouvir seu coração, também, coisa que não acho que deveria acontecer.

– Que droga você está fazendo?

– Você nunca conversa comigo, Tess.

– E você acha que isso vai ajudar?

Ele dá de ombros.

– Talvez.

– Você gostaria que eu entrasse na sua cama quando você estivesse dormindo?

– Você sempre entrava quando era pequena. Dizia que era injusto ter que dormir sozinha. Toda noite, eu e mamãe deixávamos você entrar porque você estava se sentindo sozinha.

Tenho certeza de que não é verdade porque não me lembro. Talvez ele tenha enlouquecido.

– Bom, se você não vai sair da minha cama, saio eu.

– Ótimo – diz ele. – Eu quero que você saia.

– E você vai simplesmente ficar aí, é?

Ele sorri e se aninha debaixo do edredom.

– Está quentinho, uma delícia.

Sinto as pernas fracas. Não comi muito na véspera e isso parece ter me deixado transparente. Seguro o dossel da cama, cambaleio até a janela e olho lá para fora. Ainda está cedo: a lua se apaga em um céu cinza-claro.

– Faz um tempo que você não vê a Zoey – diz papai.

– É.

– O que aconteceu naquela noite em que vocês duas saíram para dançar? Vocês brigaram?

No jardim lá embaixo, a bola de futebol cor de laranja de Cal parece um planeta murcho sobre a grama e, na casa vizinha, vejo novamente aquele menino. Pressiono as palmas das mãos na vidraça. Todo dia de manhã ele está no jardim fazendo alguma coisa – varrendo, cavando ou andando de um lado para o outro. Agora está arrancando galhos secos da cerca e empilhando-os para fazer uma fogueira.

– Você ouviu o que eu disse, Tess?

– Ouvi, mas estou te ignorando.

– Talvez fosse bom você pensar em voltar para o colégio. Assim poderia encontrar alguns dos seus outros amigos.

Viro-me para olhar para ele.

– Eu não tenho nenhum outro amigo. E, antes de você sugerir isso, também não quero arrumar nenhum. Não estou interessada em gente curiosa e mórbida que só quer me conhecer pra poder receber pêsames no meu enterro.

Ele dá um suspiro, puxa o edredom até junto do queixo e sacode a cabeça para mim.

– Você não deveria falar assim. Cinismo não te faz bem.

– Você leu isso em algum lugar?

– O otimismo fortalece o sistema imunológico.

– Então é culpa minha eu estar doente, é isso?

– Você sabe que eu não acho isso.

– Bom, você sempre age como se tudo que eu faço estivesse errado.

Ele se esforça para se levantar.

– Não ajo, não!

– Age, sim. Como se eu não estivesse morrendo do jeito certo. Vive entrando no meu quarto e me dizendo pra eu sair da cama ou pra não desmoronar. Agora vem me dizer pra voltar pro colégio. Que ridículo!

Atravesso o quarto pisando firme, pego seus chinelos e os calço. São grandes demais para mim, mas nem ligo. Papai se apóia nos cotovelos para me olhar. Pela sua cara, parece até que eu bati nele.

– Não vai embora. Pra onde você está indo?

– Pra longe de você.

Sinto prazer em bater a porta. Ele que fique com a minha cama. Não estou nem aí. Pode ficar lá deitado até apodrecer.

Oito

O menino faz cara de surpresa quando passo a cabeça por cima da cerca e o chamo. É mais velho do que eu pensava, 18 anos talvez, com cabelos pretos e uma barba rala.

– O quê?

– Posso queimar umas coisas na sua fogueira?

Ele sobe o caminho de terra batida na minha direção com um andar desengonçado, passando a mão pela testa como se estivesse com calor. Tem as unhas sujas e pedaços de folhas nos cabelos. Não sorri.

Ergo as duas caixas de sapatos para ele poder ver. O vestido de Zoey pende do meu ombro feito uma bandeira.

– O que tem aí dentro?

– Praticamente só papel. Posso levar aí?

Ele dá de ombros como se para ele não fizesse diferença, então saio pelo nosso portão lateral, passo por cima da mureta baixa que separa as duas casas, cruzo seu jardim da frente e margeio a lateral de sua casa. Ele já está lá, segurando o portão para eu passar. Hesito.

– Meu nome é Tessa.

– Adam.

Percorremos o caminho de terra batida do seu jardim em silêncio. Aposto que ele acha que acabei de levar um fora do meu namorado, que os papéis são cartas de amor. Aposto que está pensando: "Não foi à toa que ela levou um pé-na-bunda, com essa cara esquelética e essa cabeça careca."

Quando chegamos lá, vemos a fogueira, uma decepção: apenas uma pilha de folhas e gravetos soltando fumaça, com algumas chamas fracas lambendo as extremidades.

– As folhas estavam úmidas – diz ele. – O papel vai fazer o fogo pegar de novo.

Abro uma das caixas e viro-a de cabeça para baixo.

Desde o dia em que percebi o primeiro hematoma na minha coluna até o dia em que o hospital desistiu oficialmente de mim – apenas dois meses atrás –, eu escrevi um diário. Quatro anos de otimismo patético queimam muito bem – olhem só as labaredas! Todos os cartões de melhoras que eu jamais recebi franzem-se nos cantos, esturricam e viram pó. Em quatro longos anos você esquece o nome das pessoas.

Tinha uma enfermeira que costumava desenhar caricaturas dos médicos e pregar ao lado da cama para me fazer rir. Também não me lembro de seu nome. Louise, talvez? Ela desenhava muito. O fogo crepita, brasas pipocam na direção das árvores.

– Estou me libertando de um peso – digo a Adam.

Mas não acho que ele esteja escutando. Está arrastando um emaranhado de galhos pela grama na direção da fogueira.

A segunda caixa é a que eu mais odeio. Eu e papai costumávamos examinar juntos o seu conteúdo, espalhando fotografias sobre a cama de hospital.

– Você vai ficar boa de novo – ele me dizia enquanto corria um dedo por cima da minha imagem aos 11 anos, muito empertigada com meu uniforme escolar, no primeiro dia de aula do antigo ginásio. – Aqui tem uma foto sua na Espanha – dizia ele. – Lembra?

Eu estava magra, bronzeada, cheia de esperança. Estava em remissão pela primeira vez. Um menino assobiou para mim na praia. Papai tirou uma foto, disse que eu nunca iria querer esquecer meu primeiro assobio.

Mas eu quero.

Sinto um desejo repentino de correr para casa e pegar mais coisas. Minhas roupas, meus livros.

– Da próxima vez que você fizer uma fogueira, posso voltar? – pergunto.

Adam pisa em uma das pontas dos galhos com a bota e dobra a outra ponta em direção à fogueira.

– Por que você quer se livrar de tudo? – pergunta.

Amasso o vestido de Zoey até formar uma bola compacta; ele parece pequeno na minha mão. Atiro-o no fogo, e o tecido parece pegar fogo antes mesmo de alcançar as chamas. Paralisado no ar, derretendo-se em plástico.

– Que perigo esse vestido – diz Adam, e me encara bem nos olhos, como se soubesse de alguma coisa.

Toda matéria é feita de partículas. Quanto mais sólida for alguma coisa, mais próximas as partículas estão umas das outras. Pessoas são sólidas, mas por dentro são líquidas. Penso que talvez ficar perto demais de uma fogueira possa alterar as partículas do corpo, porque me sinto estranhamente tonta e leve. Não tenho muita certeza do que há de errado comigo – talvez seja porque não estou comendo direito –, mas pareço não estar presa ao meu próprio corpo. De repente, o jardim fica todo brilhante.

Como as faíscas do fogo, que flutuam em direção aos meus cabelos e às minhas roupas, a lei da gravidade diz que todo corpo em queda deve cair até o chão.

Fico surpresa ao me ver deitada na grama, com os olhos erguidos para o rosto pálido de Adam, emoldurado por nuvens. Demoro um minuto para entender o que aconteceu.

– Não se mexe – diz ele. – Acho que você desmaiou.

Tento falar, mas minha língua parece vagarosa, e é muito mais fácil simplesmente ficar deitada ali.

– Você é diabética? Precisa de açúcar? Tenho uma lata de Coca aqui, se quiser um pouco.

Ele se senta ao meu lado, espera eu me erguer um pouco, e então me passa a latinha. Quando o açúcar atinge meu cérebro, minha cabeça começa a zumbir. Sinto-me muito leve, mais espectral do que antes, mas bem melhor. Ficamos os dois olhando para o fogo. Todas as coisas das minhas caixas já queimaram; até as caixas em si já não passam de restos carbonizados. O vestido virou ar. Mas as cinzas ainda estão quentes, brilhantes o suficiente para atrair uma mariposa, mariposa estúpida que vai dançando na direção das cinzas. Ela estala quando suas asas pegam fogo e viram pó. Ficamos os dois olhando para o espaço onde ela estava.

– Você trabalha muito no jardim, né? – pergunto.

– Eu gosto.

– Eu fico olhando você. Pela minha janela, enquanto você cava e tal.

Ele parece espantado.

– É mesmo? Por quê?

– Gosto de ficar olhando você.

Ele franze o cenho como se estivesse tentando entender o que eu disse, parece prestes a dizer alguma coisa, mas, em vez disso, olha para o outro lado, percorrendo o jardim com os olhos.

– Estou planejando uma horta ali naquele canto – diz. – Ervilha, repolho, alface, vagem. Tudo, na verdade. É mais pra minha mãe do que pra mim.

– Por quê?

Ele dá de ombros, ergue os olhos para a casa como se mencioná-la pudesse trazê-la até a janela.

– Ela gosta de jardins.

– E o seu pai?

– Não. Sou só eu e minha mãe.

Percebo um filete bem fino de sangue nas costas de Adam. Ele me vê olhando e limpa o sangue na calça jeans.

– Eu provavelmente deveria ir andando – diz. – Você vai ficar bem? Pode ficar com a Coca se quiser.

Ele caminha ao meu lado enquanto subo o caminho devagar. Estou muito feliz por minhas fotos e meu diário estarem queimados, e o vestido de Zoey destruído. Isso me dá a sensação de que coisas diferentes vão acontecer.

Viro-me para Adam no portão.

– Obrigada por me ajudar – digo.

– Às ordens – diz ele.

Está com as mãos no bolso. Sorri, depois desvia os olhos, abaixando-os para as botas. Mas sei que ele está me vendo.

Nove

– Não sei por que mandaram vocês virem aqui – diz a recepcionista.

– Pediram para virmos – papai diz a ela. – A secretária do dr. Ryan telefonou e nos pediu para vir.

– Aqui, não – diz ela. – Hoje, não.

– Aqui, sim – responde ele. – Hoje, sim.

Ela dá um muxoxo de desprezo para ele, vira-se para o computador e percorre a tela.

– É para uma punção lombar?

– Não, não é. – Papai soa cada vez mais puto da vida. – O dr. Ryan está atendendo hoje, pelo menos?

Sento-me na área da recepção e deixo os dois continuarem. Vejo as mesmas pessoas de sempre – a galera do chapéu no canto, conectada a sua quimioterapia portátil e conversando sobre diarréia e vômitos; um menino apertando a mão da mãe, com os frágeis cabelos recém-despontados no mesmo estágio de crescimento que os meus; e uma menina sem sobrancelha que finge ler um livro. Acima da linha dos óculos, pintou sobrancelhas falsas com lápis de olho. Ela me vê olhando-a e sorri, mas eu não quero saber de nada disso. É uma regra que tenho: nunca me envolver com gente que está morrendo. É problema na certa. Certa vez fiquei amiga de uma menina aqui. O nome dela era Angela, e trocávamos e-mails diariamente, aí um dia ela parou. Depois de algum tempo, a mãe dela ligou para o meu pai e disse a ele que Angela tinha morrido. Morrido. Assim, sem nem ao menos me avisar. Decidi não me dar ao trabalho de conhecer mais ninguém.

Pego uma revista, mas nem sequer tenho tempo de abri-la antes de papai me dar um tapinha no ombro.

– Vitória! – diz ele.

– O quê?

– A gente estava certo, ela estava errada. – Ele acena alegremente para a recepcionista enquanto me ajuda a levantar. – Essa idiota dessa mulher não sabe nem a diferença entre a bunda e o cotovelo. Parece que agora a gente pode entrar direto na sala do figurão!

O dr. Ryan tem o queixo manchado de alguma coisa vermelha. Não consigo evitar olhar para ele, sentado do outro lado da mesa. Fico pensando: será molho de macarrão, ou sopa? Será que ele acabou de operar alguém? Talvez seja carne crua.

– Obrigado por virem – diz ele, e agita as mãos no colo.

Papai aproxima sua cadeira de mim e pressiona o joelho contra o meu. Engulo em seco, lutando contra o impulso de me levantar e sair daquela sala. Se não escutar, não vou saber o que ele vai dizer, e aí talvez não seja verdade.

Mas o dr. Ryan não hesita, e sua voz é muito firme.

– Tessa – diz ele –, infelizmente as notícias não são boas. A sua última punção lombar mostrou que o câncer se espalhou para o seu fluido espinhal.

– Isso é ruim? – pergunto, fazendo uma piadinha.

Ele não ri.

– É muito ruim, Tessa. Quer dizer que a doença afetou seu sistema nervoso central. Sei que isso é muito difícil de escutar, mas as coisas estão progredindo mais depressa do que pensamos no início.

Olho para ele.

– As coisas?

Ele se remexe na cadeira.

– Você avançou um pouco mais pelo caminho, Tessa.

Atrás da sua mesa há uma grande janela, e por ela posso ver a copa de duas árvores. Posso ver seus galhos, suas folhas já meio ressequidas, um pedaço de céu.

– Quanto mais pelo caminho eu avancei?

– Tudo que posso fazer é perguntar como você tem se sentido, Tessa. Tem andado mais cansada, ou enjoada? Está com dores nas pernas?

– Um pouco.

– Não posso julgar, mas eu aconselharia você a fazer as coisas que quiser fazer.

Ele trouxe alguns *slides* para demonstrar o que está dizendo, e os faz circular como se fossem fotos de férias, mostrando pequenas manchas escuras, lesões, blastos pegajosos flutuando à deriva. É como se uma criança com um pincel e um entusiasmo desmedido tivesse sido solta dentro de mim com uma lata de tinta preta.

Papai está tentando sem sucesso não chorar.

– O que vai acontecer agora? – pergunta ele, e grossas lágrimas silenciosas brotam de seus olhos e pingam em seu colo. O médico lhe estende um lenço de papel.

Do lado de fora da janela, a primeira chuva do dia salpica o vidro. Uma folha atingida por uma rajada de vento se solta, e então cai formando um clarão vermelho e dourado.

O médico diz:

– Tessa talvez reaja bem a um tratamento intensivo com medicação por via intratecal. Eu sugeriria quatro semanas de metotrexato e hidrocortisona. Se tivermos sucesso, os sintomas podem melhorar e podemos continuar com um programa de manutenção.

O médico continua falando, e papai continua escutando, mas eu paro de ouvir qualquer coisa.

Vai acontecer mesmo. Já tinham dito que iria, mas está sendo mais rápido do que qualquer um pensava. Eu não vou mesmo voltar para o colégio. Nunca mais. Nunca vou ser famosa nem deixar nada de valor neste mundo. Nunca vou entrar para a universidade, nunca vou ter um emprego. Não vou ver meu irmão crescer. Não vou viajar, nunca vou ganhar dinheiro, nem dirigir, nem me apaixonar ou sair de casa para ter meu próprio lar.

É verdade, é verdade mesmo.

Um pensamento surge, brota lá dos meus dedos dos pés e vara meu corpo inteiro, até sufocar todo o resto e se tornar a única coisa em que estou pensando. Ele me preenche como um grito silencioso. Estou doente há muito tempo, inchada e indisposta, com a pele ressecada, unhas quebradiças, cabelos quase inexistentes e uma náusea funda que penetra até meus ossos. Não quero morrer assim, não antes de ter vivido de verdade. Isso me parece claro. Sinto-me quase esperançosa, o que é uma loucura. Quero viver antes de morrer. É a única coisa que faz sentido.

É então que a sala torna subitamente a entrar em foco.

O médico agora está falando em novos medicamentos, como eles provavelmente não vão me ajudar, mas como podem ajudar outras pessoas. Papai continua a chorar baixinho, e eu fico olhando para o lado de fora da janela e me perguntando por que a luz parece estar se esvaindo tão depressa. Que horas são? Há quanto tempo estamos sentados aqui? Olho para o relógio – três e meia, e o dia já está quase no fim.

Estamos em outubro. Todos aqueles alunos que acabaram de voltar às aulas com suas mochilas e estojos novos já devem estar pensando nas férias de meio de trimestre. Como passa rápido. Logo será Halloween, depois dia de Guy Fawkes. Natal. Primavera. Páscoa. Depois meu aniversário, em maio. Vou fazer 17 anos.

Por quanto tempo vou conseguir adiar isso? Não sei. Tudo que sei é que tenho duas escolhas: ficar enrolada em cobertores e começar a morrer, ou refazer a lista e começar a viver.

Dez

Papai diz:

– Ei, você está acordada! – Então, ele repara no minivestido que estou usando, e seus lábios se contraem. – Deixa eu adivinhar. Vai encontrar a Zoey?

– Algum problema?

Ele empurra as vitaminas na minha direção pela mesa da cozinha.

– Não esquece isto aqui. – Em geral, ele as leva em uma bandeja até o andar de cima, mas hoje não vai precisar ter esse trabalho. Teoricamente, isso deveria deixá-lo feliz, mas tudo que ele faz é ficar sentado ali me olhando engolir uma drágea atrás da outra.

Vitamina E ajuda o corpo a se recuperar da anemia pós-radiação. Vitamina A combate os efeitos da radiação no intestino. Olmo reconstitui a mucosa que reveste todos os tubos ocos do meu corpo. Sílica fortalece os ossos. Potássio, ferro e cobre estimulam o sistema imunológico. Babosa possui propriedades genéricas de cura. E alho – bom, papai leu em algum lugar que as propriedades do alho ainda não são completamente conhecidas. Ele o chama de vitamina X. Tudo engolido com suco natural de laranja e uma colher de chá de mel não-refinado.

Torno a deslizar a bandeja na direção de papai com um sorriso. Ele se levanta, leva-a até a pia e a deposita sobre a bancada.

– Eu achei – diz ele enquanto abre a torneira e enxágua a pia – que você ontem estivesse sentindo um pouco de enjôo e dor.

– Estou bem. Hoje não tem nada doendo.

– Você não acha que seria bom descansar?

Isso é um território perigoso, então mudo de assunto depressa e volto minha atenção para Cal, que está amassando seus *corn flakes* para formar uma maçaroca encharcada. Ele parece tão desanimado quanto papai.

– O que está acontecendo com você? – pergunto.

– Nada.

– Hoje é sábado! Você não deveria estar feliz por causa disso?

Ele olha para mim, zangado.

– Você não lembra, né?

– De quê?

– Você disse que ia me levar pra fazer compras nas férias de meio de trimestre. Disse que ia levar seu cartão de crédito. – Ele fecha os olhos com bastante força. – Sabia que você não ia fazer porcaria nenhuma!

– Calma aí! – Papai diz isso com a voz de alerta que sempre usa quando Cal começa a perder as estribeiras.

– Eu disse isso, sim, Cal, mas hoje não vou poder te levar.

Ele me olha com fúria.

– Mas eu quero que você me leve!

Então eu tenho que levar, porque faz parte das regras. O item número dois da minha lista é simples. Tenho de dizer sim para tudo durante um dia inteiro. Não importa o que seja, nem quem esteja pedindo.

Olho para o rosto animado de Cal enquanto saímos pelo portão, e de repente sinto uma onda de medo.

– Vou mandar um torpedo pra Zoey – digo a ele. – Pra avisar que a gente está a caminho.

Ele me diz que detesta Zoey, o que é bem difícil, porque eu preciso dela. De sua energia. Do fato de as coisas sempre acontecerem quando ela está por perto.

– Quero ir ao parquinho – diz Cal.

– Você não está meio velho pra isso?

– Não. Vai ser legal.

Muitas vezes me esqueço de que Cal é só uma criança, e de que parte dele ainda gosta de balanços, carrosséis e coisas assim. Mas não há nada que possa nos fazer mal no parquinho, e Zoey manda um torpedo de volta dizendo que tudo bem, ela ia chegar atrasada mesmo e vai nos encontrar lá.

Fico sentada em um banco vendo Cal escalar um brinquedo. É como uma teia de aranha feita de cordas, e ele parece bem pequenininho lá em cima.

– Vou subir mais alto! – grita ele. – Será que eu subo até lá em cima?

– Sim – grito de volta, porque prometi isso a mim mesma. Faz parte das regras.

– Estou vendo dentro dos aviões! – grita ele. – Vem ver também!

É difícil escalar usando um minivestido. Toda a teia de cordas balança, e sou obrigada a tirar os sapatos e deixá-los cair no chão. Cal ri de mim.

– Até lá em cima! – ordena ele. É muito alto mesmo, e um menino com o rosto grande feito uma jamanta está sacudindo as cordas lá embaixo. Vou me içando até o topo, mesmo que meus braços doam. Também quero ver dentro dos aviões. Quero ver o vento e pegar passarinhos com a mão.

Chego lá. Posso ver o alto da igreja, as árvores que margeiam o parque e todas as castanhas prestes a explodir. O ar é limpo, e as nuvens estão próximas; é como estar em cima de uma pequena montanha. Olho para baixo, para os rostos virados na nossa direção.

– É alto, né? – pergunta Cal.

– É.

– Vamos no balanço agora?

– Sim.

Sim a tudo que você disser, Cal, mas primeiro quero sentir o ar em volta do meu rosto. Quero ficar olhando para a curva da terra enquanto giramos lentamente ao redor do sol.

– Eu te disse que ia ser legal. – O rosto de Cal está brilhando de alegria. – Vamos em *todos* os outros brinquedos!

Tem fila nos balanços, então vamos andar de gangorra. Ainda sou mais pesada do que ele, ainda sou sua irmã mais velha, e posso bater com as pernas no chão fazendo-o pular bem alto e gritar e dar risada ao cair com força em cima do traseiro. Ele vai ficar com hematomas, mas não está nem ligando. Diga sim, apenas diga sim.

Vamos a todos os brinquedos: a casinha no alto da escada na caixa de areia, onde cabemos por um triz. A motocicleta em cima de uma mola gigante, que pende feito bêbada para um lado quando me sento em cima, fazendo-me ralar o joelho no chão. Há um cavalo de madeira onde fingimos que somos ginastas, uma cobra com as letras do alfabeto para andarmos em cima, um jogo de amarelinha, barras assimétricas. Depois voltamos para os balanços, onde uma fila de mães com seus lenços de papel e seus bebês de cara gorda me dão um muxoxo de reprovação quando corro na frente de Cal até o único balanço livre. Meu vestido deixa aparecer minhas coxas. Isso me faz rir. Me faz inclinar para trás e subir ainda mais alto. Talvez, se eu subir alto o suficiente, o mundo seja diferente.

Não vejo Zoey chegar. Quando Cal aponta para ela, está encostada na entrada do parquinho olhando para nós. Talvez esteja ali há séculos. Está vestindo uma blusa justa e curta e uma saia que mal cobre o seu bumbum.

– Oi – diz ela quando chegamos perto. – Estou vendo que já começaram sem mim.

Sinto-me corar.

– O Cal queria que eu andasse no balanço.

– E você teve que dizer sim, claro.

– Sim.

Ela olha para Cal, pensativa.

– A gente vai ao mercado – diz a ele. – Vamos fazer compras e conversar sobre ficar menstruada, então você vai achar muito chato.

Ele a olha zangado, com o rosto todo sujo de terra.

– Eu quero ir na loja de mágica.

– Ótimo. Vai lá então. A gente se vê mais tarde.

– Ele tem que vir com a gente – digo a Zoey. – Eu prometi a ele.

Ela dá um suspiro e se afasta. Automaticamente, Cal e eu a seguimos.

No colégio, Zoey era a única menina que não tinha medo da minha doença. Ainda é a única pessoa que eu conheço que anda na rua como se assaltos não acontecessem nunca, como se as pessoas nunca fossem esfaqueadas, ônibus nunca subissem nas calçadas, doenças nunca acontecessem. Estar com ela é como ouvir que eles se equivocaram e eu não vou morrer, quem vai morrer é outra pessoa, e é tudo um erro.

– Rebola – diz ela por cima do ombro. – Mexe esse quadril, Tessa!

Meu vestido é muito curto. Mostra cada movimento e cada dobra. Um carro buzina. Um grupo de meninos olha fixa e demoradamente para meus peitos, para minha bunda.

– Por que você tem que fazer o que ela diz? – pergunta Cal.

– Eu tenho e pronto.

Zoey fica radiante. Espera nós dois a alcançarmos e me dá o braço.

– Está perdoada – diz.

– Perdoada por quê?

Ela se aproxima de mim como uma conspiradora.

– Por ter sido tão horrível com a história da sua trepada de merda.

– Eu não fui horrível!

– Foi, sim. Mas tudo bem.

– Cochichar é falta de educação! – diz Cal.

Ela o empurra na nossa frente e me puxa para mais perto enquanto caminhamos.

– Então – diz ela. – Até onde está preparada para ir? Se eu disser pra você fazer uma tatuagem, você faz?

– Sim.

– Você tomaria drogas?

– Eu *quero* tomar drogas!

– Diria "eu te amo" praquele homem?

O homem para quem ela aponta é careca e mais velho do que o meu pai. Está saindo de uma loja que vende jornais e revistas enquanto rasga o celofane de um maço de cigarros e deixa o papel cair de sua mão até o chão.

– Diria.

– Então vai lá.

O homem tira um cigarro do maço, acende e sopra a fumaça no ar. Ando até ele e ele se vira, com um meio-sorriso no rosto, talvez esperando ver alguém conhecido.

– Eu te amo – digo.

Ele franze o cenho, então vê Zoey rindo.

– Dá o fora daqui, porra – diz. – Sua imbecil.

É hilário. Eu e Zoey nos seguramos uma na outra e rimos muito. Cal, desesperado, olha para nós com uma careta.

– Dá pra gente ir agora? – pergunta.

O mercado está lotado. Gente por toda parte, acotovelando-se, como se o dia estivesse cheio de emergências. Velhas gordas com suas cestas de compras passam me empurrando; pais com carrinhos de bebê ocupam o espaço inteiro. Estar ali em pé, com a luz cinza desse dia à minha volta, é como estar dentro de um sonho, como se eu não estivesse sequer me mexendo, como se a calçada estivesse grudando e meus pés fossem feitos de chumbo. Meninos se esgueiram por mim, de capuzes levantados, rostos sem expressão. Meninas com quem eu estudava no colégio passam serpenteando. Não me reconhecem mais; faz muito tempo que eu não entro em uma sala de aula. O ar está tomado pelo cheiro de cachorro-quente, hambúrguer e cebola. Tudo está à venda – galinhas para caldo penduradas pelos pés, bandejas de tripas e miúdos, quartos de porco com as costelas partidas ao meio expostas. Tecidos, lã, renda e cortinas. Na barraca de brinquedos, cães ladram e dão cambalhotas e soldadinhos de corda batem pratos. O dono da barraca sorri para mim e aponta para uma boneca de plástico gigante, sentada e muda em sua capa de celofane.

– Só dez libras, meu bem.

Viro-lhe as costas, fingindo não ter escutado.

Zoey me olha, séria.

– Você devia estar dizendo sim para tudo. Da próxima vez, compre... O que quer que seja. Tá bom?

– Sim.

– Ótimo. Volto daqui a um minuto. – E ela desaparece na multidão.

Não quero que ela vá embora. Eu preciso dela. Se ela não voltar, o meu dia vai ter se resumido a uma volta no parquinho e alguns assobios no caminho do mercado.

– Está tudo bem com você? – pergunta Cal.

– Tudo.

– Não parece.

– Eu estou bem.

– Bom, eu estou achando um saco.

O que é perigoso, porque obviamente vou ter de dizer sim caso ele queira ir para casa.

– A Zoey vai voltar daqui a um minuto. Quem sabe a gente pega o ônibus até o outro lado da cidade? A gente podia ir na loja de mágica.

Cal dá de ombros, enfia as mãos no bolso.

– Ela não vai querer fazer isso.

– Vai olhar os brinquedos enquanto espera.

– Os brinquedos são uma bosta.

São mesmo? Eu costumava vir aqui com papai e olhar os brinquedos. Tudo costumava cintilar.

Zoey volta, parecendo nervosa.

– O Scott é um babaca mentiroso – diz ela.

– Quem?

– O Scott. Ele disse que trabalhava em uma barraca, mas não está lá.

– O Doidinho? Quando foi que ele te disse isso?

Ela me olha como se eu fosse inteiramente louca, e torna a se afastar. Vai até um homem atrás da barraca de frutas e se inclina por cima das caixas de bananas para falar com ele. Ele fica olhando para os seus peitos.

Uma mulher se aproxima de mim. Está carregando vários sacos plásticos. Olha bem para mim, e eu não desvio os olhos.

– Dez costeletas, três pacotes de toucinho defumado e uma galinha para caldo – sussurra ela. – Quer?

– Sim.

Ela me passa uma sacola, depois cutuca uma casquinha do nariz enquanto eu acho o dinheiro. Dou-lhe cinco libras e ela vasculha os bolsos e me devolve duas de troco.

– Uma pechincha – diz.

Cal parece um pouco assustado quando ela se afasta.

– Por que você fez isso?

– Cala a boca – respondo, porque em nenhum lugar das regras está dito que eu tenha de ficar satisfeita com o que fizer. Como só me restam doze libras, penso se poderia mudar as regras para poder só dizer sim ao que for de graça. A sacola pinga sangue a meus pés. Pergunto-me se preciso ficar com tudo que comprar.

Zoey volta, repara na sacola e a tira da minha mão.

– Que porcaria tem aí dentro? – Ela dá uma espiada. – Parecem pedaços de cachorro morto! – Ela joga tudo dentro de uma lata de lixo, depois torna a se virar para mim, sorrindo. – Achei o Scott. No final das contas ele estava lá, sim. O Jake está com ele. Vem.

Enquanto abrimos caminho em meio à multidão, Zoey me diz que encontrou Scott algumas vezes desde que fomos à casa deles. Não olha para mim quando me conta isso.

– Por que você não me falou?

– Você ficou fora de combate por mais de quatro semanas! E eu achei que você fosse ficar puta.

É chocante vê-los à luz do dia, em pé atrás de uma barraca que vende lanternas e torradeiras, relógios e chaleiras elétricas. Parecem mais velhos do que eu me lembrava.

Zoey dá a volta para falar com Scott. Jake me comprimenta com a cabeça.

– Tudo bem? – pergunta ele.

– Tudo.

– Fazendo compras?

Ele parece diferente – suado e um pouco encabulado. Uma mulher aparece atrás de mim, e Cal e eu temos de sair do caminho para ela chegar à barraca. Ela compra quatro pilhas. Custam uma libra. Jake as põe dentro de um saco plástico para ela e pega o dinheiro. Ela vai embora.

– Quer umas pilhas? – pergunta ele. Não me olha direito nos olhos. – Não precisa pagar.

Alguma coisa na maneira como ele diz isso, como se estivesse me fazendo um enorme favor, como se estivesse com pena de mim e quisesse mostrar que é um cara decente – alguma coisa me diz que ele sabe. Zoey contou a ele. Posso ver a culpa e a pena em seus olhos. Ele trepou com uma menina moribunda e agora está com medo. Talvez eu seja contagiosa; minha doença roçou seu ombro, e talvez esteja esperando por ele.

– Quer ou não quer? – Ele pega um pacote de pilhas e acena para mim com elas.

– Sim – é o que sai da minha boca. A decepção da palavra tem de ser engolida depressa enquanto pego suas pilhas idiotas e as coloco dentro da bolsa.

Cal me dá um forte cutucão nas costelas.

– A gente pode ir agora?

– Sim.

Zoey está com o braço em volta da cintura de Scott.

– Não! – diz ela. – A gente vai pra casa deles. Eles param pra almoçar daqui a meia hora.

– Vou levar o Cal ao outro lado da cidade.

Zoey está sorrindo ao se aproximar de mim. Está muito bonita, como se Scott a houvesse aquecido.

– Não era pra você dizer sim?

– O Cal perguntou primeiro.

Ela franze o cenho.

– Eles têm ketamina em casa. Está tudo combinado. Pode trazer o Cal, se quiser. Eles arrumam alguma coisa pra ele fazer, tipo um PlayStation ou algo assim.

– Você contou pro Jake.

– Contei o quê?

– Sobre mim.

– Não.

Ela fica vermelha, e é obrigada a jogar o cigarro no chão e pisar em cima para não ter de olhar para mim.

Posso imaginar direitinho como ela contou. Foi até a casa deles e os fez apertar um baseado, e insistiu em dar o primeiro tapa, tragando fundo e com força enquanto os dois a olhavam. Então se aninhou junto a Scott e disse: "Ei, sabem a Tessa?"

E então contou. Talvez tenha até chorado. Aposto que Scott a abraçou. Aposto que Jake pegou o baseado e tragou fundo o suficiente para não ter de pensar no assunto.

Agarro a mão de Cal e puxo-o para longe dali. Para longe de Zoey, do mercado. Puxo-o até os degraus atrás das barracas e até a ruazinha que margeia o canal.

– Pra onde a gente está indo? – geme ele.

– Cala a boca.

– Você está me deixando com medo.

Baixo os olhos para o rosto dele e nem ligo.

De vez em quando, sonho que estou andando pela casa, só entrando e saindo dos cômodos, e ninguém da minha família me reconhece. Passo por papai na escada e ele me comprimenta com educação, como se eu estivesse ali para fazer faxina, ou na verdade a casa fosse um hotel. Cal me olha desconfiado quando entro no meu quarto. Todas as minhas coisas sumiram, e outra menina está dentro do quarto em vez de mim, uma menina de vestido florido, com lábios brilhantes e bochechas firmes como duas maçãs. É minha vida paralela, penso. A vida onde sou saudável, onde Jake teria ficado feliz em me conhecer.

Na vida real, arrasto meu irmão pela ruazinha em direção ao café debruçado sobre o canal.

– Vai ser legal – digo a ele. – Vamos tomar sorvete, chocolate quente e Coca-Cola.

– Você não pode comer açúcar. Vou contar pro papai.

Aperto a mão dele com mais força ainda. Há um homem em pé no caminho um pouco mais adiante, entre nós dois e o café. Está de pijama e olha para o canal. De sua boca pende um cigarro velho.

– Quero ir pra casa – diz Cal.

Mas eu quero mostrar a ele os ratos do caminho que margeia o canal, as folhas arrancadas das árvores aos gritos, a forma como as pessoas evitam as dificuldades, a forma como aquele homem de pijama é mais real do que Zoey, que surge trotando atrás de nós com sua boca grande e seus tolos cabelos louros.

– Vai embora – digo a ela sem sequer me virar.

Ela agarra meu braço.

– Por que é que tudo com você tem que ser tão dramático?

Empurro-a para longe.

– Sei lá, Zoey. Por que será, você acha?

– Não é nenhum segredo. Um monte de gente sabe que você está doente. O Jake não ligou, mas agora está te achando a maior esquisita.

– Eu *sou* a maior esquisita.

Ela me olha com os olhos apertados.

– Acho que você gosta de estar doente.

– Você acha?

– Você não suporta ser normal.

– É, tem razão, é incrível. Quer trocar?

– Todo mundo morre – diz ela, como se fosse algo em que houvesse acabado de pensar e não fosse ligar se acontecesse com ela.

Cal puxa a manga da minha roupa.

– Olha – diz.

O homem de pijama entrou no canal. Está chapinhando na água rasa e batendo na água com as mãos. Olha para nós sem expressão, e então sorri, exibindo vários dentes de ouro. Sinto minha coluna formigar.

– Uma nadadinha, senhoras? – chama ele. Tem sotaque escocês. Eu nunca fui à Escócia.

– Entra lá com ele – diz Zoey. – Por que não?

– Você está me dizendo pra fazer isso?

Ela sorri para mim, maliciosa.

– Sim.

Espio rapidamente as mesas do lado de fora do café. As pessoas estão olhando para nós. Vão pensar que eu sou uma drogada, uma psicopata, uma louca. Subo o vestido e prendo-o na calcinha.

– O que você está fazendo? – sibila Cal. – Está todo mundo olhando!

– Então finge que você não está comigo.

– Vou fingir mesmo! – Ele se senta na grama, emburrado, enquanto eu tiro os sapatos.

Mergulho o dedão na água. Está tão fria que uma dormência sobe pela minha perna inteira.

Zoey toca meu braço.

– Não faz isso, Tess. Era brincadeira. Deixa de ser boba.

Será que ela não entende?

Entro n'água até a altura das coxas, e os patos saem grasnando, assustados. O canal não é fundo, é um pouco lamacento, e provavelmente no fundo tem todo tipo de porcaria. Ratos nadam nessa água. As pessoas jogam latinhas e carrinhos de compras, agulhas, cachorros mortos. Meus pés esmagam a lama mole.

Dente de Ouro acena enquanto caminha na minha direção, dando palmadas nos próprios quadris.

– Boa menina – diz. Seus lábios estão azuis e seus dentes de ouro reluzem. Ele tem um corte na testa, e sangue fresco escorre da linha de implantação dos cabelos em direção aos olhos. Isso me faz sentir ainda mais frio.

Um homem sai do café sacudindo um pano de prato.

– Ei! – grita ele. – Ei, sai daí!

Ele está usando um avental, e sua barriga treme quando ele se inclina para me ajudar.

– Ficou maluca? – pergunta. – Você pode pegar uma doença nessa água. – Ele vira-se para Zoey. – Você está com ela?

– Desculpa – diz Zoey. – Não consegui fazer ela parar. – Ela sacode os cabelos de um lado para o outro para ele entender que não é culpa sua. Detesto isso.

– Ela não está comigo – digo ao homem. – Eu não conheço essa menina.

Zoey fecha a cara, e o homem do café torna a se virar para mim, confuso. Deixa que eu use o pano de prato para secar as pernas. Então me diz que eu sou maluca. Diz que todos os jovens são drogados. Enquanto ele grita, fico olhando Zoey se afastar. Ela vai ficando cada vez menor até desaparecer. O homem do café pergunta onde estão meus pais; pergunta se eu conheço o homem dos dentes de ouro, que agora está escalando a margem oposta do canal e rindo sozinho uma risada rouca. O homem do café dá vários muxoxos, mas depois segue comigo pelo caminho até o café, faz com que eu me sente e me traz uma xícara de chá. Ponho três torrões de açúcar na bebida e tomo pequenos goles. Muitas pessoas me encaram. Cal parece um tanto assustado e pequenino.

– O que você está fazendo? – sussurra ele.

Vou sentir tanta saudade dele que me dá vontade de machucá-lo. Também me dá vontade de levá-lo para casa e entregá-lo a papai antes que eu perca nós dois. Mas lá em casa é um tédio. Lá posso dizer sim a tudo, porque papai não vai me pedir para fazer nada de verdade.

O chá aquece minha barriga. O céu muda de cinza opaco para ensolarado e volta ao cinza no minuto seguinte. Nem mesmo o tempo consegue decidir o que fazer, e fica pulando de um acontecimento ridículo para outro.

– Vamos pegar um ônibus – digo.

Levanto-me, seguro a beirada da mesa e torno a calçar os sapatos. As pessoas fingem não prestar atenção em mim, mas posso sentir seus olhos. Eles fazem com que eu me sinta viva.

Onze

– É verdade? – pergunta Cal enquanto andamos até o ponto de ônibus. – Você gosta de estar doente?

– Às vezes.

– Foi por isso que você pulou n'água?

Paro e olho para ele, para seus olhos azul-claros. São salpicados de cinza, como os meus. Há fotos dele e minhas na mesma idade, e não existe uma única diferença entre nós.

– Eu pulei porque fiz uma lista de coisas a fazer. Hoje tenho que dizer sim pra tudo.

Ele pensa um pouco, leva alguns segundos para entender o que aquilo significa, e então dá um grande sorriso.

– Então você tem que dizer sim pra tudo que eu pedir?

– Isso mesmo.

Pegamos o primeiro ônibus que aparece. Vamos nos sentar no andar de cima, atrás.

– Tá bom – sussurra Cal. – Mostra a língua praquele homem.

Ele adora quando obedeço.

– Agora mostra o dedo praquela mulher na calçada, depois sopra beijos praqueles meninos.

– Seria mais engraçado se você fizesse comigo.

Fazemos caretas, acenamos para todo mundo, dizemos *meleca*, *bunda* e *pinto* o mais alto que conseguimos. Quando fazemos sinal para descer do ônibus, estamos sozinhos no andar de cima. Todo mundo nos odeia, mas não estamos nem aí.

– Pra onde a gente vai? – pergunta Cal.

– Fazer compras.

– Você está com seu cartão de crédito? Pode comprar coisas pra mim?

– Sim.

Primeiro compramos um helicóptero movido a controle remoto. O brinquedo pode decolar já estando suspenso no ar e é capaz de subir até dez metros de altura. Cal joga a caixa fora na cesta de lixo ao lado da loja e faz o helicóptero ir voando na nossa frente pela rua. Seguimos atrás dele, encantados com suas luzes multicoloridas, até a loja de lingerie.

Faço Cal ficar sentado do lado de dentro da loja junto com todos os outros homens que esperam suas mulheres. Há algo delicioso no fato de despir o vestido não para ser examinada, mas para uma mulher de voz suave que tira minhas medidas para um sutiã rendado e muito caro.

– Lilás – respondo quando ela pergunta sobre a cor. – E quero a calcinha do conjunto também. – Depois de eu pagar, ela me entrega as peças dentro de uma sacola elegante com alças prateadas.

Depois compro para Cal um cofrinho falante em forma de robô. Depois uma calça jeans para mim. Compro a mesma que Zoey tem, de pernas estreitas e tecido pré-lavado.

Cal compra um jogo de PlayStation. Eu compro um vestido. É de seda, verde-esmeralda e preto, e é a coisa mais cara que já comprei na vida. Pisco para mim mesma no espelho, deixo meu vestido molhado na cabine e torno a sair para encontrar Cal.

– Maneiro – diz ele quando me vê. – Sobrou dinheiro pra um relógio digital?

Compro um despertador para ele também, do tipo que projeta a hora em três dimensões no teto do quarto.

Depois compro botas. De couro, com zíper e saltos baixos. E uma sacola da mesma loja para levar todas as nossas coisas.

Depois de uma visita à loja de mágica, precisamos comprar uma mala de rodinhas para carregar a sacola. Cal sai arrastando a mala alegremente, mas ocorre-me que, se comprarmos mais alguma coisa, seremos obrigados a comprar um carro para carregar a mala. Um caminhão para carregar o carro. Um navio para levar o caminhão. Compraremos um porto, um oceano, um continente.

A dor de cabeça começa no McDonald's. É como se alguém de repente tivesse me escalpelado com uma colher e começado a cavoucar meu cérebro. Fico tonta e enjoada enquanto o mundo vai fazendo pressão para dentro. Tomo um comprimido de paracetamol, mas sei que isso só fará disfarçar a dor.

– Você está bem? – pergunta Cal.

– Estou.

Ele sabe que é mentira. Está repleto de comida e satisfeito como um rei, mas seus olhos estão amedrontados.

– Quero ir pra casa.

Sou obrigada a dizer sim. Ambos fingimos que não é por minha causa.

Fico em pé na calçada e o vejo chamar um táxi, segurando-me na parede para me equilibrar. Não vou terminar esse dia com uma transfusão. Não vou tolerar aquelas agulhas obscenas dentro de mim hoje.

No táxi, a mão de Cal é pequena, reconfortante e cabe direitinho dentro da minha. Tento saborear esse instante. Não é sempre que ele se oferece para segurar a minha mão.

– A gente vai levar bronca? – pergunta ele.

– O que eles podem fazer?

Ele ri.

– Então a gente pode ter outro dia assim?

– Claro.

– Da próxima vez, vamos patinar no gelo?

– Tá bom.

Ele continua falando sobre *rafting* em corredeiras, diz que gostaria de montar a cavalo, que não iria achar nada mal experimentar *bungee jump*. Fico olhando pela janela, com a cabeça latejando. A luz ricocheteia nas paredes e nos rostos e dispara na minha direção com força, muito perto. Parece uma centena de fogueiras acesas.

Doze

Sei que estou no hospital assim que abro os olhos. Todos eles têm o mesmo cheiro, e o tubo preso ao meu braço é dolorosamente conhecido. Tento me sentar na cama, mas minha cabeça desaba e a bile sobe pela minha garganta.

Uma enfermeira corre para junto de mim com uma bacia de papelão, mas chega tarde demais. A maior parte acaba em cima de mim e nos lençóis.

– Não tem problema – diz ela. – Vamos limpar isso rapidinho.

Ela enxuga minha boca, depois me ajuda a virar de lado para poder desamarrar minha camisola.

– O médico já vem – diz ela.

Enfermeiras nunca dizem o que sabem. São contratadas por sua boa disposição e pelo volume dos cabelos. Precisam ter um aspecto vivo e saudável, para servir de incentivo aos pacientes.

Ela conversa comigo enquanto me ajuda a vestir outra camisola, conta-me que já morou perto do mar na África do Sul e diz:

– O Sol lá é mais próximo da Terra, e sempre faz calor.

Ela tira os lençóis de baixo de mim e aparece com outros, limpos.

– Aqui na Inglaterra meus pés estão sempre muito frios – continua. – Agora vamos rolar você de volta. Um, dois, três e... Isso, prontinho. Ah, bem na hora... O médico chegou.

Ele é careca, branco e de meia-idade. Cumprimenta-me educamente e arrasta uma cadeira de debaixo da janela para se sentar ao lado da cama. Sempre espero que em algum hospital, em algum lugar deste país, eu vá encontrar o médico perfeito, mas nenhum deles nunca é o certo. Quero um mágico de capa e varinha de condão, ou um cavaleiro com uma espada, alguém destemido. Esse de hoje é inexpressivo e educado como um vendedor.

– Tessa – começa ele –, você sabe o que é hipercalcemia?

– Se eu disser que não, posso ter outra coisa?

Ele parece espantado, e é exatamente esse o problema: eles nunca entendem direito a piada. Queria que ele tivesse um assistente. Um palhaço seria bom, alguém para lhe fazer cosquinhas com uma pena enquanto ele dá seu parecer médico.

Ele folheia o prontuário que tem no colo.

– Hipercalcemia é uma patologia em que a sua taxa de cálcio fica muito alta. Estamos tratando você com bisfosfonatos para baixar essa taxa. Você já deveria estar se sentindo bem menos confusa e enjoada.

– Estou sempre confusa – digo a ele.

– Tem alguma pergunta?

Ele me olha como quem espera alguma coisa, e detesto decepcioná-lo, mas o que eu poderia perguntar para esse homenzinho sem graça?

Ele me diz que a enfermeira vai me dar um remédio para me ajudar a dormir. Levanta-se e se despede com a cabeça. Essa é a hora em que o palhaço faria um caminho de cascas de banana até a porta, depois viria se sentar na cama comigo. Juntos riríamos nas costas do médico enquanto ele se retirasse com seu passinho corrido.

Está escuro quando acordo, e não consigo me lembrar de nada. Isso me apavora. Durante uns dez segundos, luto contra a realidade, chutando os lençóis embolados, convencida de que fui raptada ou algo pior.

É papai quem corre até junto de mim, afaga minha cabeça, sussurra meu nome várias vezes como se fosse uma fórmula de magia.

É então que me lembro. Eu pulei dentro de um rio, convenci Cal a me acompanhar em um ridículo surto de compras, e agora estou no hospital. Mas o intervalo de esquecimento faz meu coração bater depressa como o de um coelho, porque de fato, por um minuto, esqueci quem eu era. Tornei-me ninguém, e sei que isso vai acontecer de novo.

Papai sorri para mim.

– Quer um pouco d'água? – pergunta. – Está com sede?

Ele me serve um copo d'água da jarra, mas sacudo a cabeça, e ele torna a pousá-lo sobre a mesa.

– A Zoey sabe que eu estou aqui?

Ele remexe no bolso do casaco e tira um maço de cigarros. Vai até a janela e a abre. O ar frio se insinua para dentro.

– Você não pode fumar aqui, pai.

Ele fecha a janela e torna a guardar os cigarros no bolso.

– Não – diz. – Acho que não. – Volta a se sentar, estende a mão para segurar a minha. Imagino se ele também terá esquecido quem é.

– Eu gastei muito dinheiro, pai.

– Eu sei. Não faz mal.

– Nem achei que o meu cartão conseguisse fazer tudo aquilo. Em cada loja, achava que fossem recusar o cartão, mas isso nunca aconteceu. No entanto, guardei todos os recibos, então a gente pode devolver tudo.

– Shhh – diz ele. – Está tudo bem.

– O Cal está legal? Eu assustei ele?

– Ele vai sobreviver. Quer falar com ele? Está lá fora no corredor com a sua mãe.

Nunca, ao longo dos quatro últimos anos, todos os três vieram me visitar ao mesmo tempo. Sinto medo de repente.

Os dois entram, muito sérios, Cal apertando a mão de mamãe, mamãe parecendo fora de lugar, papai segurando a porta aberta. Todos os três ficam em pé ao lado da cama olhando para mim. Parece a premonição de um dia que ainda irá acontecer. Mais tarde. Agora não. Um dia em que não vou conseguir vê-los olhando, nem sorrir, nem lhes dizer para pararem de me assustar e se sentarem.

Mamãe puxa uma cadeira para mais perto, inclina-se e me dá um beijo. Seu cheiro conhecido – o sabão em pó que ela usa, o óleo de laranja que passa no pescoço – me dá vontade de chorar.

– Que susto você me deu! – diz ela, e sacode a cabeça como se simplesmente não pudesse acreditar.

– Também fiquei com medo – sussurra Cal. – Você desmaiou no táxi, e o motorista pensou que você estivesse bêbada.

– Foi mesmo?

– Eu não sabia o que fazer. Ele disse que, se você vomitasse, a gente ia ter que pagar uma taxa extra.

– E eu vomitei?

– Não.

– E aí você mandou ele ir pastar?

Cal sorri, mas o sorriso treme nos cantos.

– Não.

– Quer vir sentar aqui na cama?

Ele faz que não com a cabeça.

– Ô, Cal, não chora! Vem sentar aqui na cama comigo, vem. Vamos tentar lembrar de todas as coisas que a gente comprou.

Mas, em vez disso, ele se senta no colo de mamãe. Acho que nunca o vi fazer isso. Não tenho certeza de que papai tenha visto também. Até mesmo Cal parece surpreso. Ele se vira para o ombro dela e começa a soluçar desbragadamente. Ela afaga suas costas, traçando círculos com a mão. Papai olha pela janela. E eu estico os dedos por cima do lençol à minha frente. Estão muito magros e brancos, como as mãos de um vampiro, capazes de sugar o calor de qualquer pessoa.

– Quando eu era pequena, sempre quis ter um vestido de veludo – diz mamãe. – Um vestido verde, com gola rendada. Minha irmã tinha um e eu nunca tive, então entendo o que é querer ter coisas bonitas. Se você algum dia quiser ir fazer compras de novo, Tessa, posso ir com você. – Ela indica o quarto com a mão em um gesto extravagante. – Vamos todos!

Cal se afasta do ombro dela para olhá-la no rosto.

– É? Eu também?

– Você também.

– Só imagino quem vai pagar! – diz papai de seu lugar junto ao parapeito da janela.

Mamãe sorri, seca as lágrimas de Cal com as costas da mão, depois beija sua bochecha.

– Salgadas – diz. – Salgadas como o mar.

Papai a olha fazer isso. Pergunto-me se ela sabe que ele está olhando.

Ela começa a contar uma história sobre sua irmã mimada, Sarah, e um pônei chamado Tango. Papai ri, e diz que ela não pode reclamar de ter tido uma infância de privações. Ela então o provoca, contando-nos como deu as costas a uma família rica para ficar na pior casando-se com papai. E Cal pratica um truque com uma moeda, passando uma libra de uma das mãos para a outra, e em seguida abrindo o punho para nos mostrar que ela sumiu.

É maravilhoso ouvi-los conversar, suas palavras deslizando umas para dentro das outras. Meus ossos não doem tanto com eles três assim tão perto. Quem sabe, se eu ficar bem paradinha, eles não percebam a lua pálida do lado de fora da janela, nem ouçam o carrinho de remédios sacolejando pelo corredor. Poderiam passar a noite aqui. Poderíamos fazer bagunça, contar piadas e histórias até o sol raiar.

Mas, depois de algum tempo, mamãe diz:

– O Cal está com sono. Vou levar ele pra casa agora e pôr ele na cama. – Vira-se para papai. – Te vejo lá.

Ela me dá um beijo de boa-noite, depois me sopra um outro da janela. Chego a senti-lo aterrissar na minha bochecha.

– Tchau, fedorenta – diz Cal.

E eles vão embora.

– Ela vai dormir na nossa casa? – pergunto a papai.

– Parece mais fácil, só por hoje.

Ele se aproxima, senta-se na cadeira e segura minha mão.

– Sabe – diz –, quando você era bebê, eu e sua mãe ficávamos acordados durante a noite vendo você respirar. Tínhamos certeza de que você ia se esquecer de respirar se a gente parasse de olhar. – Sua mão muda de posição, o contorno de seus dedos fica mais suave. – Pode rir de mim, mas é verdade. Fica mais fácil quando os filhos crescem, mas nunca passa. Eu me preocupo com você o tempo inteiro.

– Por que você está me dizendo isso?

Ele dá um suspiro.

– Sei que você está armando alguma coisa. O Cal me contou sobre uma tal lista que você fez. Preciso saber do que se trata, não porque eu queira te impedir, mas porque quero garantir que vai estar segura.

– Não é a mesma coisa?

– Não, acho que não. É como se você estivesse dando o melhor que tem pra outra pessoa, Tess. Ser deixado de fora disso dói demais.

Sua voz vai sumindo. Será que é só isso mesmo que ele quer? Ser incluído? Mas como posso lhe contar sobre Jake e sua estreita cama de solteiro? Como posso lhe contar que foi Zoey quem me mandou pular, e que eu tive de dizer sim? Em seguida vêm as drogas. E, depois das drogas, ainda restam sete coisas a fazer. Se eu lhe contar, ele vai tirá-las de mim. Não quero passar o resto da minha vida enrolada em um cobertor no sofá com a cabeça no ombro de papai. A lista é a única coisa que me faz seguir em frente.

Treze

Pensei que fosse de manhã, mas não é. Pensei que a casa estivesse silenciosa porque todo mundo já tinha acordado e saído. Mas são só seis da manhã, e tenho de me conformar com a luz difusa da aurora.

Pego um pacote de salgadinhos de queijo no armário da cozinha e ligo o rádio. Depois de um engavetamento, várias pessoas passaram a noite presas nos carros na auto-estrada M3. Não tinham como ir ao banheiro, e os serviços de emergência tiveram de levar comida e água para elas. Congestionamento. O mundo está ficando lotado. Um membro conservador do parlamento trai a mulher. Um corpo é encontrado em um hotel. É como escutar um desenho animado. Desligo o rádio e pego um picolé de creme com cobertura de chocolate no congelador. O sorvete me faz sentir uma leve embriaguez e muito frio. Pego meu casaco no gancho e fico zanzando pela cozinha, escutando as folhas e sombras e os leves barulhos de poeira caindo. Isso me aquece um pouco.

São seis e dezessete.

Talvez no jardim haja alguma coisa diferente – búfalos selvagens, uma nave espacial, montanhas de rosas vermelhas. Abro a porta dos fundos bem devagar, implorando ao mundo que me traga algo surpreendente e novo. Mas é tudo horrivelmente conhecido – canteiros vazios, grama encharcada, nuvens baixas e cinzentas.

Mando para Zoey um torpedo com uma palavra só: DROGAS!!

Ela não responde. Aposto que está na casa de Scott, aquecida e feliz nos seus braços. Os dois foram me visitar no hospital, sentaram-se na mesma cadeira como se tivessem se casado, e eu tivesse perdido isso. Levaram-me algumas ameixas e uma lanterna de Halloween do mercado.

– Tenho ajudado Scott na barraca – disse Zoey.

Tudo em que eu conseguia pensar era como o final de outubro tinha passado depressa, e como o peso do braço de Scott em seu ombro a estava deixando mais lenta. Uma semana se passou desde esse dia. Embora tenha me mandado torpedos todos os dias, ela não parece mais estar interessada na minha lista.

Sem ela, acho que só me resta ficar aqui no degrau de casa vendo as nuvens se juntarem e desaguarem. A água vai escorrer em filetes pela janela da cozinha, e outro dia vai começar a se desfazer diante dos meus olhos. Isso lá é vida? Isso lá é alguma coisa?

Uma porta se abre e se fecha no vizinho. Ouve-se o som pesado de botas andando na lama. Vou até a cerca e estico a cabeça por cima dela.

– Oi de novo!

Adam leva a mão ao peito como se eu tivesse lhe provocado um infarto.

– Nossa! Que susto!

– Desculpe.

Ele não está vestido para trabalhar no jardim. Está usando uma jaqueta de couro e uma calça jeans, e tem um capacete de motociclista na mão.

– Vai sair?

– Vou.

Nós dois olhamos para sua moto. Está ao lado do barracão, presa por uma corrente. É vermelha e prateada. Parece que daria um pulo se alguém a soltasse.

– Legal a sua moto.

Ele faz que sim com a cabeça.

– Acabei de consertar.

– Qual era o problema?

– Me derrubaram, e os garfos entortaram. Você entende de motos?

Cogito mentir, mas esse é o tipo de mentira que logo é desmascarado.

– Na verdade, não. Mas eu sempre quis andar de moto.

Ele me lança um olhar estranho. Isso me faz pensar em qual será minha aparência. Eu ontem estava com cara de drogada, porque minha pele parecia estar ficando amarela. Na noite passada pus um par de brincos para tentar reverter o efeito, mas esqueci de checar meu rosto hoje de manhã. Qualquer coisa poderia ter acontecido durante a noite. Sinto-me um pouco desconfortável com ele me olhando desse jeito.

– Escuta – diz ele. – Tem uma coisa que eu acho que deveria te contar.

Pelo desconforto em sua voz, já sei o que vai ser, e sinto vontade de poupá-lo.

– Não tem problema – digo. – Meu pai não sabe mesmo segurar a língua. Hoje em dia até os desconhecidos olham pra mim com pena.

– É mesmo? – Ele parece espantado. – É que eu passei algum tempo sem te ver, então perguntei pro seu irmão se você estava bem. Foi ele quem me contou.

Olho para meus pés, para um pedaço de grama em frente aos meus pés, para o espaço entre a grama e a parte de baixo da cerca.

– Pensei que você tivesse diabetes. Quando você desmaiou daquela vez, sabe. Eu não fazia idéia.

– Não.

– Sinto muito. Quero dizer, senti muito quando ele me contou.

– É.

– Achei importante te contar que eu sei.

– Obrigada.

Nossas palavras soam muito altas. Elas ocupam todo o espaço na minha cabeça, e ficam lá dentro ecoando para mim.

Depois de algum tempo, digo:

– As pessoas têm tendência a surtar um pouco quando ficam sabendo, como se não conseguissem suportar. – Ele concorda, como se já soubesse disso. – Mas eu não vou tipo cair morta neste segundo. Tenho toda uma lista de coisas que quero fazer antes.

Eu não sabia que iria contar isso a ele. Fico surpresa. Também fico surpresa quando ele sorri.

– Tipo o quê? – pergunta ele.

Com certeza não vou lhe contar sobre Jake nem sobre pular dentro do rio.

– Bom, a próxima coisa da lista são drogas.

– Drogas?

– É, e não estou falando de aspirina.

Ele ri.

– Não, não achei que estivesse.

– A minha amiga vai me arrumar um E.

– Ecstasy? Você deveria tomar chá de cogumelo, é melhor.

– Chá de cogumelo dá alucinação, né? Não quero esqueletos correndo atrás de mim.

– Você vai ficar sonhando, não alucinada.

Isso não é lá muito reconfortante, porque não acho que os meus sonhos sejam iguais aos das outras pessoas. Eu sempre acabo em lugares desolados dos quais é difícil voltar. Acordo com calor e com sede.

– Posso arrumar uns cogumelos pra você, se quiser – diz ele.

– Pode?

– Hoje, se quiser.

– Hoje?

– Não há momento melhor do que o presente.

– Eu prometi pra minha amiga que não iria fazer nada sem ela.

Ele arqueia a sobrancelha.

– É uma promessa e tanto.

Desvio o olhar para minha casa. Papai logo vai acordar e ir direto para o computador. Cal vai sair para o colégio.

– Posso ligar pra ela e ver se ela pode vir.

Ele fecha o zíper da jaqueta.

– Tá bom.

– Onde você vai arrumar os cogumelos?

Um sorriso vagaroso ergue os cantos de sua boca.

– Um dia eu te levo pra andar de moto e te mostro. – Ele se afasta de costas pelo caminho, ainda sorrindo. Fico vidrada nos seus olhos, verde-claros à luz da manhã.

Catorze

– Onde você acha que ele vai arrumar os cogumelos, Zoey?

Ela dá um longo bocejo.

– Na Terra do Nunca? – responde. – No País das Maravilhas?

– Por que você está sendo tão horrível?

Ela se vira na cama e olha para mim.

– Porque ele é chato e feio e você me enganou, então nem sei porque está perguntando isso. Não deveria ter pedido drogas pra ele. Eu te disse que iria conseguir.

– Você não tem aparecido muito.

– Da última vez que te vi, você estava deitada na cama do hospital e eu estava te visitando!

– E eu só fui parar lá porque você me disse pra pular dentro de um rio!

Ela dá a língua para mim, então torno a me virar para a janela. Adam já chegou em casa faz tempo, passou meia hora lá dentro, depois saiu e começou a varrer folhas com um ancinho. Eu achava que, a esta altura, ele já fosse ter batido na porta. Talvez a gente deva ir procurá-lo.

Zoey vem se postar ao meu lado, e ficamos as duas olhando para ele. Sempre que ele joga um punhado de folhas no carrinho, várias delas saem voando por causa do vento e caem de novo na grama.

– Ele não tem nada melhor pra fazer?

Sabia que ela iria pensar isso. Zoey não tem muita paciência para nada que exija alguma espera. Se ela plantasse uma semente, teria de desenterrá-la todos os dias para verificar se já estava germinando.

– Ele está cuidando do jardim.

Ela me lança um olhar de desprezo.

– Ele por acaso é retardado?

– Não!

– Não deveria estar na faculdade ou algo assim?

– Acho que ele cuida da mãe.

Ela me fita com olhos cúmplices.

– Você está a fim dele.

– Estou nada.

– Está, sim. Está apaixonada por ele em segredo. Sabe coisas sobre ele que não teria como saber se não estivesse ligando.

Sacudo a cabeça, tentando despistá-la. Ela agora vai brincar com o assunto, torná-lo mais importante do que teria sido sem ela.

– Você fica aqui todo dia espionando ele?

– Não.

– Aposto que fica. Vou perguntar se ele também está a fim de você.

– Não, Zoey!

Ela corre para a porta, rindo.

– Vou perguntar se ele quer casar com você!

– Por favor, Zoey. Não estraga tudo.

Ela torna a atravessar o quarto devagar, balançando a cabeça.

– Tessa, eu pensei que você tivesse entendido as regras! Nunca deixar um cara entrar no seu coração... É fatal!

– E você com o Scott?

– É diferente.

– Por quê?

Ela sorri.

– É só sexo.

– Não é, não. Quando vocês foram me visitar no hospital, você mal conseguiu tirar os olhos da cara dele.

– Mentira!

– Verdade.

Zoey costumava viver a vida como se a raça humana estivesse à beira da extinção, como se nada fosse realmente importante. Mas, quando está com Scott, ela fica toda suave e calorosa. Será que não percebe isso em si mesma?

Ela me olha com uma expressão tão séria que agarro seu rosto e lhe dou um beijo na boca, porque quero que ela volte a sorrir. Seus lábios são macios, e ela tem um cheiro bom. Passa pela minha cabeça que desse jeito talvez seja possível sugar alguns dos seus glóbulos brancos bons para dentro de mim, mas ela me empurra antes de eu ter oportunidade de testar minha teoria.

– Por que você fez isso?

– Porque você está estragando tudo. Agora vai perguntar pro Adam se ele conseguiu os cogumelos.

– Vai você.

Sorrio para ela.

– Vamos as duas.

Ela limpa os lábios com a manga da roupa e faz cara de quem não está entendendo.

– Tá, tá bom. O seu quarto está mesmo ficando com um cheiro estranho.

Quando Adam nos vê cruzando o gramado, solta o ancinho e caminha na nossa direção para nos encontrar na cerca. Sinto-me um pouco tonta quando ele se aproxima. O jardim parece mais claro do que antes.

– Esta é a minha amiga Zoey.

Ele sorri para ela.

– Ouvi falar tanto de você! – diz ela. E dá um suspiro, um som que a faz parecer pequena e indefesa. Todos os meninos que eu já conheci acham Zoey uma gata.

– É mesmo?

– Ah, é! A Tessa fala de você o tempo todo!

Dou-lhe um chute rápido para fazê-la calar a boca, mas ela se esquiva de mim e joga os cabelos de um lado para o outro.

– Conseguiu? – pergunto, querendo distraí-lo de Zoey.

Ele enfia a mão no bolso da jaqueta, tira um saquinho plástico e entrega-o para mim. O saquinho está cheio de pequenos cogumelos escuros. Parecem semiformados, secretos, não totalmente prontos para o mundo.

– Onde você os arrumou?

– Eu colhi.

Zoey arranca o saquinho da minha mão e ergue-o contra a luz.

– Como é que a gente vai saber que são os certos? Podem ser venenosos!

– Não são, não – diz ele. – Também não são chapéus-da-morte nem cogumelos-bobos.

Ela franze o cenho e torna a lhe entregar os cogumelos.

– Acho que a gente não vai incomodar. Vai ser melhor tomar um ecstasy.

– Tomem os dois – diz ele. – Estes aqui hoje, e um E outro dia.

Ela se vira para mim.

– O que você acha?

– Acho que devemos aceitá-los. E, depois, eu não tenho nada a perder.

Adam sorri.

– Ótimo – diz. – Vamos lá pra dentro que eu faço o chá.

A cozinha da casa dele é tão limpa que parece saída de uma exposição de decoração; não há nem louça secando no escorredor. É estranho como tudo é o inverso da nossa casa. Não só o cômodo espelhado, mas a organização e o silêncio.

Adam puxa uma cadeira para mim e eu me sento.

– Sua mãe está em casa? – pergunto.

– Está dormindo.

– Ela não está bem?

– Está, sim.

Ele vai até a chaleira elétrica e a liga, pega algumas xícaras no armário e as põe ao lado da chaleira.

Zoey faz uma careta para ele pelas costas, depois sorri para mim enquanto tira o casaco.

– Esta casa é igual à sua – diz ela. – Só que de trás pra frente.

– Senta – digo a ela.

Ela pega os cogumelos de cima da mesa, abre o saquinho e cheira.

– Eca! Tem certeza de que são os certos?

Adam pega os cogumelos da mão dela e leva-os até o bule de chá. Despeja-os todos lá dentro e joga água fervente por cima. Ela o segue e fica espiando por cima do ombro dele.

– Não parece suficiente. Você sabe mesmo o que está fazendo?

– Eu não vou tomar – responde ele. – Quando a onda bater, a gente vai pra um lugar. Eu cuido de vocês duas.

Zoey revira os olhos para mim como se aquilo fosse a coisa mais ridícula que ela já tivesse escutado.

– Eu já usei drogas – diz-lhe ela. – Tenho certeza de que a gente não precisa de babá.

Fico olhando para suas costas enquanto ele mexe o bule. O barulhinho da colher me lembra a hora de dormir, quando papai prepara chocolate quente para mim e Cal; há o mesmo cuidado na sua mexida.

– Você não pode rir se a gente fizer alguma coisa boba – digo.

Ele sorri para mim por cima do ombro.

– Vocês não vão fazer nenhuma bobeira.

– Talvez a gente faça – diz Zoey. – Você não conhece a gente. Talvez a gente fique totalmente louca. A Tessa é capaz de qualquer coisa agora que tem a tal lista.

– É mesmo?

– Cala a boca, Zoey! – digo a ela.

Ela torna a se sentar diante da mesa.

– Ih – diz, embora não pareça nada arrependida.

Adam traz as xícaras e as põe na nossa frente. Estão envoltas em vapor e têm um cheiro nojento – de papelão e urtiga molhada.

Zoey se inclina e cheira sua xícara.

– Parece um caldo gorduroso!

Ele se senta ao seu lado.

– Está tudo bem. Confiem em mim. Pus um bastão de canela para adoçar.

Isso a faz revirar os olhos para mim outra vez.

Ela dá um gole hesitante, engole com uma careta.

– Toma tudo – diz Adam. – Quanto antes vocês beberem, mais rápido vão ficar loucas.

Não sei o que vai acontecer agora, mas há alguma coisa muito calma nele que parece contagiosa. Sua voz é a única coisa nítida. Beba, diz ele. Então ficamos sentadas na cozinha bebendo uma água marrom nojenta, e ele fica nos olhando. Zoey tapa o nariz e dá grandes goles enojados. Eu simplesmente viro tudo de uma vez. Não faz muita diferença o que eu como ou bebo, porque nada mais tem gosto bom.

Ficamos sentados durante algum tempo, conversando bobagens. Não consigo me concentrar direito. Adam explica como é possível identificar os cogumelos certos por suas cabeças pontudas e seus caules finos. Diz que crescem em punhados, mas só no final do verão e no outono. Diz que são permitidos pela lei, que é possível comprá-los secos em algumas lojas. Então, como nada está acontecendo ainda, ele prepara uma xícara de chá normal para cada um de nós. Não estou com muita vontade de tomar meu chá, simplesmente envolvo a xícara com as mãos para me aquecer. A cozinha está muito fria, mais fria do que o lado de fora. Penso em pedir a Zoey para ir buscar meu casaco em casa mas, quando tento falar, minha garganta se contrai como se mãozinhas estivessem me estrangulando por dentro.

– É pra sentir dor no pescoço?

Adam faz que não com a cabeça.

– Parece que a minha traquéia está encolhendo.

– Vai passar. – Mas um lampejo de medo atravessa o seu semblante.

Zoey olha para ele, zangada.

– Você deu chá demais pra gente tomar?

– Não! Vai ficar tudo bem... Ela só precisa de um pouco de ar.

Mas a sua voz agora tem uma pontinha de dúvida. Aposto que ele está pensando a mesma coisa que eu: que eu sou diferente, que o meu corpo reage de forma diferente, que talvez isso tenha sido um erro.

– Vem, vamos sair.

Levanto-me e ele me conduz pelo hall até a porta da frente.

– Espera aqui no degrau... Vou pegar um casaco pra você.

A frente da casa está imersa em sombras. Fico em pé no degrau tentando respirar fundo, tentando não entrar em pânico. No pé do degrau há um caminho de terra batida que leva à entrada da garagem e ao carro da mãe de Adam. Há grama dos dois lados do caminho. Por algum motivo, a grama hoje parece diferente. Não apenas a cor, mas o quão curta ela está, espetada como um crânio raspado. Enquanto olho, vai ficando cada vez mais óbvio que tanto o degrau quanto o caminho são lugares seguros para se estar, mas que a grama é malévola.

Seguro a aldraba para ter certeza de que não vou escorregar. Quando a aperto, percebo que a porta da frente tem um buraco que parece um olho. Toda a madeira conduz a esse olho em uma série de espirais e nós, de modo que a porta parece estar escorregando para dentro de si mesma, condensando-se e tornando a se expandir. É um movimento lento e sutil. Passo séculos prestando atenção nele. Em seguida, aproximo o olho do buraco, mas lá dentro está enevoado, então torno a entrar no hall e fecho a porta, e olho pelo buraco na outra direção. O mundo lá de dentro é muito diferente, e a entrada da garagem parece se esticar como um fio.

– Como vai sua garganta? – pergunta Adam, reaparecendo no hall e me estendendo um casaco.

– Você já olhou por aqui?

– As suas pupilas estão imensas! – diz ele. – Melhor a gente sair agora. Põe o casaco.

É uma parca com pele em volta do capuz. Adam fecha o zíper para mim. Sinto-me como uma criança esquimó.

– Cadê sua amiga?

Por um minuto, não sei de quem ele está falando; então me lembro de Zoey, e meu coração se enche de calor.

– Zoey! Zoey! – chamo. – Vem cá ver isso.

Ela está sorrindo quando aparece no hall, com os olhos fundos e escuros como o inverno.

– Seus olhos! – digo a ela.

Ela olha para mim, maravilhada.

– Os seus também!

Ficamos olhando uma para a outra até nossos narizes se tocarem.

– Tem um tapete na cozinha... – sussurra ela. – Tem um mundo inteiro dentro dele.

– É a mesma coisa com a porta. As coisas mudam de forma se você olhar pelo buraco.

– Me mostra.

– Desculpa – diz Adam. – Não quero estragar esse momento, mas alguém quer dar uma volta?

Ele tira do bolso as chaves de um carro e nos mostra. São incríveis.

Adam afasta Zoey da porta e saímos. Aponta as chaves para o carro, e este emite um bipe em resposta. Desço o degrau com muito cuidado e vou andando pelo caminho, aviso a Zoey para fazer o mesmo, mas ela não me ouve. Sai dançando pela grama e parece estar bem, então talvez para ela as coisas sejam diferentes.

Entro na frente do carro junto com Adam; Zoey senta-se atrás.

Esperamos um minuto, então Adam pergunta:

– E aí, o que estão achando?

Mas eu não vou contar nada disso a ele.

Percebo como ele é cuidadoso quando estende a mão em direção ao volante, como se estivesse tentando convencer algum animal raro a comer na sua mão.

– Adoro este carro – diz ele.

Entendo o que ele quer dizer. Estar ali dentro é como estar sentado dentro de um relógio de boa qualidade.

– Era do meu pai. Minha mãe não gosta que eu dirija.

– Então talvez seja melhor a gente ficar aqui! – diz Zoey do banco de trás. – Olha que legal que vai ser!

Adam vira-se para olhar para ela. Ele fala muito lentamente.

– Vou levar vocês pra um lugar – diz. – Estou só dizendo que ela não vai ficar muito contente.

Zoey se joga no banco de trás e sacode a cabeça para o teto, incrédula.

– Cuidado com os sapatos! – grita ele.

Ela torna a se sentar muito depressa e aponta um dedo para ele.

– Olha só pra você! – diz ela. – Parece um cachorro prestes a cagar em algum lugar proibido!

– Cala a boca – diz ele, e fico completamente chocada, porque não sabia que essa voz existia dentro dele.

Zoey se encolhe para longe dele.

– Dirige aí e pronto, cara – balbucia ela.

Nem sequer percebo que ele ligou o motor. O interior do carro é tão silencioso e caro que nem mesmo é possível escutá-lo. Mas, quando saimos da garagem e passamos pelo portão, as casas e os jardins da nossa rua começam a passar, e fico feliz. Essa viagem vai me abrir portas. Meu pai diz que os músicos escrevem todas as suas melhores músicas quando estão doidões. Eu vou descobrir algo incrível. Sei que vou. E vou trazer de volta comigo. Como o Santo Graal.

Abro a janela e debruço-me para fora, os braços também, toda a minha metade superior dependurada. Zoey faz o mesmo no banco de trás. O ar me atinge com força. Sinto-me tão alerta. Vejo coisas que nunca vi antes, meus dedos absorvem outras vidas – a menina bonita olhando para o namorado e querendo-o muito. O homem no ponto de ônibus alisando os cabelos, cada partícula de pele cintilando ao cair no chão, deixando pedacinhos dele espalhados por toda esta terra. O bebê chorando para ele, compreendendo a brevidade e a inutilidade de tudo.

– Olha, Zoey! – digo.

Aponto para uma casa com a porta aberta, um lampejo de hall, a mãe beijando sua filha. A menina hesita no degrau da frente. Eu conheço você, penso. Não tenha medo.

Tomando impulso no teto, Zoey agora já quase se projetou para fora do carro. Seus pés pisam o banco de trás, e seu rosto apareceu ao lado da minha janela. Ela parece uma sereia na proa de um navio.

– Entra na porcaria do carro! – grita Adam. – E tira o pé de cima da porcaria do banco!

Ela torna a afundar para dentro, explodindo em gargalhadas.

Chamam esse trecho da estrada de Curva do Assalto. Meu pai sempre lê notícias sobre ele no jornal local. É um lugar de atos de violência aleatórios, de pobreza e desespero. Mas, enquanto ganhamos velocidade e outras vidas passam em disparada, vejo como as pessoas são lindas. Vou morrer antes delas, eu sei, mas todas irão se juntar a mim, uma a uma.

Cortamos caminho pelas ruas internas. O plano, segundo Adam, é ir para a floresta. Lá tem um café e um parque, e ninguém saberá quem somos.

– Lá vocês podem ficar muito loucas sem serem reconhecidas – diz ele. – E também não é longe, então a gente volta a tempo da hora do chá.

– Ficou maluco? – grita Zoey do banco de trás. – Que caretice! Eu quero que todo mundo saiba que estou doidona e não quero nenhuma porcaria de chá!

Ela torna a se debruçar pela janela, soprando beijos para todos os desconhecidos que passam. Parece uma Rapunzel em fuga, com os cabelos estalando ao vento. Mas então Adam pisa no freio, e Zoey bate com a cabeça no teto do carro.

– Caramba! – grita ela. – Você fez isso de propósito!

Ela desaba no banco traseiro, esfregando a cabeça e gemendo baixinho.

– Desculpa – diz Adam. – Preciso pôr gasolina.

– Babaca – diz ela.

Ele desce do carro e dá a volta até a traseira, onde estão as bombas. Zoey parece subitamente adormecida, afundada no banco de trás, chupando o polegar. Talvez tenha tido uma concussão.

– Tudo bem com você? – pergunto.

– Ele está te querendo! – sibila ela. – Quer se livrar de mim pra poder ficar com você só pra ele. Você não pode deixar!

– Não acho que isso seja verdade.

– Como se você fosse notar!

Ela torna a enfiar o polegar na boca e vira a cabeça para o outro lado. Deixo-a em paz, desço do carro e vou conversar com o homem da lojinha do posto. Ele tem uma cicatriz parecendo um rio de prata que sai da linha dos cabelos e desce por toda a testa até o osso do nariz. Parece meu tio Bill que já morreu.

Inclina-se para a frente por cima da pequena escrivaninha.

– Número? – pergunta ele.

– Oito.

Ele faz cara de quem não está entendendo.

– Não, oito não.

– Tá, então vou ser o três.

– Cadê o seu carro?

– Ali.

– O Jaguar?

– Sei lá.

– Você não sabe?

– Não sei o nome dele.

– Ai, meu Deus do céu!

O vidro entre nós dois se distorce para se ajustar à sua raiva. Recuo, espantada e admirada.

– Acho que esse cara é um mágico – digo a Adam quando ele aparece por trás de mim e põe a mão no meu ombro.

– Acho que você tem razão – sussurra ele. – Melhor voltar pro carro.

Mais tarde, acordo no meio de uma floresta. O carro está parado e Adam não está por perto. Zoey dorme, estendida no banco de trás feito uma criança. Através da janela, a luz filtrada pelas árvores é fantasmagórica e tênue. Não sei dizer se é dia ou noite. Sinto-me muito em paz quando abro a porta e saio do carro.

Há muitas árvores, todas de tipos diferentes, decíduas e sempre-verdes. Faz tanto frio que devemos estar na Escócia.

Ando um pouquinho, tocando a casca das árvores, cumprimentando as folhas. Percebo que estou com fome, uma fome real e perigosa. Se um urso aparecer, lutarei com ele até derrubá-lo e comer a sua cabeça. Talvez devesse acender uma fogueira. Montarei armadilhas e cavarei buracos, e o próximo animal que aparecer vai acabar em um espeto. Construirei um abrigo com gravetos e folhas e morarei aqui para sempre. Sem fornos de microondas nem pesticidas. Sem pijamas fosforescentes nem relógios que brilham no escuro. Sem TV, sem nada feito de plástico. Sem laquê nem tinta para cabelos e nem cigarros. A fábrica petroquímica está bem longe. Nesta floresta estou segura. Rio baixinho comigo mesma. Não consigo acreditar que nunca pensei nisso antes. É esse o segredo que vim buscar aqui.

Então vejo Adam. Ele parece menor e subitamente distante.

– Descobri uma coisa! – grito.

– O que você está fazendo? – A voz dele é quase inaudível e perfeita.

Não respondo, porque é óbvio e não quero que ele pareça burro. Por que outro motivo eu estaria aqui juntando gravetos, folhas e coisas assim?

– Desce daí! – grita ele.

Mas a árvore me envolve com seus braços e me implora para não descer. Tento explicar isso a Adam, mas não tenho certeza de que ele me ouve. Está tirando o casaco. Começa a subir.

– Você tem que descer! – grita ele. Parece muito religioso escalando os galhos, subindo cada vez mais alto, como um belo monge vindo me salvar. – Seu pai me mata se você quebrar alguma coisa. Por favor, Tessa, desce daí agora.

Ele está próximo, seu rosto reduzido apenas à luz atrás dos olhos. Inclino-me para tirar o frio dele com uma lambida. Sua pele é salgada.

– Por favor – diz ele.

Não machuca nadinha. Juntos navegamos para baixo, pegando grandes braçadas de ar. Lá embaixo, nos sentamos em um ninho de folhas, e Adam me segura como se eu fosse um bebê.

– O que você estava fazendo? – pergunta ele. – Que porcaria estava fazendo lá em cima?

– Juntando material para um abrigo.

– Eu acho que a sua amiga tinha razão. Não deveria ter dado tanto chá pra você.

Mas ele não me deu nada. Exceto seu nome e a sujeira debaixo de suas unhas. Eu mal o conheço. Pergunto-me se deveria confiar nele para lhe contar meu segredo.

– Vou te contar uma coisa – digo. – E você tem que prometer que não vai contar pra ninguém. Tá?

Ele concorda, embora com uma expressão insegura. Ergo-me mais um pouco, sentada ao seu lado, e certifico-me de que ele está olhando para mim antes de começar. Cores e luzes lampejam por cima dele. Ele é tão luminoso que posso ver seus ossos, e o mundo atrás de seus olhos.

– Eu não estou mais doente. – Sinto-me tão empolgada que é difícil falar. – Tenho que ficar aqui nesta floresta. Preciso ficar longe do mundo moderno e de todos os seus objetos, aí não vou mais estar doente. Pode ficar comigo se quiser. A gente constrói coisas, abrigos e armadilhas. Cultivaremos legumes.

Os olhos de Adam estão marejados de lágrimas. Vê-lo chorar é como ser puxada do alto de uma montanha.

– Tessa – diz ele.

Acima de seu ombro há um buraco no céu, e, através dele, o chiado da estática de uma antena de satélite faz meus dentes tremerem. Então o chiado some e resta apenas uma imensidão vazia.

Levo o dedo aos seus lábios.

– Não – digo a ele. – Não fala nada.

Quinze

– Estou na internet – diz papai, apontando para o laptop. – Quer ir andar pra lá e pra cá em algum outro lugar?

A luz do computador pisca refletida em seus óculos. Sento-me na cadeira à sua frente.

– Isso também atrapalha – diz ele sem erguer os olhos.

– Eu ficar sentada aqui?

– Não.

– Eu batucar na mesa?

– Escuta – diz ele –, tem um médico aqui que inventou um sistema chamado respiração óssea. Já ouviu falar?

– Não.

– Você tem que imaginar sua respiração como uma cor quente, depois inspirar pelo pé esquerdo, subir pela perna até o quadril, e expirar do mesmo jeito. Sete vezes, depois fazer a mesma coisa na perna direita. Quer tentar?

– Não.

Ele tira os óculos e olha para mim.

– Parou de chover. Por que não pega um cobertor e vai sentar no jardim? Eu te aviso quando a enfermeira chegar.

– Não quero.

Ele dá um suspiro, torna a pôr os óculos e volta ao laptop. Eu o detesto. Sei que ele está olhando para mim enquanto saio. Ouço seu suspirozinho de alívio.

Todas as portas dos quartos estão fechadas, então o hall está escuro. Subo a escada de quatro, sento-me no alto e olho para baixo. A escuridão contém movimento. Talvez eu esteja começando a ver coisas que os outros não conseguem ver. Como átomos. Desço quicando de bunda e torno a rastejar até lá em cima, apreciando a sensação do carpete sendo esmagado debaixo dos meus joelhos. São treze degraus. Todas as vezes que conto é a mesma coisa.

Encolho-me no pé da escada. É ali que a gata fica sentada quando quer que as pessoas tropecem nela. Sempre quis ser um gato. Carinhoso e domesticado quando quer, selvagem quando não quer.

A campainha toca. Encolho-me mais ainda.

Papai sai para o hall.

– Tessa! – exclama ele. – Pelo amor de Deus!

A enfermeira de hoje é nova. Veste uma saia xadrez e é corpulenta como um navio. Papai parece decepcionado.

– Essa é a Tessa – diz ele, apontando para onde estou deitada no carpete.

A enfermeira parece chocada.

– Ela caiu?

– Não, faz quase duas semanas que ela se recusa a sair de casa, e está ficando maluca.

A mulher se aproxima e olha para mim. Seus seios são imensos e estremecem quando ela estende a mão para me ajudar a levantar. Sua mão é grande como uma raquete de tênis.

– Meu nome é Philippa – diz, como se isso explicasse alguma coisa.

Ela me conduz até a sala de estar e me ajuda a sentar, deixando-se cair pesadamente em um assento na minha frente.

– Então – começa –, não está se sentindo bem hoje?

– Você estaria?

Papai me lança um olhar de alerta. Nem ligo.

– Alguma falta de ar ou enjôo?

– Estou tomando antiemético. Você por acaso leu a minha ficha?

– Não ligue para ela – diz papai. – Ela tem tido um pouco de dor nas pernas ultimamente, mais nada. A enfermeira que veio na semana passada disse que ela estava indo bem. Acho que o nome dela era Sian... Ela conhece o esquema da medicação.

Solto o ar com força pelo nariz, em um muxoxo. Ele tenta fazer a frase soar casual, mas não me engana. Da última vez em que Sian veio aqui, ele a convidou para jantar e fez papel de idiota.

– A equipe tenta manter uma continuidade – diz Philippa –, mas isso nem sempre é possível. – Ela torna a se virar para mim, ignorando papai e sua vida amorosa patética. – Tessa, você está com uma porção de hematomas nos braços.

– Eu subi em uma árvore.

– Isso indica que as suas plaquetas estão baixas. Tem alguma atividade importante planejada pra esta semana?

– Eu não preciso de transfusão!

– Vamos fazer um exame de sangue mesmo assim, só para garantir.

Papai lhe oferece um café, mas ela não aceita. Sian teria dito sim.

– Meu pai não dá conta – digo a Philippa quando ele sai para a cozinha de cara fechada. – Ele faz tudo errado.

Ela me ajuda a tirar a camisa.

– E como você se sente em relação a isso?

– Me dá vontade de rir.

Ela pega uma gaze e um spray antisséptico de sua maleta, calça luvas cirúrgicas e levanta meu braço para poder limpar em volta do cateter implantado na minha axila. Ficamos as duas esperando o spray secar.

– Você tem namorado? – pergunto a ela.

– Tenho marido.

– Qual o nome dele?

– Andy.

Ela parece pouco à vontade dizendo o nome em voz alta. Vejo pessoas diferentes o tempo todo, e elas nunca se apresentam direito. Mas gostam de saber tudo sobre mim.

– Você acredita em Deus? – pergunto a ela.

Ela se recosta na cadeira e franze o cenho.

– Que pergunta!

– Acredita?

– Bom, eu acho que gostaria de acreditar.

– E no céu? No céu você acredita?

Ela rasga o invólucro de uma agulha descartável.

– Acho que a idéia de céu me parece legal.

– Isso não quer dizer que ele existe.

Ela olha para mim, séria.

– Bom, tomara que exista.

– Eu acho que é uma baita mentira. Quando a gente morre, morre e pronto.

Estou começando a afetá-la agora; ela está com o rosto afogueado.

– E o que acontece com todo o espírito e a energia?

– Eles viram nada.

– Sabe – diz ela –, existem grupos de apoio, lugares onde você pode conhecer outros jovens na mesma situação que você.

– Ninguém está na mesma situação que eu.

– É essa a sua sensação?

– É essa a realidade.

Levanto o braço para ela poder retirar sangue pelo cateter subcutâneo. Sou metade robô, com plástico e metal implantados sob a pele. Ela retira sangue com uma seringa e joga fora. Que desperdício essa primeira seringa misturada com soro fisiológico. Ao longo dos anos, enfermeiras já devem ter retirado uma quantidade equivalente a todo o sangue do meu corpo. Ela enche uma segunda seringa, transfere-a para uma pipeta e escreve meu nome em tinta azul na etiqueta.

– Prontinho – diz. – Daqui a uma hora mais ou menos eu ligo para dar o resultado. Alguma outra coisa antes de eu ir?

– Não.

– Está com todos os remédios de que precisa? Quer que eu passe no consultório do seu médico pra pegar alguma receita repetida?

– Não estou precisando de nada.

Ela se iça para fora da cadeira e baixa os olhos para mim, solene.

– A equipe comunitária oferece muitos tipos de apoio que talvez você não conheça, Tessa. Podemos ajudar você a voltar ao colégio, por exemplo, mesmo que seja só em tempo parcial, mesmo que só por algumas semanas. Talvez valha a pena pensar em tentar normalizar a sua situação.

Rio bem na cara dela.

– Se você fosse eu, você iria ao colégio?

– Eu talvez me sentisse sozinho aqui o dia inteiro.

– Eu não estou sozinha.

– Não – diz ela. – Mas é pesado para o seu pai.

Que vaca. Coisas assim não se dizem. Encaro-a fixamente. Então ela entende o recado.

– Tchau, Tessa. Vou passar na cozinha para dar uma palavrinha com seu pai, e depois vou embora.

Apesar do fato de ela já ser gorda, papai lhe oferece um bolo de frutas e um café, e ela aceita! A única coisa que deveríamos oferecer às visitas é um saco plástico para eles enrolarem nos sapatos. Deveríamos mandar pintar um X gigante no portão.

Roubo um cigarro do casaco de papai, vou até o andar de cima e me debruço na janela de Cal. Quero ver a rua. Através das árvores dá para ver o asfalto. Um carro passa. Outro carro. Uma pessoa.

Sopro fumaça no ar. Sempre que trago, posso ouvir meus pulmões arranhando. Talvez eu esteja com tuberculose. Todos os melhores poetas tinham tuberculose; é um sinal de sensibilidade. Câncer é simplesmente humilhante.

Philippa sai pela porta da frente e fica parada junto ao degrau. Derrubo cinza nos seus cabelos, mas ela não percebe, apenas se despede com aquela sua voz retumbante e vai se afastando pelo caminho.

Fico sentada na cama de Cal. Papai vai subir daqui a um minuto. Enquanto espero, pego uma caneta e escrevo: *Pára-quedas, coquetéis, pedras, pirulitos, baldes, zebras, cabanas, cigarros, água fria da torneira* no papel de parede acima da cama do meu irmão. Então cheiro minhas axilas, a pele do meu braço, meus dedos. Aliso os cabelos para trás e para a frente, como um tapete.

Papai está levando séculos. Dou uma volta pelo quarto. No espelho, arranco um único fio de cabelo. Meus cabelos estão crescendo bem mais escuros, estranhamente encaracolados, como pêlos púbicos. Examino o fio, deixo-o cair. Gosto de poder desperdiçar um fio no carpete.

Na parede do quarto de Cal há um mapa-múndi. Oceanos e desertos. No teto, ele desenhou o sistema solar. Deito-me na cama para ver bem. O desenho me faz me sentir bem pequenininha.

Abro os olhos literalmente cinco minutos depois e desço para ver o que está fazendo papai demorar. Ele já saiu de fininho, deixou um recado idiota ao lado do laptop.

Ligo para ele.

– Cadê você?

– Você estava dormindo, Tess.

– Mas cadê você?

– Eu só saí pra tomar um cafezinho rápido. Estou no parque.

– No parque? O que você foi fazer no parque? Tem café aqui em casa.

– Tess! Por favor, eu só preciso de um pouco de ar. Liga a TV se estiver se sentindo sozinha. Eu já volto.

Uma mulher está preparando frango empanado. Três homens apertam botões enquanto competem por cinqüenta mil libras. Dois atores discutem sobre um gato morto. Um deles faz uma piada sobre empalhar o bicho. Estou sentada com as costas curvas. Muda. Atônita diante do lixo que passa na TV, de como todos temos tão pouco a dizer.

Mando um torpedo para Zoey. KD VC? Ela manda outro de volta dizendo que está na faculdade, mas é mentira porque ela não tem aula às sextas-feiras.

Queria ter o celular de Adam. Mandaria o seguinte torpedo: VC MORREU?

Ele deveria estar no jardim revirando adubo, turfa e vegetação apodrecida. Consultei o mês de novembro no *Manual de Jardinagem do Reader's Digest* de papai, e lá está escrito que é a época ideal para fertilizar o solo. Também deveria estar pensando em plantar um arbusto de aveleira, já que essa planta enfeita qualquer jardim. Pensei que a variedade *Corylus maxima* seria legal. As avelãs são grandes e em formato de coração.

Mas há dias ele não aparece.

E ele prometeu me levar para passear de moto.

Dezesseis

Ele é mais feio do que me lembro. É como se a minha memória o houvesse melhorado. Não sei por que isso aconteceu. Penso em como Zoey daria um muxoxo de desdém se soubesse que fui bater na porta dele, e esse pensamento me dá vontade de nunca contar a ela. Ela diz que gente feia lhe dá dor de cabeça.

– Você está me evitando – digo a ele.

Ele parece surpreso por um segundo, mas disfarça bem depressa.

– Andei ocupado.

– Ah, é?

– É.

– Então não é porque você acha que eu sou contagiosa? A maioria das pessoas no final começa a agir como se fosse pegar câncer de mim, ou como se eu tivesse feito alguma coisa pra merecer isso.

Ele parece alarmado.

– Não, não! Eu não acho isso.

– Que bom. Então quando é que vai me levar pra passear de moto?

Ele arrasta os pés no degrau da frente e faz cara de encabulado.

– Na verdade eu não tenho carteira definitiva. Não posso levar ninguém na garupa sem ela.

Sou capaz de pensar em um milhão de motivos pelos quais seria má idéia andar na garupa da moto de Adam. Porque podemos ter um acidente. Porque pode não ser tão bom quanto eu imagino. Porque o que vou dizer para Zoey? Porque é o que eu quero mesmo fazer, mais do que tudo. Mas não vou deixar o fato de ele não ter carteira definitiva ser um desses motivos.

– Você tem outro capacete? – pergunto.

O mesmo sorriso lento. Adoro esse sorriso! Eu acabei de achar ele feio? Nada disso, seu rosto se transforma quando ele sorri.

– No barracão. Tenho outra jaqueta também.

Não consigo evitar sorrir de volta. Sinto-me corajosa e segura.

– Então vamos. Antes que chova.

Ele fecha a porta atrás de si.

– Não vai chover.

Damos a volta até a lateral da casa e pegamos as coisas no barracão. Porém, quando ele está me ajudando a fechar a jaqueta, no exato instante em que está me dizendo que a moto faz cento e quarenta e cinco quilômetros por hora e que o vento vai estar frio, a porta dos fundos se abre e uma mulher sai para o quintal. Está de roupão e chinelos.

– Volta pra dentro, mãe, você vai ficar com frio – diz Adam.

Mas ela continua a percorrer o caminho de terra batida na nossa direção. Tem o rosto mais triste que eu já vi na vida, como se já tivesse se afogado e a maré houvesse deixado sua marca nela.

– Aonde você vai? – pergunta ela, sem sequer olhar para mim. – Você não disse que ia sair.

– Não vou demorar.

Ela emite um barulhinho engraçado no fundo da garganta. Adam ergue os olhos depressa.

– Pára com isso, mãe – diz. – Vai tomar seu banho e se vestir. Antes de você perceber eu já vou ter voltado.

Ela balança a cabeça com ar perdido e começa a andar de volta pelo caminho, então se detém como quem se lembrou de alguma coisa, vira-se e olha pela primeira vez para mim, uma desconhecida no seu jardim.

– Quem é você? – pergunta.

– Eu moro na casa ao lado. Vim visitar o Adam.

A tristeza em seu olhos aumenta.

– É, foi o que eu pensei.

Adam vai até ela e segura-a delicadamente pelos cotovelos.

– Vem – diz. – É melhor você voltar lá pra dentro.

Ela se deixa ajudar a percorrer o caminho até a porta dos fundos. Sobe o degrau, então se vira e torna a olhar para mim. Não diz nada, nem eu. Simplesmente ficamos nos olhando, e então ela cruza a soleira e entra na cozinha. Pergunto-me o que acontece nessa hora, o que eles dizem um ao outro.

– Ela está bem? – pergunto quando Adam torna a sair para o jardim.

– Vamos sair daqui – diz ele.

Não é o que eu imaginava, não é como descer uma ladeira bem rápido de bicicleta, nem mesmo como pôr a cabeça para fora da janela de um carro na auto-estrada. É mais primitivo, como estar em uma praia no inverno quando o vento chega uivando do mar. Os capacetes têm visores de plástico transparente. O meu está abaixado, mas o de Adam está levantado; ele fez isso de propósito.

– Gosto de sentir o vento nos olhos – diz.

Ele me disse para me inclinar quando fizéssemos curvas. Disse-me que, como era a minha primeira vez, não iria andar na velocidade máxima. Mas isso poderia significar qualquer coisa. Mesmo na metade da velocidade máxima, parecemos capazes de decolar. De sair voando.

Deixamos para trás as ruas, os postes e as casas. Deixamos as lojas, o parque industrial e a revendedora de madeira, e passamos para o outro lado de uma espécie de fronteira onde as coisas pertencem à cidade e são compreendidas. Surgem árvores, campos, espaço. Protejo-me atrás da curva de suas costas, fecho os olhos e imagino para onde ele está me levando. Imagino cavalos dentro do motor, com as crinas ao vento, a respiração se condensando no ar, as narinas latejando enquanto galopam. Certa vez, ouvi uma história sobre uma ninfa raptada por um deus e levada para algum lugar escuro e perigoso na traseira de uma carroça.

O lugar onde acabamos indo parar não é o que eu esperava – um estacionamento lamacento próximo à estrada. Há dois caminhões grandes parados, mais alguns carros e uma carrocinha de cachorro-quente.

Adam desliga o motor, abaixa o descanso com o pé e tira o capacete.

– Melhor você descer primeiro – diz.

Consinto, mal conseguindo falar: deixei meu fôlego para trás em algum ponto do caminho. Meus joelhos tremem, e é preciso um grande esforço para passar a perna por cima da moto e ficar em pé. A terra parece muito firme. Um dos caminhoneiros pisca para mim pela janela da cabine. Está segurando uma xícara de chá fumegante em uma das mãos. Na carrocinha de cachorro-quente, uma menina de rabo-de-cavalo estende um saquinho de batatas fritas por cima do balcão para um homem com um cachorro. Eu sou diferente de todos eles. É como se houvéssemos voado até ali e todas as outras pessoas fossem completamente normais.

– Não é aqui. Vamos comprar alguma coisa pra comer, aí eu te mostro – diz Adam.

Ele parece entender que eu ainda não consigo falar direito, e não espera resposta. Caminho atrás dele devagar, ouço-o pedir dois cachorros-quentes com anéis de cebola frita. Como ele sabia que essa seria minha idéia de um almoço perfeito?

Comemos em pé. Dividimos uma Coca. Parece-me espantoso eu estar ali, o mundo ter se aberto para mim da garupa de uma motocicleta, o céu parecer feito de seda, e eu ter visto a tarde chegar, não branca, nem cinza, nem de todo prateada, mas uma combinação dessas três cores. Por fim, depois de eu jogar o papel do sanduíche na lixeira e terminar a Coca, Adam pergunta:

– Pronta?

E eu o sigo por um portão nos fundos da carrocinha de cachorro-quente, atravesso uma vala até chegar a um pequeno bosque. Uma estradinha de terra serpenteia pelo meio das árvores e sai do outro lado, onde o espaço se abre. Eu não tinha percebido como estávamos alto. É incrível: a cidade inteira esparramada lá embaixo como se alguém a houvesse estendido aos nossos pés, e nós bem lá em cima, olhando para baixo.

– Uau! – exclamo. – Não sabia que aqui tinha esta vista.

– Pois é.

Vamos nos sentar lado a lado em um banco, com os joelhos se tocando bem de leve. O chão debaixo dos meus pés é duro. O ar está frio, com um cheiro de gelo que não chegou a congelar, do inverno que está por vir.

– É aqui que eu venho quando preciso me afastar de tudo – diz ele. – Foi aqui que eu peguei os cogumelos.

Ele tira do bolso sua latinha de fumo, abre-a, separa um pouco de tabaco em cima de um papel de seda e enrola um cigarro. Tem as unhas sujas, e estremeço ao pensar naquelas mãos me tocando.

– Toma – diz ele. – Vai esquentar você.

Ele me passa o cigarro, e fico olhando enquanto ele enrola outro para si. O cigarro parece um dedo branco e fino. Ele me oferece fogo. Passamos um tempão sem dizer nada, simplesmente soprando fumaça para a cidade lá embaixo.

– Qualquer coisa poderia estar acontecendo lá embaixo, mas aqui em cima a gente não iria nem saber – diz ele.

Entendo o que ele quer dizer. Lá naquelas casinhas pode estar havendo um pandemônio, os sonhos das pessoas todos embolados. Mas aqui em cima a sensação é de paz. De limpeza.

– Desculpa por aquilo mais cedo com a minha mãe – diz ele. – Ela às vezes é meio difícil de lidar.

– Ela está doente?

– Na verdade não.

– O que ela tem, então?

Ele suspira, corre uma das mãos pelos cabelos.

– Meu pai morreu atropelado há um ano e meio.

Ele joga o cigarro na grama, e nós dois ficamos olhando o brilho laranja. Vários minutos parecem passar antes de a brasa apagar.

– Quer falar sobre isso?

Ele dá de ombros.

– Não tem muita coisa pra dizer. Minha mãe e meu pai brigaram, ele saiu correndo pro *pub* e esqueceu de olhar antes de atravessar a rua. Duas horas depois, a polícia veio bater na nossa porta.

– Caraca!

– Já viu um policial com medo?

– Não.

– É assustador. Minha mãe sentou na escada e tapou as orelhas com as mãos, e eles ficaram em pé no hall, de quepe na mão e com os joelhos tremendo. – Ele ri pelo nariz, um som suave, sem humor. – Eram só um pouco mais velhos do que eu. Não tinham a menor idéia de como lidar com aquilo.

– Que horrível!

– Não ajudou muito. Levaram minha mãe para ver o corpo do meu pai. Ela queria, mas eles não deviam ter deixado. Ele estava bem mutilado.

– Você foi?

– Fiquei sentado do lado de fora.

Agora entendo em que Adam é diferente de Zoey, ou de qualquer outro menino ou menina que conheci no colégio. Uma ferida nos conecta.

Ele diz:

– Pensei que iria ajudar se a gente se mudasse da casa antiga, mas na verdade não. Ela ainda está tomando um milhão de remédios por dia.

– E você cuida dela?

– Mais ou menos isso.

– E a sua vida?

– Não tenho muita escolha.

Ele se vira no banco e fica de frente para mim. Parece estar me vendo de verdade, como se soubesse algo sobre mim que nem eu sei.

– Tessa, você sente medo?

Ninguém nunca me perguntou isso antes. Nunca. Encaro-o para ver se ele não está gozando com a minha cara ou perguntando por educação, mas ele sustenta o meu olhar. Então lhe conto como tenho medo do escuro, medo de dormir, medo de dedos unidos por membranas, de espaços pequenos, de portas.

– O medo vai e vem. As pessoas acham que quando você fica doente você se torna destemido e corajoso, mas não é assim. Na maior parte do tempo, é como ser perseguida por um psicopata, como se a qualquer momento eu pudesse levar um tiro. Mas algumas vezes eu esqueço durante horas.

– O que faz você esquecer?

– Pessoas. Fazer coisas. Quando eu estava com você na floresta, esqueci durante uma tarde inteira.

Ele inclina a cabeça bem devagar.

Então vem um silêncio. Um silêncio pequenininho, mas com um formato bem definido, como uma almofada em volta de uma caixa de cantos pontudos.

Adam diz:

– Eu gosto de você, Tessa.

Quando engulo, minha garganta dói.

– É?

– Naquele dia em que você apareceu pra jogar suas coisas na fogueira, você disse que queria se livrar de tudo. Disse que me olhava da sua janela. A maioria das pessoas não fala assim.

– Eu assustei você?

– Pelo contrário. – Ele olha para os próprios pés, como se estes pudessem lhe dar alguma pista. – Mas eu não posso te dar o que você quer.

– O que eu quero?

– Eu mal consigo segurar a minha própria onda. Tipo, se acontecesse alguma coisa entre a gente, de que iria adiantar? – Ele se remexe no banco. – Isso está saindo tudo errado.

Quando me levanto, sinto-me estranhamente intocável. Posso sentir que estou fechando alguma espécie de janela interna. É a janela que controla a temperatura e os sentimentos. Sinto-me frágil e quebradiça como uma folha de inverno.

– A gente se vê – digo.

– Você já vai?

– É, tenho umas coisas pra fazer na cidade. Desculpa, não percebi que horas eram.

– Você tem que ir agora?

– Vou encontrar uns amigos. Eles devem estar me esperando.

Ele cata os capacetes atabalhoadamente da grama.

– Bom, deixa eu te levar.

– Não, não, pode deixar. Vou pedir pra um deles vir me pegar. Eles todos têm carro.

Ele faz cara de espantado. Arrá! Ótimo! Assim ele aprende a nunca mais ser igual a todos os outros. Nem sequer me dou ao trabalho de dizer tchau.

– Espera aí! – diz ele.

Mas eu não vou esperar. Também não vou me virar para olhar para ele.

– O caminho pode estar escorregadio! – grita ele. – Está começando a chover.

Eu disse que iria chover. Sabia que iria.

– Tessa, deixa eu te dar uma carona!

Mas ele está muito enganado se acha que vou subir naquela moto junto com ele.

Cometi um erro fatal pensando que ele poderia me salvar.

Dezessete

Começo com agressão física, e enfio o cotovelo com força nas costas de uma mulher ao subir no ônibus. Ela se vira, com os olhos febris.

– Ai! – reclama. – Preste atenção!

– Foi ele! – digo, apontando para o homem atrás de mim. Ele não escuta, pois está ocupado demais carregando uma criança aos berros e gritando no telefone para perceber que o estou caluniando. A mulher passa por mim.

– Babaca! – diz ela para o homem.

Isso ele escuta.

Na confusão, deixo de pagar a passagem e arrumo um lugar nos fundos do ônibus. Três infrações em menos de um minuto. Nada mal.

Enquanto descia o morro, vasculhei os bolsos da jaqueta de motociclista de Adam. Mas tudo que encontrei foi um isqueiro e um velho cigarro enrolado todo torto, então, de toda forma, não teria tido como pagar o ônibus. Decido cometer a infração número quatro e acendo o cigarro. Um velho se vira e aponta o dedo para mim.

– Apague isso! – diz ele.

– Vá se danar! – digo a ele, resposta que, em um tribunal, acho que poderia ser considerada conduta violenta.

Sou boa nisso. Agora chegou a hora de um assassinatozinho, com uma rodada do Jogo da Morte.

O homem três lugares na minha frente está dando um macarrão de caixinha ao menininho sentado em seu colo. Contabilizo três pontos pelo corante alimentar que corre pelas veias da criança.

No assento do outro lado do corredor, uma mulher amarra um lenço na garganta. Um ponto pelo caroço em seu pescoço, irritado e cor-de-rosa como uma pata de caranguejo.

Outro ponto pelo ônibus que explode quando freia no sinal. Mais dois pelas enormes bolhas de plástico derretido dos assentos que se rompem no ar.

Uma orientadora com quem conversei no hospital disse que não é culpa minha. Segundo ela, devia haver montes de pessoas doentes que secretamente desejavam o mal para os saudáveis.

Contei a ela que meu pai diz que o câncer é uma espécie de trapaça, já que o corpo está fazendo uma coisa sem a ciência ou o consentimento da mente. Perguntei se ela achava que o jogo talvez fosse uma forma de a minha mente obter uma espécie de revanche.

– Talvez – disse ela. – Você joga sempre esse jogo?

O ônibus passa pelo cemitério, cujos portões de ferro estão abertos. Três pontos pelos mortos que levantam devagar as tampas dos caixões. Eles querem machucar os vivos. Não conseguem parar. Suas gargantas se liquefizeram, e seus dedos reluzem sob o fraco sol de outono.

Talvez já chegue. O ônibus agora está cheio demais. Nos corredores, as pessoas piscam e se mexem. "Estou no ônibus", dizem quando os celulares tocam. Se eu matar todas elas, isso só vai me deixar deprimida.

Forço-me a olhar pela janela. Já estamos na Willis Avenue. Meu colégio ficava aqui. Olhem lá o mercadinho! Tinha esquecido completamente que ele existia, embora tenha sido o primeiro lugar da cidade a vender granita. Zoey e eu costumávamos tomar uma por dia no verão, no caminho do colégio para casa. Lá vendem outras coisas também – tâmaras e figos frescos, barrinhas doces, pão de gergelim e doces orientais. Não consigo acreditar que esqueci o mercadinho.

Viramos à esquerda na locadora de vídeo, e um homem de avental branco está em pé em frente à porta do Barbecue Café afiando sua faca. Uma peça de cordeiro gira lentamente em um espeto na vitrine atrás dele. Há dois anos, com o dinheiro do jantar, se podia comprar um *kebab* com fritas nesse lugar, ou então, se fosse Zoey, um *kebab* com fritas mais um cigarro no varejo por debaixo do balcão.

Sinto saudade de Zoey. Desço do ônibus na praça do mercado e ligo para ela, que parece estar debaixo d'água.

– Você está numa piscina?

– Estou na banheira.

– Sozinha?

– É claro que sozinha!

– Você me mandou um torpedo dizendo que estava na faculdade. Eu sabia que era mentira.

– O que você quer, Tessa?

– Desrespeitar a lei.

– O quê?

– Número quatro na minha lista.

– E como é que você planeja fazer isso?

Antes, ela teria tido alguma idéia. Mas agora, por causa de Scott, perdeu a definição. É como se os contornos dos dois houvessem se confundido.

– Estava pensando em matar o primeiro-ministro. A idéia de começar uma revolução me agrada bastante.

– Muito engraçado.

– Ou a rainha. A gente podia pegar um ônibus até o palácio de Buckingham.

Zoey dá um suspiro. Nem sequer se dá ao trabalho de disfarçar.

– Eu tenho mais o que fazer. Não posso passar todos os dias com você.

– Faz dez dias que eu não te vejo! – Há um silêncio. Ele me dá vontade de magoá-la. – Você prometeu fazer tudo comigo, Zoey. Eu só fiz três coisas da lista. A esse ritmo, não vai dar tempo de fazer tudo.

– Ah, pelo amor de Deus!

– Estou no mercado. Vem me encontrar aqui, vai ser divertido.

– No mercado? O Scott está aí?

– Não sei, acabei de saltar do ônibus.

– Te encontro daqui a vinte minutos – diz ela.

O sol bate na minha xícara de chá, e é muito fácil estar sentada na varanda do café vendo-o brilhar.

– Acho que você é uma vampira – diz Zoey. – Sugou toda a minha energia. – Ela empurra o prato para o lado e descansa a cabeça sobre a mesa.

Gosto desse lugar: do toldo listrado de vermelho e branco acima de nós, da vista da praça até o chafariz. Gosto da sensação de chuva no ar, e da fileira de pássaros pousada ao longo da parede perto das latas de lixo.

– Que passarinhos são aqueles?

Zoey abre um dos olhos para ver.

– Estorninhos.

– Como é que você sabe?

– Sabendo.

Não tenho certeza se acredito nela, mas mesmo assim anoto o nome no guardanapo.

– E as nuvens? Você sabe o nome delas?

Ela geme e remexe a cabeça em cima da mesa.

– Você acha que as pedras têm nome, Zoey?

– Não! Nem as gotas de chuva, nem as folhas, nem nenhuma das outras maluquices de que você fica falando.

Ela forma um apoio com os braços e esconde o rosto de mim inteiramente. Está mal-humorada desde que chegou, e isso está começando a me irritar. Queria me encontrar com ela para me sentir melhor.

Zoey se remexe na cadeira.

– Você não está morrendo de frio?

– Não.

– A gente não pode simplesmente ir logo roubar um banco, ou qualquer outra coisa que você precise fazer?

– Me ensina a dirigir?

– Você não pode pedir pro seu pai?

– Já pedi, mas não está adiantando.

– Isso ia levar um milhão de anos, Tessa! Provavelmente nem é permitido. Eu mesma acabei de aprender.

– E desde quando você se importa com o que é permitido?

– A gente precisa falar sobre isso agora? Vem, vamos embora daqui.

Ela arrasta a cadeira para trás, mas ainda não estou pronta. Quero ver aquela nuvem negra avançar em direção ao sol. Quero ver o céu passar de cinza a preto. O vento ficará mais forte, e todas as folhas serão arrancadas das árvores. Correrei para pegá-las. Farei centenas de pedidos.

Três mulheres surgem empurrando carrinhos de bebê e crianças pela praça na nossa direção.

– Rápido! – exclamam elas. – Aqui, rápido, antes que chova de novo.

Elas estremecem e riem enquanto se espremem por onde estamos para chegar a uma mesa vazia.

– Quem quer o quê? – perguntam bem alto. – O que é que a gente vai querer? – O barulho que fazem é igual ao dos estorninhos.

Zoey se espreguiça e pisca para as mulheres como quem se pergunta de onde elas saíram. Fazem grande algazarra para tirar os casacos, acomodar as crianças em cadeiras altas, assoar narizes com lenços de papel e pedir suco e bolo de frutas.

– Minha mãe me trazia sempre aqui quando estava grávida do Cal – digo a Zoey. – Ela era completamente viciada em milk-shake. A gente vinha aqui todos os dias, até ela ficar tão gorda que o seu colo inteiro sumiu. Eu tinha que sentar em um banquinho do lado dela para assistir TV.

– Ai, meu Deus! – reclama Zoey. – Estar com você é como estar em um filme de terror!

Olho para ela com atenção pela primeira vez. Está inteiramente largada; veste apenas uma calça de moletom disforme e um suéter. Acho que é a primeira vez que a vejo sem maquiagem. Suas espinhas aparecem muito.

– Zoey, você está legal?

– Estou com frio.

– Você achou que o mercado fosse estar aberto hoje? Estava esperando encontrar o Scott?

– Não.

– Que bom, porque você não está nada bonita.

Ela me olha enfurecida.

– Roubar alguma loja – diz ela. – Vamos acabar logo com isso.

Dezoito

O Morrison's é o maior supermercado do shopping. Está quase na hora da saída das escolas, e o lugar está movimentadíssimo.

– Pega uma cestinha – diz Zoey. – E fica de olho nos seguranças.

– Que cara têm os seguranças?

– Cara de quem está trabalhando!

Caminho devagar, saboreando os detalhes. Faz séculos que não entro em um supermercado. Na seção de delicatessen há pratinhos em cima do balcão. Pego dois pedaços de queijo e azeitona, percebo que estou faminta, então pego também um punhado de cerejas no balcão de frutas. Vou mastigando enquanto caminho.

– Como é que você pode comer tanto? – pergunta Zoey. – Fico enjoada só de olhar.

Ela me instrui a pôr na cesta coisas que não quero: coisas normais, como sopa de tomate e biscoitos cream cracker.

– E no seu casaco – ensina ela – você põe as coisas que vai querer.

– Tipo o quê?

Ela faz cara de irritação.

– Sei lá, caramba! A loja está cheia de coisas. É só escolher.

Escolho um vidrinho fino de esmalte de unha vermelho-sangue. Ainda estou usando a jaqueta de Adam. Ela tem vários bolsos. O vidrinho entra fácil.

– Isso! – diz Zoey. – Você desrespeitou a lei direitinho. Dá pra gente ir embora agora?

– É só isso?

– Tecnicamente, sim.

– Mas isso não é nada! Sair correndo do café sem pagar teria sido mais divertido.

Ela suspira, dá uma olhada no celular.

– Mais cinco minutos então. – Soa muito parecida com papai.

– E você? Vai ficar só olhando?

– Eu fico vigiando pra você.

A assistente da seção de remédios está conversando com um cliente sobre tosse encatarrada. Não acho que ela vá sentir falta do tubo de Hidratante Corporal para Pele Seca, nem do potinho de Crème de Corps Nutritif. Na cesta entram torradas. No meu bolso entra um Creme Facial Hidratante. Chá em saquinho na cesta. Tratamento para a Pele Signs of Silk para mim. É um pouco como colher morangos.

– Sou boa nisso! – digo a Zoey.

– Ótimo!

Ela não está nem escutando. Grande vigia. Está zanzando junto ao balcão da farmácia.

– Agora o corredor dos chocolates – digo a ela.

Mas ela não responde, então deixo-a em paz.

Não é exatamente a Bélgica, mas a seção de doces tem caixas com trufas em miniatura amarradas com fitinhas fofas. Custam só uma libra e noventa e nove centavos, então pego duas caixas e enfio-as no bolso. Uma jaqueta de motociclista é muito boa para roubar. Pergunto-me se Adam sabe disso.

No último corredor, perto dos congeladores, meus bolsos estão todos estufados. Estou pensando quanto tempo o sorvete sabor chocolate caramelado com marshmallow da Ben & Jerry's iria durar no bolso de um casaco quando passam duas meninas que estudavam comigo no colégio. Elas param ao me ver, aproximam as cabeças e cochicham. Estou a ponto de mandar um torpedo para Zoey avisando que ela precisa me ajudar quando as duas se aproximam.

– Você é a Tessa Scott? – pergunta a loura.

– Sou.

– Lembra da gente? Fiona e Beth. – Ela faz isso soar como se as duas só existissem pareadas. – Você saiu no segundo ano, não foi?

– Primeiro.

As duas me olham com uma expressão ansiosa. Será que não percebem que para mim elas são de outro planeta – um planeta que gira muito mais lentamente do que o meu –, e que não tenho absolutamente nada a lhes dizer?

– Como você está? – pergunta Fiona. Beth assente como se concordasse totalmente com essa pergunta. – Ainda está fazendo todos aqueles tratamentos?

– Não, parei.

– Então você melhorou.

– Não.

Fico olhando para elas enquanto elas compreendem. A compreensão começa nos olhos e se espalha pelas bochechas até as bocas. É tudo muito previsível. Elas não vão mais fazer nenhuma pergunta, porque não restam mais perguntas educadas a serem feitas. Quero lhes dar permissão para ir embora, mas não sei como fazer isso.

– Estou aqui com a Zoey – digo quando o silêncio começa a durar demais. – Zoey Walker. Ela estava um ano na nossa frente.

– Ah, é? – Fiona cutuca a amiga. – Que estranho. Era sobre ela que eu estava te falando.

O rosto de Beth se acende ao ouvir isso, aliviada pelo fato de a conversa ter tomado novamente um rumo normal.

– Ela está te ajudando a fazer compras? – Ela parece estar falando com uma criança de 4 anos.

– Não exatamente.

– Ih, olha lá! – diz Fiona. – Olha ela ali. Agora entendeu de quem eu estava falando?

Beth faz que sim.

– Ah, tá, *ela*!

Estou começando a me arrepender de ter dito qualquer coisa. Tenho um pressentimento horrível em relação a essa situação. Mas agora é tarde demais.

Zoey não parece nada contente ao vê-las.

– O que vocês estão fazendo aqui?

– Conversando com a Tessa.

– Sobre o quê?

– Várias coisas.

Zoey olha para mim, desconfiada.

– Está pronta pra ir embora?

– Estou.

– Antes de vocês irem – diz Fiona, tocando a manga de Zoey –, é verdade que você está saindo com o Scott Redmond?

Zoey hesita.

– O que você tem com isso? Você conhece ele?

Fiona solta o ar pelo nariz, emitindo um ruído suave.

– Todo mundo conhece ele – diz, e revira os olhos para Beth. – *Todo mundo* mesmo.

Beth ri.

– É, ele saiu com a minha irmã por mais ou menos meia hora.

Os olhos de Zoey faíscam.

– Ah, é?

– Ei, olha – digo. – O papo está incrível, mas a gente agora precisa ir. Tenho que ir buscar os convites do meu enterro.

Isso cala a boca delas. Fiona faz cara de espanto.

– É mesmo?

– É. – Agarro o braço de Zoey. – Pena que eu não vou poder ir... Adoro festa. Se souberem de algum hino bacana, mandem por torpedo pra mim!

Deixamos as duas para trás com um ar completamente atônito. Eu e Zoey dobramos a esquina e vamos até a seção de material de cozinha, onde nos vemos cercadas por facas e aço inox.

– Elas são umas idiotas, Zoey. Não sabem de nada.

Ela finge interesse por uma pinça de açucareiro.

– Não quero falar sobre isso.

– Vamos fazer alguma coisa maluca pra ficarmos alegres. Vamos fazer o máximo possível de coisas proibidas em uma hora!

Com relutância, Zoey sorri.

– A gente podia tocar fogo na casa do Scott.

– Você não deve acreditar no que elas estão dizendo, Zoey.

– Por que não?

– Porque você conhece ele melhor do que elas.

Nunca vi Zoey chorar, nunca mesmo. Nem quando ela recebeu o resultado do diploma do ensino médio, nem quando lhe contei sobre o meu diagnóstico terminal. Sempre achei que ela fosse incapaz de chorar, como um vulcano do *Jornada nas Estrelas*. Mas agora está chorando. No supermercado. Ela tenta esconder, balançando os cabelos para tampar o rosto.

– O que foi? O que aconteceu?

– Tenho que ir atrás dele – diz ela.

– Agora?

– Desculpa.

Sinto muito frio vendo-a chorar; como é possível ela gostar tanto de Scott? Faz apenas umas poucas semanas que o conhece.

– A gente ainda não acabou de desrespeitar a lei.

Ela faz que sim com a cabeça; lágrimas escorrem por seu rosto.

– Quando terminar, é só largar a cestinha e sair da loja. Desculpa. Não posso fazer nada. Tenho que ir.

Já estive nessa situação antes, exatamente com a mesma visão. Suas costas que se afastam aos poucos, seus cabelos dourados se balançando enquanto ela vai ficando cada vez mais longe de mim.

Quem sabe eu toco fogo na casa *dela*.

Mas sozinha a brincadeira não tem mais graça, então largo a cestinha em qualquer lugar, fazendo o tipo "ai, esqueci a bolsa em casa", e fico parada por alguns instantes, coçando a cabeça, antes de começar a andar em direção à saída. Mas, logo antes de eu chegar lá, alguém me agarra pelo pulso.

Pensei que Zoey tivesse dito que os seguranças da loja seriam fáceis de identificar. Pensei que estariam mal-vestidos, de terno e gravata, e que usariam casaco porque passam o dia inteiro dentro da loja.

O homem que me segura está usando uma jaqueta jeans e tem os cabelos cortados bem rentes.

– A senhorita vai pagar pelas coisas que estão dentro do seu bolso? – pergunta. – Tenho motivos para acreditar que está portando mercadorias das seções cinco e sete escondidas na roupa. Um funcionário nosso viu quando as pegou.

Tiro o esmalte do bolso e estendo-o para ele.

– Toma, pode ficar.

– A senhorita vai ter de vir comigo agora.

Um calor sobe pelo meu pescoço até meu rosto e meus olhos.

– Eu não quero ir.

– A senhorita tentou sair da loja sem pagar – diz ele, e me puxa pelo braço.

Descemos um corredor até os fundos da loja. Todo mundo está olhando para mim, e esse olhar me queima. Não estou certa de que o homem possa me puxar assim. Talvez ele não seja segurança da loja coisa nenhuma: poderia estar tentando me levar para algum lugar isolado e tranqüilo. Cravo os calcanhares no chão e seguro uma das prateleiras. Está difícil respirar.

Ele hesita.

– A senhorita está bem? Tem asma ou algo assim?

Fecho os olhos.

– Não, eu... Eu não quero...

Não consigo terminar. Palavras demais se derramam da minha língua.

Ele franze o cenho para mim, tira o bip do bolso e chama ajuda. Duas crianças pequenas sentadas dentro de um carrinho me olham enquanto são empurradas. Uma menina da minha idade passa saltitando, depois torna a passar com um sorriso cruel no rosto.

A mulher que chega apressada está usando um crachá com seu nome. Chama-se Shirley, e franze o cenho para mim.

– Pode deixar que eu assumo – diz ao homem, acenando para que ele vá embora. – Vamos.

Atrás do balcão da peixaria existe um escritório secreto. Se você fosse uma pessoa normal, nem sequer saberia que ele existe. Shirley fecha a porta atrás de nós. É o tipo de cômodo que se vê nas séries policiais da TV – pequeno, abafado, com uma mesa e duas cadeiras, iluminado por uma lâmpada fluorescente comprida que se acende no teto depois de piscar algumas vezes.

– Pode sentar – diz Shirley. – Esvazie os bolsos.

Faço o que ela manda. As coisas que roubei parecem reles e ordinárias sobre a mesa entre nós duas.

– Bom – diz ela –, eu diria que isso são provas, não?

Tento chorar, mas ela não se deixa convencer. Passa-me um lenço de papel, mas quase não esboça nenhuma reação. Espera eu assoar o nariz e, quando termino, aponta para a lixeira.

– Preciso lhe fazer algumas perguntas – diz ela. – A começar pelo seu nome.

O interrogatório leva séculos. Ela quer saber todos os detalhes: idade, endereço, o telefone de papai. Quer saber até o nome de mamãe, embora eu não entenda por que isso tem importância.

– Você tem uma escolha a fazer – diz ela. – Ou chamamos o seu pai, ou então podemos chamar a polícia.

Decido fazer algo desesperado. Tiro a jaqueta de Adam e começo a desabotoar a blusa. Shirley só faz piscar os olhos.

– Eu não estou passando muito bem – digo a ela. Abaixo a blusa por um dos ombros e ergo o braço para lhe mostrar o disco de metal implantado na minha axila. – É um cateter subcutâneo, um disco de acesso para tratamentos médicos.

– Por favor, vista a blusa.

– Eu quero que a senhora acredite em mim.

– Eu acredito em você.

– Eu tenho leucemia linfoblástica aguda. Pode ligar para o hospital e perguntar.

– Por favor, vista a blusa.

– A senhora por acaso sabe o que é leucemia linfoblástica aguda?

– Não, acho que não.

– É câncer.

Mas a palavra com C não a amedronta, e ela liga para o meu pai mesmo assim.

Em casa, há um lugar debaixo da geladeira onde tem sempre uma poça de água fétida. Toda manhã, papai a enxuga com panos de limpeza e desinfetantes. Ao longo do dia, a água torna a empoçar. As tábuas do piso estão começando a se vergar de tão úmidas. Certa noite, quando não estava conseguindo dormir, vi três baratas correrem para se esconder quando acendi a luz. No dia seguinte, papai comprou armadilhas de cola e pôs bananas como isca. Mas nunca conseguimos pegar nenhuma barata. Papai diz que estou vendo coisas.

Mesmo quando eu era bem pequenininha, já sabia reconhecer os sinais: as borboletas que morriam queimadas dentro de vidros de geléia, a coelha de Cal que comeu os próprios filhotes.

Tinha uma menina no meu colégio que fora esmagada ao cair de um pônei. Depois o menino da loja de frutas foi atropelado por um táxi. Depois meu tio Bill teve um tumor no cérebro. No seu enterro, todos os sanduíches estavam levantados nas pontas. Dias depois disso, a terra do túmulo ainda não tinha saído dos meus sapatos.

Quando reparei nos hematomas na minha coluna, papai me levou ao médico. O médico disse que eu não deveria estar me sentindo tão cansada. O médico disse uma porção de coisas. À noite, as árvores batem na minha janela como se estivessem tentando entrar. Estou cercada. Sei que estou.

Quando papai aparece, agacha-se ao lado da minha cadeira, segura meu queixo com as mãos e me faz olhar bem nos seus olhos. Está com a expressão mais triste que já vi no seu rosto.

– Você está bem?

Ele quer dizer medicamente falando, então faço que sim. Não lhe conto sobre as aranhas brotando no peitoril da janela.

Ele então se levanta e olha para Shirley, que está atrás de sua escrivaninha.

– A minha filha não está bem.

– Ela comentou.

– E isso não faz nenhuma diferença? Vocês são mesmo tão insensíveis assim?

Shirley dá um suspiro.

– Sua filha foi pega escondendo mercadorias com a intenção de sair da loja sem pagar.

– Como a senhora sabe que ela não ia pagar?

– As mercadorias estavam escondidas na roupa dela.

– Mas ela não saiu da loja.

– Intenção de roubo é crime. Desta vez, temos a alternativa de fazer uma advertência à sua filha. Não tivemos problemas com ela antes, e não sou obrigada a chamar a polícia se o senhor se responsabilizar por ela. Mas preciso ter total certeza de que vai lidar com esse assunto da forma mais séria possível.

Papai faz cara de alguém a quem fizeram uma pergunta bem difícil e que precisa pensar no assunto.

– Está bem – diz ele. – Farei isso. – Então ele me ajuda a me levantar.

Shirley também se levanta.

– Estamos entendidos, então?

Ele faz cara de quem não está entendendo.

– Desculpe. Tenho que dar dinheiro à senhora ou algo assim?

– Dinheiro?

– Pelas coisas que ela pegou?

– Não, não precisa.

– Então posso levá-la para casa?

– O senhor vai conversar com ela sobre a seriedade desse assunto?

Papai vira-se para mim. Fala devagar, como se eu tivesse ficado burra de repente.

– Vista o casaco, Tessa. Está frio lá fora.

Ele mal espera eu sair do carro antes de me empurrar pelo caminho do jardim e pela porta da frente. Empurra-me até a sala de estar.

– Senta aí – diz. – Senta, vai.

Sento-me no sofá, e ele se senta na poltrona à minha frente. A viagem até em casa aparentemente o deixou nervoso. Ele parece zangado e ofegante, como se não dormisse há semanas e fosse capaz de qualquer coisa.

– Que diabo você está fazendo, Tessa?

– Nada.

– Acha que roubar é nada? Você some a tarde inteira, não me deixa nenhum recado nem nada, e acha que está tudo bem?

Ele abraça o próprio corpo como se estivesse com frio, e ficamos sentados assim por algum tempo. Posso ouvir o relógio batendo. Sobre a mesa de centro ao meu lado há uma das revistas de automóveis de papai. Manuseio um dos cantos da revista, dobrando-o e desdobrando-o para formar um triângulo, enquanto espero o que vai acontecer em seguida.

Quando ele fala, é com muito cuidado, como se quisesse que as palavras saíssem exatamente certas.

– Algumas coisas você pode fazer – diz. – Algumas regras a gente pode aliviar pra você, mas outras você pode querer o quanto for e mesmo assim não será possível.

Quando rio, o som parece vidro caindo de algum lugar muito alto. Fico surpresa com esse som. Também fico surpresa quando me pego dobrando a revista de papai ao meio e rasgando a capa – o carro vermelho, a garota bonita de dentes brancos. Amasso o papel e jogo-o no chão. Vou rasgando página por página, lançando-as sobre a mesa de centro uma depois da outra, até a revista inteira estar estraçalhada entre nós.

Ficamos os dois olhando para as páginas rasgadas, e eu estou ofegante e quero muito que alguma coisa aconteça, alguma coisa imensa como um vulcão explodindo no jardim. Mas tudo que acontece é papai se abraçar com mais força, que é o que ele sempre faz quando fica chateado: tudo que se consegue dele é essa falta de reação, como se ele se transformasse em algum tipo de nada.

E então ele diz:

– O que vai acontecer se a raiva te dominar, Tessa? Quem você vai virar? O que vai sobrar de você?

E eu não digo nada, simplesmente fico olhando para a luz oblíqua do abajur que corta o sofá e se derrama sobre o carpete antes de se congelar aos meus pés.

Dezenove

Tem um pássaro morto no gramado, com as pernas finas como palitos de dente. Estou sentada na espreguiçadeira debaixo da macieira olhando para ele.

– Ele se mexeu com certeza – digo a Cal.

Cal pára de fazer malabarismos e se aproxima para dar uma olhada.

– São vermes – diz. – Dentro de um cadáver pode ficar tão quente que os vermes do meio têm que ir se refrescar nas extremidades.

– Caramba, como é que você sabe isso?

Cal dá de ombros.

– Internet.

Ele cutuca o pássaro com o pé até a barriga se abrir. Centenas de vermes se espalham pela grama e ficam ali se contorcendo, ofuscados pela luz do sol.

– Viu? – diz Cal, agachando-se para mexer neles com um graveto. – Um cadáver é um ecossistema próprio. Dependendo das condições, um corpo humano pode levar apenas nove dias para apodrecer até os ossos. – Ele olha para mim, pensativo. – Mas isso não vai acontecer com você.

– Não?

– É mais quando as pessoas são assassinadas e deixadas ao relento.

– O que vai acontecer comigo, Cal?

Tenho a sensação de que o que quer que ele diga estará certo, como se ele fosse algum mágico poderoso detentor da verdade cósmica. Mas ele apenas dá de ombros e diz:

– Vou descobrir e te aviso.

Ele vai até o barracão pegar uma pá.

– Fique vigiando o pássaro – diz.

Suas penas se agitam à brisa. O pássaro é lindo, preto com reflexos azulados, como óleo derramado no mar. Os vermes também são bem bonitos. Estão em pânico sobre a grama; procurando o pássaro e também uns aos outros.

E é então que Adam atravessa o gramado.

– Oi – diz ele. – Como você está?

Sento-me mais ereta na espreguiçadeira.

– Você acabou de pular por cima da cerca?

Ele faz que não com a cabeça.

– Tem um buraco na parte de baixo.

Está usando jeans, botas e uma jaqueta de couro. Tem alguma coisa atrás das costas.

– Toma – diz. Estende-me um buquê de folhas verdes silvestres. Entre as folhas há flores laranja brilhantes. Parecem lanternas ou mini-abóboras.

– Para mim?

– Para você.

Sinto um aperto no coração.

– Estou tentando não adquirir nada novo.

Ele franze o cenho.

– Talvez coisas vivas não contem.

– Acho que talvez contem mais.

Ele se senta na grama ao lado da minha cadeira e pousa as flores no chão entre nós dois. A grama está úmida. A umidade vai molhar sua roupa. Vai deixá-lo com frio. Não digo isso a ele. Tampouco lhe conto sobre os vermes. Quero que eles entrem nos bolsos da sua calça.

Cal volta com uma pá de jardineiro.

– Vai plantar alguma coisa? – pergunta-lhe Adam.

– Um pássaro morto – responde Cal, e aponta para o lugar onde o bicho está.

Adam se inclina na direção do pássaro.

– É uma gralha. Foi a sua gata que matou?

– Não sei. Mas eu vou enterrar.

Cal caminha até a cerca dos fundos, escolhe um lugar no canteiro e começa a cavar. A terra está molhada como mistura para bolo. Quando a pá encontra pequenas pedras, emite o mesmo som de sapatos sobre cascalho.

Adam fica arrancando pedacinhos de grama e passando-os entre os dedos.

– Desculpa pelo que eu disse no outro dia.

– Tudo bem.

– Não saiu direito.

– Tudo bem, de verdade. A gente não precisa falar sobre isso.

Ele balança a cabeça, muito sério, ainda alisando a grama, ainda sem olhar para mim.

– Você vale a pena, sim.

– É?

– É.

– Então quer que a gente seja amigo?

Ele ergue os olhos.

– Se você quiser.

– E tem certeza de que vai adiantar alguma coisa?

Gosto de vê-lo enrubescer, da expressão confusa em seus olhar. Talvez papai tenha razão, e eu esteja me deixando levar pela raiva.

– Acho que vai – responde ele.

– Então está perdoado.

Estendo a mão e selamos a paz. Sua mão está quente.

Cal aparece todo sujo de terra, com a pá na mão. Parece um coveiro-mirim fora de si.

– A cova está pronta – diz.

Adam ajuda-o a rolar a gralha para cima da pá. O pássaro está rígido e parece pesado. O ferimento é evidente – um talho vermelho na nuca. Sua cabeça pende, inerte, enquanto os dois carregam-no até o buraco. Cal conversa com a ave enquanto caminham.

– Coitado de você, pássaro – diz. – Vamos, está na hora de descansar.

Enrolo o cobertor em volta dos ombros e sigo-os pela grama para vê-los depositar o corpo na cova. Um dos olhos do pássaro brilha para nós. Ele parece em paz, grato até. As suas penas agora estão mais escuras.

– Será que a gente devia dizer alguma coisa? – pergunta Cal.

– *Tchau, pássaro*? – sugiro.

Ele assente.

– Tchau, pássaro. Obrigado por ter vindo. E boa sorte.

Ele cobre o pássaro com lama, mas deixa a cabeça descoberta, como se o animal pudesse querer dar uma última olhada ao redor.

– E os vermes? – pergunta.

– O que tem os vermes?

– Não vão sufocar?

– Deixa um buraco pro ar entrar – proponho.

Ele parece contente com a sugestão, joga terra por cima da cabeça do pássaro e aperta com a mão. Usa um graveto para fazer um buraco para os vermes.

– Pega umas pedras pra gente poder decorar o túmulo, Tess.

Obedeço e afasto-me para procurar. Adam fica com Cal. Diz a ele que as gralhas são muito sociáveis, que aquela gralha deve ter muitos amigos, e que os amigos ficarão gratos a Cal por tê-la enterrado com tanto cuidado.

Acho que ele está tentando me impressionar.

Encontro duas pedras brancas quase perfeitamente redondas. Encontro uma casca de caramujo, uma folha vermelha. Uma pena cinza e macia. Seguro todos esses objetos na mão. São tão lindos que preciso me apoiar no barracão e fechar os olhos.

É um erro. É como despencar na escuridão.

Há terra em cima da minha cabeça. Estou com frio. Os vermes cavoucam. Cupins e bichos-de-conta aparecem.

Tento me concentrar em coisas boas, mas é muito difícil rastejar para fora. Abro os olhos e me deparo com os dedos ásperos da macieira. Uma teia de aranha prateada e trêmula. Minhas mãos quentes segurando as pedras.

Mas tudo que está quente vai esfriar. Minhas orelhas vão cair e meus olhos vão derreter. Minha boca se fechará para sempre. Meus lábios se transformarão em cola.

Adam aparece.

– Tudo bem com você? – pergunta.

Concentro-me em respirar. Inspira. Expira. Mas a respiração tem o efeito contrário quando se presta atenção nela. Meus pulmões secarão como leques de papel. Expira. Expira.

Ele toca meu ombro.

– Tessa?

Nenhum gosto, nem cheiro, nem textura, nem som. Nada para ver. Um vazio total para sempre.

Cal chega correndo.

– O que houve?

– Nada.

– Você está com uma cara estranha.

– Fiquei tonta quando me abaixei.

– Quer que eu vá chamar o papai?

– Não.

– Tem certeza?

– Termina o túmulo, Cal. Eu vou ficar bem.

Entrego-lhe as coisas que catei e ele sai correndo. Adam fica. Um melro voa baixo por cima da cerca. O céu está malhado de cor-de-rosa e cinza. Respirar. Inspira. Inspira.

Adam pergunta:

– O que foi?

Como posso contar a ele?

Ele estende o braço e toca minhas costas com a palma da mão. Não sei o que isso significa. Sua mão é firme e move-se em círculos lentos. Combinamos que seríamos amigos. É isso que amigos fazem?

O calor de sua mão atravessa a trama do cobertor, meu casaco, meu suéter, minha camiseta. Chega até minha pele. Isso dói tanto que fica difícil articular qualquer pensamento. Meu corpo se torna só sensação.

– Pára com isso.

– O quê?

Desvencilho-me dele.

– Você não pode simplesmente ir embora?

Instantes se passam. O intervalo tem um som, como se algo muito pequeno houvesse se partido.

– Você quer que eu vá embora?

– Quero. E não precisa voltar.

Ele atravessa a grama. Despede-se de Cal e torna a sair pelo pedaço de cerca quebrada. Com exceção das flores junto à cadeira, é como se ele jamais houvesse estado aqui. Recolho-as do chão. Suas cabeças cor de laranja balançam, fazendo que sim para mim quando as estendo para Cal.

– São para o pássaro.

– Maneiro!

Ele as deposita sobre a terra úmida e ficamos ali em pé, juntos, olhando para a cova.

Vinte

Papai está levando séculos para perceber que eu sumi. Queria que ele se apressasse, porque minha perna esquerda está dormente e preciso mexê-la antes de ficar com gangrena ou algo assim. Arrasto-me até ficar de cócoras, pego um suéter na prateleira acima de mim e uso uma das mãos para enfiá-lo entre os sapatos, de modo a ter um lugar melhor para sentar. Uma fresta da porta do armário se abre com um rangido quando me acomodo dentro dele. O barulho parece muito alto por um instante. Depois pára.

– Tess? – A porta do quarto se abre devagar e papai atravessa o carpete pé ante pé. – Mamãe chegou. Você não me ouviu chamar?

Através da fresta na porta do armário, vejo a incompreensão em seu rosto quando ele percebe que o montinho sobre minha cama é apenas o edredom. Ele o ergue e olha lá embaixo, como se eu pudesse ter encolhido e me transformado em alguém muito pequeno desde que ele me viu na hora do café-da-manhã.

– Merda! – exclama ele, e esfrega uma das mãos no rosto como se não estivesse entendendo. Anda até a janela e olha para o jardim lá fora. Ao seu lado, em cima do peitoril, há uma maçã de vidro verde. Ganhei-a de presente quando fui dama de honra no casamento da minha prima. Tinha 12 anos e havia acabado de receber o diagnóstico. Lembro-me das pessoas me dizendo como eu estava linda, com minha cabeça careca enrolada em um lenço florido, enquanto todas as outras meninas tinham flores de verdade em seus cabelos.

Papai pega a maçã e segura-a contra a luz da manhã. Dentro dela há espirais beges e marrons que parecem o miolo de uma maçã de verdade; uma impressão de sementes, sopradas lá dentro pelo artesão que fez o vidro. Ele a gira lentamente na mão. Já olhei o mundo muitas vezes através desse vidro – parece pequeno e calmo.

Não acho que ele devesse estar mexendo nas minhas coisas agora. Acho que deveria estar cuidando de Cal, que grita escada acima algo sobre a antena na traseira da televisão. Também acho que deveria descer e dizer a mamãe que o único motivo pelo qual ele a convidou é porque a quer de volta. É contra os princípios dela envolver-se em assuntos de disciplina, portanto ele não pode estar querendo conselhos nesse departamento.

Ele larga a maçã e vai até a estante, corre um dedo pela lombada dos meus livros como se fossem as teclas de um piano e ele estivesse esperando uma melodia. Gira a cabeça para olhar para o rack de CDs, escolhe um, lê a capa, depois recoloca-o no lugar.

– Pai! – grita Cal do térreo. – A imagem está toda embaçada e mamãe não sabe mexer em nada!

Papai dá um suspiro, caminha na direção da porta, mas não consegue resistir à tentação de ajeitar o edredom ao passar. Passa algum tempo lendo a minha parede – todas as coisas de que vou sentir falta, todas as coisas que quero. Sacode a cabeça ao ler, depois abaixa-se e recolhe uma camiseta do chão, dobra-a e coloca-a sobre o travesseiro. E é então que percebe que a gaveta da minha cabeceira está ligeiramente aberta.

Cal está chegando mais perto.

– Estou perdendo os meus programas!

– Pode descer, Cal! Eu já vou.

Mas ele não está indo. Está sentado na beirada da minha cama abrindo a gaveta com um dos dedos. Lá dentro há páginas e mais páginas de palavras que escrevi sobre a minha lista. Minhas impressões sobre o que já fiz – sexo, dizer sim, drogas, desrespeitar a lei – e meus planos para o resto. Ele vai surtar se ler o que pretendo fazer hoje, em quinto lugar. Ouço o farfalhar de papéis, o estalo de um elástico. O som parece muito alto. Esforço-me para ficar mais ereta de modo a poder pular para fora do armário e imobilizá-lo no chão, mas Cal me salva abrindo a porta do quarto. Papai torna a enfiar os papéis dentro da gaveta de qualquer maneira e fecha-a com força.

– Será que não posso ter um pouco de paz? – pergunta. – Nem por cinco minutos?

– Você estava olhando as coisas da Tessa?

– Isso lá é da sua conta?

– Se eu contar pra ela, sim.

– Ah, pelo amor de Deus, me dá um tempo! – Os passos de papai ecoam escada abaixo. Cal vai atrás dele.

Saio com dificuldade de dentro do armário e esfrego as pernas para espantar a dormência. Posso sentir o nó de sangue estagnado no meu joelho, e meu pé está totalmente anestesiado. Vou mancando até a cama e me jogo em cima dela no exato instante em que Cal torna a entrar no quarto.

Ele me olha com surpresa.

– O papai disse que você não estava aqui.

– Eu não estou.

– Está, sim!

– Fala baixo. Pra onde ele foi?

Cal dá de ombros.

– Está lá na cozinha com a mamãe. Eu odeio ele. Ele acabou de me chamar de pentelho e depois disse a palavra que começa com 'f'.

– Eles estão falando de mim?

– Estão, e não querem me deixar ver televisão!

Esgueiramo-nos escada abaixo e espiamos por cima do corrimão. Papai está empoleirado em um banco alto no meio da cozinha. Parece desajeitado ali em cima, vasculhando o bolso da calça em busca dos cigarros e do isqueiro. Mamãe está em pé, costas apoiadas na geladeira, olhando para ele.

– Quando foi que você voltou a fumar? – pergunta ela. Está de jeans e tem os cabelos presos para trás, com alguns fios soltos em volta do rosto. Parece jovem e bonita enquanto lhe estende um pires.

Papai acende o cigarro e sopra fumaça pela cozinha.

– Desculpa, mas parece que eu chamei você aqui sob um falso pretexto. – Ele parece confuso por alguns instantes, como se não soubesse o que dizer em seguida. – Só achei que talvez você conseguisse fazer ela ser um pouco mais racional.

– Pra onde você acha que ela foi desta vez?

– Se eu bem conheço minha filha, deve estar a caminho do aeroporto!

Mamãe dá uma risadinha, e é estranho, porque isso a faz parecer de certa forma mais viva do que papai. Este lhe dá um sorriso triste de cima de seu banco, corre uma das mãos pelos cabelos.

– Estou totalmente exausto.

– Estou vendo.

– As fronteiras mudam o tempo inteiro. Em um minuto ela não quer ninguém por perto, depois quer ser abraçada durante horas. Passa dias sem sair de casa, depois desaparece quando eu menos espero. Essa lista dela está me deixando maluco.

– Sabe, a única coisa certa que alguém poderia fazer seria conseguir deixar ela boa de novo, e nenhum de nós pode fazer isso – diz mamãe.

Papai encara-a com muita intensidade.

– Não sei mais quanto vou conseguir agüentar sozinho. Tem dias em que mal consigo abrir os olhos de manhã.

Cal me dá um cutucão.

– Que tal se eu escarrar nele? – sussurra.

– É. Escarra dentro da xícara dele.

Ele junta saliva na boca e cospe com força. Sua mira é uma porcaria. O cuspe mal passa pela porta; a maior parte só faz escorrer por seu queixo e pelo carpete do hall.

Reviro os olhos para ele e faço um gesto para que me siga. Tornamos a subir a escada até o meu quarto.

– Senta no chão em frente à porta – digo a ele. – Cobre o rosto com as mãos e não deixa nenhum deles dois entrar.

– Você vai fazer o quê?

– Me vestir.

– E depois disso você vai fazer o quê?

Tiro o pijama, visto minha melhor calcinha e ponho o vestido que trouxe do meu surto de compras com Cal. Esfrego os pés para fazer passar o formigamento e calço minhas sandálias.

– Quer ver o meu Megazord? – pergunta Cal. – Vai ter que ir até o meu quarto, porque ele está defendendo uma cidade e, se eu tirar ele de lá, todo mundo vai morrer.

Pego meu casaco do encosto da cadeira.

– Na verdade, estou meio com pressa.

Ele me espia por entre os dedos.

– É o seu vestido de aventura!

– É.

Ele se levanta, bloqueando a porta.

– Posso ir também?

– Não.

– Por favor. Detesto aqui em casa.

– Não.

Deixo o celular, porque é possível rastrear a pessoa por ele. Enfio os papéis da gaveta dentro do bolso do casaco. Mais tarde vou jogá-los em uma lixeira em algum lugar. Está vendo, pai, como as coisas somem diante dos seus olhos?

Antes de mandá-lo para o andar de baixo, suborno Cal. Ele sabe exatamente quantos truques de mágica pode comprar com dez libras, e entende que será riscado do meu testamento se contar a alguém que eu estava aqui.

Espero até ouvi-lo lá embaixo, depois sigo-o devagar. Paro na curva do degrau, não apenas para recuperar o fôlego, mas também para olhar pela janela para o gramado lá fora, correr um dedo pela parede, fechar a mão em volta de uma das barras do corrimão, sorrir para as fotografias no alto da escada.

Na cozinha, Cal agacha-se no chão em frente a mamãe e papai e simplesmente os encara.

– Quer alguma coisa? – pergunta papai.

– Escutar.

– Desculpa, é conversa de adulto.

– Então quero alguma coisa pra comer.

– Você acabou de comer metade de um pacote de biscoito.

– Tenho um chiclete aqui – diz mamãe. – Quer um? – Ela vasculha o bolso da jaqueta e estende o pacote.

Cal enfia o chiclete na boca, mastiga-o com ar pensativo, depois pergunta:

– Quando a Tessa morrer, a gente pode sair de férias?

Papai consegue fazer cara de mau e de espantado ao mesmo tempo.

– Que coisa mais horrível de dizer!

– Eu nem me lembro de ter ido pra Espanha. Foi a única vez que andei de avião, e já faz tanto tempo que talvez nem seja verdade.

– Chega! – diz papai, e faz menção de se levantar, mas mamãe o detém.

– Está tudo bem – diz ela, e vira-se para Cal. – Faz muito tempo que a Tessa está doente, né? Você às vezes deve se sentir totalmente excluído.

Cal sorri.

– É. Tem dias em que mal consigo abrir os olhos de manhã.

Vinte e um

Zoey vem atender à porta toda descabelada. Está usando as mesmas roupas da última vez em que a vi.

– Quer ir ver o mar? – Sacudo as chaves do carro para ela.

Ela espia o carro de papai por cima do meu ombro.

– Você veio aqui sozinha?

– Vim.

– Mas você não sabe dirigir!

– Agora sei. É o quinto item da minha lista.

Ela franze o cenho.

– Você já fez alguma aula?

– Mais ou menos. Posso entrar?

Ela abre mais a porta.

– Limpa o pé, ou então tira o sapato.

A casa dos pais de Zoey está sempre incrivelmente limpa, como se houvesse saído de um catálogo. Eles passam tanto tempo no trabalho que acho que não têm oportunidade de bagunçá-la. Sigo Zoey até a sala e sento-me no sofá. Ela se senta na minha frente, na beirada da poltrona, e cruza os braços para mim.

– Então o seu pai te emprestou o carro, foi isso? Mesmo sem você ter seguro e mesmo sendo totalmente ilegal?

– Ele não sabe exatamente que eu peguei o carro, mas eu estou dirigindo superbem! Você vai ver. Se eu tivesse idade, passaria na prova.

Ela sacode a cabeça para mim como se simplesmente não conseguisse acreditar na minha estupidez. Deveria estar orgulhosa de mim. Eu saí de casa sem que papai sequer percebesse. Lembrei-me de ajeitar os retrovisores antes de virar a chave na ignição, depois de pisar na embreagem, engatar a primeira, tirar o pé da embreagem, pisar no acelerador. Consegui dar três voltas no quarteirão e o carro só morreu duas vezes, meu melhor recorde. Passei pela rotatória e cheguei a passar a terceira na rua principal a caminho da casa de Zoey. E agora ela está ali sentada, olhando para mim com ar zangado, como se tudo fosse um grande erro.

– Quer saber? – digo enquanto me levanto e fecho o casaco. – Eu achei que, se chegasse até aqui sem bater, a única coisa difícil seria a auto-estrada. Não me passou pela cabeça que você fosse me encher o saco.

Ela arrasta os pés no chão como se estivesse apagando alguma coisa.

– Desculpa. É que eu estou meio ocupada.

– Ocupada com o quê?

Ela dá de ombros.

– Você não pode partir do princípio de que todo mundo está livre só porque você está.

Sinto alguma coisa crescendo dentro de mim enquanto a olho, e percebo, em um instante de absoluta clareza, que não gosto nadinha dela.

– Sabe do que mais? – digo. – Esquece. Vou fazer a lista sozinha.

Ela se levanta, sacode aqueles cabelos idiotas e tenta fazer cara de ofendida. É um truque que funciona com meninos, mas que não muda em nada o que sinto por ela.

– Eu não disse que não iria!

Mas é evidente que ela se cansou de mim. Queria que eu andasse logo e morresse para poder tocar a própria vida.

– Não, não, pode ficar aqui – digo a ela. – Tudo sempre dá em merda mesmo quando você está por perto!

Ela me segue até o hall.

– Acaba nada!

Viro-me para ela no capacho.

– Pra mim, no caso. Você nunca reparou que toda merda que acontece cai sempre na minha cabeça, nunca na sua?

Ela franze o cenho.

– Quando? Quando é que isso acontece?

– O tempo todo. Algumas vezes eu fico pensando se você só é minha amiga pra poder continuar sendo a mais sortuda.

– Caraca! – exclama ela. – Será que dá pra você parar de falar de si por um minuto?

– Cala a boca! – grito. E a sensação é tão boa que grito de novo.

– Não – diz ela. – Cala a boca *você*. – Mas sua voz mal passa de um sussurro, o que é estranho. Ela dá um passinho para trás, pára como se estivesse prestes a dizer alguma outra coisa, pensa melhor e sobe correndo a escada.

Não a sigo. Fico esperando um pouco ali no hall, sentindo a espessura do carpete sob meus pés. Escuto o tique-taque do relógio. Conto sessenta batidas, depois entro na sala e ligo a TV. Assisto a sete minutos de um programa de jardinagem amadora. Aprendo que, em um terreno ensolarado voltado para o sul, é possível plantar damascos, mesmo na Inglaterra. Pergunto-me se Adam sabe disso. Mas aí me canso de pulgões e ácaros e do som monótono da voz daquele homem bobo, então desligo a TV e mando um torpedo para Zoey: DESCULPA.

Olho pela janela para ver se o carro continua lá. Continua. O céu está carregado, as nuvens muito baixas e amareladas como enxofre. Nunca dirigi na chuva, o que é um pouco preocupante. Queria que ainda fosse outubro, mês em que fez calor como se o mundo houvesse se esquecido de que era hora de o outono chegar. Lembro-me de ver as folhas caindo pela janela do hospital.

Zoey me responde com outro torpedo: EU TB.

Desce a escada e entra na sala. Está usando um vestido curto azul-turquesa e várias pulseiras. Elas sobem por seu braço e chacoalham quando ela se aproxima e me dá um abraço. Zoey tem um cheiro gostoso. Encosto-me em seu ombro e ela beija o topo da minha cabeça.

Zoey ri quando dou a partida no carro e ele morre na mesma hora. Tento de novo e, enquanto avançamos aos trancos pela rua, conto a ela como papai me levou para dirigir algumas vezes e eu nunca conseguia acertar. Era tão difícil mexer os pés – tirar de leve os dedos da embreagem ao mesmo tempo em que pressionava o acelerador na direção contrária.

– Isso! – ele não parava de gritar. – Sentiu a marcha engatando?

Mas eu não conseguia sentir nada, nem mesmo quando tirei os sapatos.

Ficamos os dois cansados. Cada aula foi ficando mais curta do que a última até pararmos de sair por completo, e nenhum de nós dois nunca comentou nada a respeito.

– Duvido que ele vá dar por falta do carro antes da hora do almoço – digo a ela. – E, mesmo quando ele perceber, o que é que vai fazer? Como você disse, eu estou imune às regras.

– Você é mesmo uma heroína! – diz ela. – Você é fantástica.

E nós duas rimos como nos velhos tempos. Tinha me esquecido do quanto eu gostava de rir com Zoey. Ela não critica meu jeito de dirigir como papai fazia. Não fica com medo quando passo a terceira arranhando a caixa de embreagem, só quando me esqueço de pôr a seta para a esquerda no final da sua rua. Eu dirijo muito melhor com ela ao meu lado.

– Até que você não é tão ruim. Finalmente o seu velho te ensinou alguma coisa.

– Estou adorando – digo a ela. – Imagina como seria divertido viajar de carro pela Europa. Você podia trancar a faculdade por um ano e vir comigo.

– Não quero fazer isso – diz ela, enquanto pega o mapa. E não diz mais nada.

– A gente não precisa de mapa.

– Por que não?

– É como se fosse um *road movie*.

– Porra – diz ela, e bate com um dedo na janela.

Um bando de meninos de bicicleta está impedindo a passagem mais à frente. Estão todos de capuz levantado, protegendo os cigarros. O céu tem uma cor muito estranha, e não há quase mais ninguém na rua. Desacelero o carro.

– O que é que eu faço?

– Dá ré – diz Zoey. – Eles não vão sair.

Abaixo o vidro do carro.

– Ei! – berro. – Tirem essa bunda da frente!

Os meninos ficam lânguidos, movem-se devagar para junto da calçada e sorriem quando jogo beijos para eles.

Zoey parece espantada.

– O que deu em você?

– Nada... é que eu ainda não aprendi a dar ré.

Ficamos presas no tráfego na rua principal. Pela janela, vejo fragmentos da vida dos outros. Um bebê chora em sua cadeirinha, um homem batuca com os dedos no volante. Uma mulher tira meleca. Uma criança acena.

– Incrível, né? – comento.

– O quê?

– Eu sou eu e você é você, e todas essas pessoas lá fora são elas. E somos todos tão diferentes e igualmente insignificantes.

– Isso é você que acha.

– É verdade. Você nunca pensa isso quando olha no espelho? Nunca imagina o seu próprio crânio?

– Não, na verdade não.

– Eu não sei a tabuada de sete nem de oito e detesto beterraba e aipo. Você não gosta da sua acne nem das suas pernas, mas no esquema geral das coisas nada disso tem importância.

– Cala a boca, Tessa! Pára de falar merda.

Então paro, mas na minha cabeça sei que meu hálito está com cheiro de hortelã por causa da pasta de dentes, e que o de Zoey tem um cheiro acre de fumaça. Eu tenho um diagnóstico. Ela tem pai e mãe que moram juntos. Eu me levantei da cama hoje de manhã e havia suor nos lençóis. Agora estou dirigindo. É o meu rosto no retrovisor, o meu sorriso, os meus ossos que serão queimados ou enterrados. Será a minha morte. Não a de Zoey. Minha. E, pela primeira vez, isso não parece tão ruim.

Não dizemos nada. Ela fica simplesmente olhando pela janela, e eu dirijo. Saio da cidade e entro na auto-estrada. O céu vai ficando cada vez mais escuro. É incrível.

Mas dali a algum tempo Zoey recomeça a reclamar.

– Esta é a pior viagem de carro que eu já fiz na vida – diz ela. – Estou enjoada. Por que é que a gente não chega em lugar nenhum?

– Porque eu estou ignorando as placas.

Ela olha para mim, espantada.

– Por que é que você está fazendo isso? Eu quero ir a algum lugar.

Piso no acelerador com força.

– Tá.

Zoey solta um grito, estende os braços e segura o painel.

– Devagar! Você acabou de aprender a dirigir, caramba!

Cinqüenta. Cinqüenta e cinco. Quanto poder em minhas mãos.

– Devagar! Isso foi uma trovoada!

A chuva molha o pára-brisa. Seu brilho sobre o vidro faz tudo se embaçar e refletir. Não se parece nem um pouco com água, mas sim com eletricidade.

Conto mentalmente até o relâmpago irromper no céu.

– Um quilômetro de distância – digo a ela.

– Encosta!

– Pra quê?

A chuva então desaba sobre o carro com força, e eu não sei ligar os limpadores. Começo a manipular os interruptores dos faróis, a buzina, a ignição, esqueço-me que o carro está em quarta e o motor morre na mesma hora.

– Aqui não! – grita Zoey. – A gente está na auto-estrada! Você quer morrer?

Torno a pôr o carro em ponto morto. Não sinto medo nenhum. A água escorre pelo pára-brisa em ondas, e os carros atrás de nós buzinam e dão farol ao passar, mas eu verifico calmamente os espelhos, giro a chave na ignição, passo a primeira e avanço. Até encontro os limpadores enquanto passo pela segunda e engato a terceira.

O rosto de Zoey é puro pânico.

– Você é louca. Deixa que eu dirijo.

– Você não tem seguro.

– Nem você!

A tempestade agora faz mais barulho, sem intervalo entre trovões e raios. Os outros carros acenderam os faróis, mesmo estando de dia. Mas eu não consigo encontrar nossos faróis.

– Por favor! – grita Zoey. – Por favor, encosta!

– Um carro é um lugar seguro para se estar. Carros têm pneus de borracha.

– Mais devagar! – ela berra. – A gente vai sofrer um acidente. Você nunca ouviu falar em distância de frenagem?

Não. Em vez disso, descobri uma quinta marcha que eu nem sequer sabia que existia. Agora estamos indo realmente depressa, e o céu está todo aceso com relâmpagos de verdade. Nunca vi isso de perto antes. Quando papai nos levou à Espanha, houve uma tempestade de raios sobre o mar, e ficamos assistindo da varanda do hotel. Mas não parecia de verdade, e sim algo organizado para os turistas. Esta agora está bem acima de nossas cabeças, e é totalmente fantástica.

Mas Zoey não acha isso. Ela está toda encolhida no banco.

– Carros são feitos de metal! – grita ela com a voz aguda. – A gente pode bater a qualquer momento! Encosta! – Sinto pena dela, mas ela está errada em relação aos raios.

Zoey bate na vidraça com um dedo frenético.

– Olha, um posto. Encosta ali ou eu me jogo do carro.

Estou mesmo com vontade de comer um chocolate, então paro. Estamos andando um pouco depressa, mas consigo encontrar o freio. Derrapamos na área aberta do posto de forma um tanto dramática, e paramos rodeadas por bombas de gasolina e luzes de neon. Zoey fecha os olhos. Que engraçado, eu prefiro a estrada de olhos abertos.

– Não sei qual é a sua – sibila ela –, mas você quase matou nós duas.

Ela abre a porta, desce do carro, bate-a com força e sai pisando firme até a loja do posto. Por um instante, penso em ir embora sem ela, mas antes de poder pensar nisso direito, ela torna a se aproximar batendo os pés no chão e abre a minha porta. Está com um cheiro diferente, frio e fresco. Arranca da boca uma mecha de cabelos molhados.

– Estou sem dinheiro. Preciso comprar cigarro.

Passo-lhe minha bolsa. De repente, sinto-me muito feliz.

– Pode comprar um chocolate pra mim também?

– Depois de fumar – diz ela –, eu vou ao banheiro. Quando eu voltar, você vai me deixar dirigir.

Ela bate a porta com força e torna a atravessar o posto. Continua chovendo muito, e ela se encolhe toda sob a chuva, e olha para o céu com uma careta quando ecoa outra trovoada. É a primeira vez que a vejo com medo, e subitamente sinto uma onda de amor por ela. Ela não tem a mesma coragem que eu. Não está acostumada. O mundo inteiro poderia rugir que eu não ficaria com medo. Quero uma avalanche no próximo cruzamento. Quero que caia uma chuva preta e que uma praga de gafanhotos saia zumbindo do porta-luvas. Coitada da Zoey. Posso vê-la na lojinha do posto agora, inocente, comprando chocolate e cigarros. Vou deixá-la dirigir, mas só porque eu quero. Ela não pode mais me controlar. Estou além do seu alcance.

Vinte e dois

São quatro e vinte e o mar está cinza. O céu também, embora o cinza do céu seja ligeiramente mais claro e não se mova tão depressa. O mar me deixa tonta: algo em seu movimento incessante, e em como ninguém pode pará-lo mesmo que queira.

– Que loucura estar aqui – diz Zoey. – Como foi que eu deixei você me convencer?

Estamos sentadas em um banco de frente para o mar. O lugar está praticamente deserto. Muito longe, na areia, cães latem para as ondas. Seu dono é o menor pontinho no horizonte.

– Todo verão eu vinha passar as férias aqui – digo a ela. – Antes de a mamãe ir embora. Antes de eu ficar doente. A gente se hospedava no Hotel Crosskeys. Todo dia de manhã, acordava, tomava café e passava o dia inteiro na praia. Todo santo dia, durante duas semanas.

– Mas que divertido! – diz Zoey, depois afunda no banco e aperta o casaco mais junto ao peito.

– A gente nem voltava pra almoçar no hotel. O papai fazia sanduíches, e a gente comprava musse em pó pra comer de sobremesa. Ele misturava o pó com leite na praia mesmo, dentro de um Tupperware. O barulho do garfo batendo no plástico era muito estranho no meio do som das gaivotas e das ondas.

Zoey me encara demoradamente.

– Você esqueceu de tomar algum remédio importante hoje?

– Não! – Agarro seu braço, faço-a se levantar. – Vem, vou te mostrar o hotel em que a gente ficava.

Percorremos o calçadão à beira-mar. Lá embaixo, a areia está coalhada de pequenos moluscos chamados sibas. Parecem pesados, cheios de cicatrizes, como se houvessem sido arremessados uns contra os outros por cada maré. Brinco dizendo que vou catá-los e vendê-los para uma loja de animais dar de comer aos periquitos, mas na verdade é estranho. Não me lembro de isso acontecer quando eu costumava vir aqui.

– Talvez seja uma coisa que acontece no outono – diz Zoey. – Ou então por causa da poluição. O planeta todo está morrendo. Você devia se sentir sortuda por estar indo embora daqui.

Zoey diz que precisa fazer xixi, desce os degraus até a praia e se agacha na areia. Não consigo acreditar que ela está fazendo isso. Não tem quase ninguém por perto, mas normalmente ela ficaria preocupada com a possibilidade de ser vista. Seu xixi esguicha, forma um buraco na areia e desaparece fumegando. Ela parece muito primitiva quando se levanta e se aproxima novamente de mim.

Ficamos em pé por alguns instantes, as duas juntas, olhando para o mar. As ondas batem, embranquecem, recuam.

– Que bom que você é minha amiga, Zoey – digo, segurando sua mão e apertando-a com força.

Caminhamos até o porto. Quase conto a ela sobre Adam, o passeio de moto e o que aconteceu no morro, mas tudo parece difícil demais, e na verdade não quero falar nesse assunto. Em vez disso, perco-me nas lembranças desse lugar. Tudo é muito conhecido: a barraquinha de suvenires com seus baldinhos, pás e mostruários de cartões-postais, as paredes caiadas da sorveteria e a imensa casquinha cor-de-rosa reluzindo do lado de fora. Consigo até encontrar o beco perto do porto que serve de atalho até o hotel.

– Está diferente – digo a ela. – Antes era maior.

– Mas é aqui mesmo?

– É.

– Maravilha, então dá pra gente voltar pro carro agora?

Abro o portão, subo o caminhozinho.

– Será que eles me deixam ver o quarto em que eu ficava?

– Ai, meu Deus! – murmura Zoey, jogando-se contra a parede para esperar.

Uma mulher de meia-idade vem abrir a porta. Parece gentil e gorda e está usando um avental. Não me lembro dela.

– Pois não?

Digo-lhe que costumava ficar no hotel quando era criança, que alugávamos a suíte familiar todo verão durante duas semanas.

– E a senhorita está querendo um quarto para hoje? – pergunta ela.

Isso na verdade não havia me passado pela cabeça, mas de repente parece uma ótima idéia.

– Podemos ficar no mesmo?

Zoey sobe o caminho a passos firmes atrás de mim, agarra meu braço e me faz girar.

– Que porcaria você está fazendo?

– Alugando um quarto.

– Eu não posso ficar aqui, tenho aula amanhã.

– Você tem aula sempre – respondo. – E você tem muitos amanhãs pela frente.

Acho que a frase soa bem eloqüente, e com certeza parece fazer Zoey calar a boca. Ela torna a se encostar na parede e fica sentada ali olhando para o céu.

Viro-me novamente para a mulher.

– Desculpe – digo. Gosto dela. Não parece nada desconfiada. Talvez eu hoje esteja com cara de 50 anos de idade, e ela ache que Zoey é minha filha adolescente incontrolável.

– Tem uma cama de baldaquino no quarto agora – diz ela –, mas ainda é uma suíte.

– Ótimo. Vamos querer.

Subimos a escada atrás da mulher. Seu traseiro é imenso e ondula quando ela anda. Pergunto-me como seria tê-la como mãe.

– Prontinho – diz ela ao abrir a porta. – Nós refizemos toda a decoração, então com certeza vai parecer diferente.

Parece mesmo. A cama de baldaquino domina o quarto. É alta e antiquada, e cercada por dobras de veludo.

– Hospedamos muitos casais em lua-de-mel neste quarto – explica a mulher.

– Que incrível! – ironiza Zoey.

É difícil ver ali o quarto ensolarado em que eu costumava acordar todo verão. As beliches não existem mais, e foram substituídas por uma mesa com uma chaleira elétrica e apetrechos para chá. Mas a janela em arco é conhecida, e o mesmo armário embutido ocupa uma das paredes.

– Vou deixar vocês à vontade – diz a mulher.

Zoey tira os sapatos e joga-se na cama.

– Este quarto custa setenta libras por noite! – diz ela. – Você trouxe dinheiro, pelo menos?

– Eu queria só dar uma olhada.

– Ficou maluca?

Subo na cama ao seu lado.

– Não, mas se eu explicar vai parecer uma idiotice.

Ela se apóia em um dos cotovelos e me olha com ar desconfiado.

– Tenta.

Então lhe falo sobre o último verão em que estive ali, como mamãe e papai estavam brigando mais do que nunca. Conto-lhe como certo dia, durante o café-da-manhã, mamãe não quis comer, disse que estava farta de lingüiça com tomate em lata, e que teria sido mais barato ir passar o verão em Benidorm, na Espanha.

– Então vai – disse papai. – Manda um postal quando chegar lá.

Mamãe segurou minha mão e tornamos a subir até o quarto.

– Vamos nos esconder deles dois – disse. – Não vai ser engraçado? – Fiquei muito animada. Ela havia deixado Cal com papai. Era a mim que escolhera.

Fomos nos esconder dentro do armário.

– Ninguém vai encontrar a gente aqui – disse ela.

E não encontrou mesmo, embora eu não tivesse certeza se alguém estava de fato procurando. Ficamos sentadas ali durante séculos, até mamãe finalmente se esgueirar para fora para pegar uma caneta na bolsa, depois voltar e escrever seu nome com muito cuidado do lado de dentro da porta do armário. Passou a caneta para mim e escrevi meu nome ao lado do dela.

– Pronto – disse ela. – Mesmo se a gente nunca mais voltar, vamos estar sempre aqui.

Zoey me olha com ar de dúvida.

– É isso? Fim da história?

– É isso.

– Você e a sua mãe escreveram seus nomes dentro de um armário, e a gente teve que viajar sessenta e cinco quilômetros pra você me contar?

– De tantos em tantos anos a gente desaparece, Zoey. Todas as nossas células são substituídas por outras. Nenhum pedacinho meu é igual a quando eu estive neste quarto pela última vez. Eu era outra pessoa quando escrevi meu nome ali, uma pessoa saudável.

Zoey senta-se na cama. Parece furiosa.

– Então, se a sua assinatura ainda estiver lá, você vai ficar milagrosamente curada, é isso? E se não estiver, aí o que é que vai acontecer? Não ouviu a mulher dizer que eles refizeram a decoração?

Não gosto quando ela grita comigo.

– Pode olhar dentro do armário e ver se ela está lá, Zoey?

– Não. Você me fez vir até aqui e eu não queria. Estou me sentindo uma merda, e agora isso... Uma porcaria de um armário! Você é inacreditável.

– Por que você está tão brava?

Ela desce da cama atabalhoadamente.

– Vou embora. Você está me deixando maluca procurando sinais o tempo todo. – Ela pega o casaco do lugar onde o deixou jogado ao lado da porta, e veste-o com violência. – Você só fala em você o tempo inteiro, como se fosse a única pessoa no mundo com algum problema. Todo mundo está no mesmo barco, você sabe. A gente nasce, come, caga e morre. É isso!

Não sei como me comportar quando ela começa a gritar desse jeito.

– O que é que você tem?

– Eu pergunto a mesma coisa pra você! – grita ela.

– Eu não tenho nada a não ser o óbvio.

– Então eu também não tenho nada.

– Tem, sim. Olha só a sua cara.

– O que tem a minha cara? Estou com cara de quê?

– De triste.

Ela titubeia junto à porta.

– Triste?

Faz-se um silêncio terrível. Reparo em um pequeno rasgão no papel de parede acima do ombro dela. Reparo em marcas de dedos no interruptor de luz. Em algum lugar do andar de baixo, uma porta se abre e se fecha. Quando Zoey se vira para me encarar, percebo que a vida é feita de uma série de instantes, cada um deles uma viagem rumo ao fim.

Quando ela finalmente fala, sua voz está pesada e grave.

– Estou grávida.

– Caraca!

– Eu não ia te contar.

– Tem certeza?

Ela desaba na cadeira ao lado da porta.

– Eu fiz dois testes.

– Fez direito?

– Se a segunda janelinha ficar rosa e continuar rosa, você está grávida. A janelinha continuou rosa duas vezes.

– Caraca!

– Quer parar de dizer isso?

– O Scott sabe?

Ela faz que sim.

– Não encontrei ele naquele dia no supermercado, e ele passou o fim de semana inteiro sem atender o telefone, então fui à casa dele ontem e contei. Ele me odeia. Você devia ter visto a cara dele.

– Que cara ele fez?

– Cara de que eu sou uma idiota. Cara de: como é que eu posso ter sido tão burra? Ele com certeza está saindo com outra. Aquelas meninas tinham razão.

Quero chegar perto dela e afagar seus ombros, a curva firme de suas costas. Mas não faço isso, porque não acho que ela vá querer.

– O que é que você vai fazer?

Zoey dá de ombros, e nesse gesto vejo o seu medo. Ela parece ter uns 12 anos. Parece uma criança dentro de um barquinho, navegando em algum imenso oceano, sem comida nem bússola.

– Você poderia ter esse bebê, Zoey.

– Nem é engraçado.

– Não era pra ser. Tenha. Por que não?

– Eu não vou ter só por sua causa!

Posso ver que não é a primeira vez em que ela pensou nisso.

– Então tira.

Ela geme baixinho enquanto recosta a cabeça na parede atrás de si e encara o teto com impotência.

– Estou com mais de três meses – diz ela. – Você acha que já está tarde demais? Será que vão me deixar fazer um aborto? – Ela limpa a primeira lágrima dos olhos com a manga do casaco. – Que burra que eu sou! Como é que pude ser tão burra? Agora a minha mãe vai descobrir. Eu devia ter ido à farmácia e comprado a pílula do dia seguinte. Queria nunca ter conhecido ele!

Não sei o que dizer a ela. Não sei nem se ela iria me escutar caso eu conseguisse pensar em alguma coisa para dizer. Ela parece muito distante, sentada naquela cadeira.

– Eu só queria que isso sumisse – diz. Então me encara de frente. – Você me odeia?

– Não.

– Vai me odiar se eu tirar?

Talvez.

– Vou fazer um chá – digo a ela.

Há biscoitos amanteigados sobre uma bandeja e embalagens individuais de açúcar e leite. O quarto é realmente muito bacana. Olho pela janela enquanto espero a água ferver. Dois meninos jogam futebol no calçadão. Está chovendo, e eles estão com o capuz levantado. Não sei como conseguem ver a bola. Zoey e eu estávamos lá fora há pouco, no frio e no vento. Seguro a mão de Zoey.

– Tem passeios de barco saindo do porto diariamente – digo a ela. – Quem sabe eles vão para algum lugar quente e distante?

– Eu vou dormir – diz ela. – Me acorda quando isso tudo tiver acabado.

Mas ela não se mexe da cadeira, nem fecha os olhos.

Uma família passa do outro lado da janela. Um pai empurrando um carrinho, e uma menininha de impermeável cor-de-rosa brilhante, segurando a mão da mãe com força sob a chuva. Está molhada, talvez com frio, mas sabe que logo estará em casa bem sequinha. Leite morno. Programação infantil na TV. Talvez comer um biscoito, vestir o pijama cedo.

Pergunto-me como ela se chama. Rosie? Amber? Ela tem cara de quem tem nome de cor. Talvez Scarlett, como "escarlate"?

Não tenho realmente a intenção de fazer isso. No início nem sequer penso em fazê-lo. Simplesmente atravesso o quarto e abro a porta do armário. Afasto os cabides, que chacoalham uns contra os outros. O cheiro de madeira úmida me invade.

– Achou? – pergunta Zoey.

O interior da porta é branco e brilhante. Está recém-pintado de cima a baixo. Toco-o com os dedos, mas ele continua igual. É tão brilhante que faz o quarto cintilar nas extremidades. De tantos em tantos anos a gente desaparece.

Zoey dá um suspiro e torna a se recostar na cadeira.

– Você não devia ter olhado.

Fecho a porta do armário e volto para junto da chaleira.

Enquanto despejo a água sobre os saquinhos de chá, começo a contar. Zoey está com mais de três meses de gravidez. Um bebê precisa de nove meses para crescer. Vai nascer em maio, mês do meu aniversário. Eu gosto de maio. Maio tem dois feriados colados no fim de semana. Cerejeiras em botão. As flores azuis da campânula. Cortadores de grama. O cheiro modorrento de grama recém-cortada.

Faltam cento e cinqüenta e quatro dias para o mês de maio.

Vinte e três

Cal chega correndo do fundo do jardim escuro, com a mão estendida.

– Outro – diz.

Mamãe abre a caixa de fogos de artifício que tem no colo. Parece que está escolhendo um chocolate quando pega delicadamente um deles e em seguida lê a etiqueta antes de estendê-lo.

– Jardim Encantado – diz ela ao meu irmão.

Cal corre até papai com o fogo de artifício na mão. As bocas de suas galochas esbarram umas nas outras quando ele corre. O luar filtrado pela macieira banha o gramado.

Mamãe e eu trouxemos cadeiras da cozinha, e estamos sentadas lado a lado junto à porta dos fundos. Faz frio. Nossa respiração parece fumaça. Agora que o inverno chegou, a terra tem cheiro de molhado, como se a vida estivesse se encolhendo, as coisas todas agachadas, preservando energia.

– Você tem idéia de como é horrível quando você sai sem dizer pra ninguém onde está? – pergunta mamãe.

Como ela é a maior especialista em sumiços de todos os tempos, eu rio ao escutar isso. Ela faz cara de surpresa, evidentemente sem entender a ironia.

– Papai disse que você dormiu dois dias inteiros quando voltou.

– Eu estava cansada.

– Ele ficou apavorado.

– E você?

– Nós dois ficamos.

– Jardim Encantado! – anuncia papai.

Ouve-se um súbito estalo, e flores feitas de luz brotam do ar, se expandem, depois caem e se apagam no gramado.

– Ah – diz mamãe. – Que lindo.

– Que sem graça – exclama Cal, vindo correndo na nossa direção.

Mamãe abre a caixa novamente.

– Que tal um foguete? Um foguete seria melhor?

– Um foguete seria ótimo! – Cal corre pelo jardim para comemorar antes de passar o fogo de artifício para papai. Juntos, eles enfiam a haste no chão. Penso no passarinho, na coelha de Cal. E também em todas as criaturas que morreram no nosso jardim, seus esqueletos se remexendo juntos debaixo da terra.

– Por que o litoral? – pergunta mamãe.

– Fiquei com vontade, só isso.

– Por que o carro do papai?

Dou de ombros.

– Dirigir estava na minha lista.

– Sabe, você não pode sair por aí fazendo tudo que quiser – diz ela. – Precisa pensar nas pessoas que te amam.

– Que pessoas?

– As pessoas que te amam.

– Esse vai ser barulhento – diz papai. – Tapem as orelhas, senhoras.

O foguete dispara soltando um único *bum*, tão alto que sua energia se expande dentro de mim. Ondas de som disparam pelo meu sangue. Parece um maremoto no meu cérebro.

Mamãe nunca disse que me ama. Nunca. Não acho que jamais vá dizer. Seria óbvio demais agora, cheio de pena demais. Causaria vergonha em nós duas. Algumas vezes, penso em quais terão sido as palavras silenciosas trocadas entre nós duas antes de eu nascer, quando eu vivia encolhida dentro dela, pequenina, no escuro. Mas não penso nisso com freqüência.

Ela se remexe na cadeira, pouco à vontade.

– Tessa, você está planejando matar alguém? – Sua voz soa casual, mas acho que talvez ela esteja falando sério.

– Claro que não!

– Que bom. – Ela parece genuinamente aliviada. – Então qual a próxima coisa na sua lista?

Fico surpresa.

– Você quer saber mesmo?

– Quero saber mesmo.

– Tá. Agora eu quero ficar famosa.

Ela sacode a cabeça, chocada, mas Cal, que acaba de aparecer para pegar o fogo de artifício seguinte, acha hilário.

– Vê quantos canudos você consegue enfiar na boca – diz ele. – O recorde mundial é 258.

– Vou pensar no seu caso – respondo a ele.

– Ou então você podia tatuar o corpo inteiro com pintas de leopardo. Ou a gente podia levar você pra passear na auto-estrada deitada na sua cama.

Mamãe olha para ele, pensativa.

– Cascata de Vinte e Um Disparos – diz.

Contamos os disparos. Eles saem voando com um *pfiu* suave, explodem em buquês de estrelas, depois caem devagar. Pergunto-me se, pela manhã, a grama vai estar manchada de amarelo-enxofre, vermelho, azul-turquesa.

Agora um cometa, para aplacar a ânsia de ação de Cal. Papai acende-o, e o fogo de artifício sobe zunindo por cima do telhado, deixando um rastro cintilante.

Mamãe comprou bombinhas de fumaça. Custaram três libras e cinqüenta centavos cada uma, e Cal fica muito impressionado. Grita o preço para papai.

– Tem que ser maluco pra pagar isso – berra papai de volta.

Mamãe mostra dois dedos do meio para ele, e papai ri com tanto gosto que ela sente um arrepio.

– Consegui quatro pelo preço de um – diz ela. – Essa é uma vantagem de você estar doente e de a gente estar soltando fogos de artifício em dezembro.

As bombinhas enchem o jardim de fumaça verde. Montes dela. Parece o prenúncio de uma invasão de duendes. Cal e papai chegam correndo dos fundos do jardim, rindo e tossindo.

– Que quantidade mais ridícula de fumaça! – exclama papai. – Parece até que a gente está em Beirute!

Mamãe sorri e estende-lhe um fogo giratório.

– Solta este aqui agora. É o meu preferido.

Ele pega um martelo, e ela se levanta para segurar a estaca da cerca enquanto ele bate o prego. Estão rindo juntos.

– Não vá acertar meu dedo – diz ela, cutucando-o com o cotovelo.

– Se fizer isso de novo eu acerto!

Cal senta-se na cadeira de mamãe e abre um pacote de fogos de artifício chamados estrelinhas.

– Aposto que eu vou ficar famoso antes de você – diz ele.

– Aposto que não.

– Eu vou ser a pessoa mais nova do mundo a entrar para o Círculo dos Mágicos.

– Você não precisa ser convidado?

– Eu *vou* ser convidado! Tenho talento. O que é que você sabe fazer? Você não sabe nem cantar.

– Ei! – diz papai. – Que história é essa?

Mamãe dá um suspiro.

– Os seus dois filhos querem ser famosos.

– É mesmo?

– Ficar famosa é a próxima coisa na lista da Tessa.

Posso ver pelo rosto de papai que ele não estava esperando por isso. Vira-se para mim, com o martelo pendendo ao lado do corpo.

– Ficar famosa?

– É.

– Como?

– Não decidi ainda.

– Achei que você tivesse terminado a lista.

– Não.

– Achei que depois do carro, depois de tudo o que aconteceu...

– Não, pai, eu ainda não terminei.

Eu costumava pensar que papai fosse capaz de tudo, que ele podia me salvar de qualquer coisa. Mas não pode, é apenas um homem. Mamãe passa o braço pela sua cintura, e ele se recosta nela.

Fico olhando para os dois. Minha mãe. Meu pai. O rosto dele está na sombra, e as pontas dos cabelos dela estão banhadas de luz. Fico totalmente imóvel. Cal, ao meu lado, fica totalmente imóvel também.

– Uau! – sussurra ele.

Isso dói mais do que eu algum dia poderia ter imaginado.

Na cozinha, bochecho com água da pia e cuspo. Meu cuspe parece viscoso, e escorre tão devagar na direção do ralo que preciso fazê-lo ir embora com mais um pouco d'água da torneira. A pia está fria contra minha pele.

Apago a luz e fico olhando minha família pela janela. Estão juntos no gramado, examinando os últimos fogos de artifício. Papai pega cada um e o ilumina com uma lanterna. Eles escolhem um, fecham a caixa, e afastam-se os três até o fundo do jardim.

Talvez eu já esteja morta. Talvez seja simplesmente assim que vá ser. Os vivos continuarão em seu mundo – tocando-se, caminhando. E eu continuarei neste mundo vazio, batendo sem fazer barulho no vidro que nos separa.

Saio pela porta da frente, fecho-a atrás de mim e sento-me no degrau. A vegetação rasteira farfalha, como se alguma criatura noturna estivesse tentando se esconder de mim, mas eu não entro em pânico, nem sequer me mexo. Conforme meus olhos se adaptam à falta de luz, consigo ver a cerca e os arbustos que a margeiam. Consigo ver com bastante nitidez a rua do outro lado do portão, com a luz do poste a se derramar pela calçada, batendo de viés no carro de outras pessoas e refletida de volta pelas janelas apagadas de outras casas.

Sinto cheiro de cebola. *Kebab*. Se a minha vida fosse diferente, eu estaria na rua com Zoey. Iríamos comer batata frita. Estaríamos em pé em alguma esquina, lambendo sal dos dedos, esperando alguma coisa acontecer. Em vez disso, porém, estou aqui. Morta na soleira da porta.

Ouço Adam antes de vê-lo: o rugido gutural de sua moto. Quando ele se aproxima, o barulho faz o ar vibrar, e as árvores parecem dançar. Ele pára diante do portão de sua casa, desliga o motor e apaga os faróis. O silêncio e a escuridão tornam a se abater sobre a rua enquanto ele tira o capacete, prende-o ao guidão e empurra a moto pelo caminho de terra batida em direção à garagem.

Eu acredito sobretudo no caos. Se os desejos virassem realidade, os meus ossos não doeriam como se todo o espaço dentro deles houvesse se consumido. Diante dos meus olhos não haveria uma névoa que eu não consigo dissipar.

Mas ver Adam subindo o caminho parece uma escolha. O universo pode ser aleatório, mas eu posso fazer algo diferente acontecer.

Passo por cima da mureta baixa que separa nossos jardins da frente. Ele está prendendo a moto ao portão na lateral de sua casa. Não me vê chegar. Aproximo-me por trás dele. Sinto-me muito forte e segura.

– Adam?

Ele se vira, espantado.

– Caramba! Achei que você fosse um fantasma! – Um cheiro frio emana dele, como se ele fosse um animal saído da noite. Dou outro passo na sua direção.

– O que você está fazendo? – pergunta ele.

– A gente disse que ia ser amigo.

Ele faz cara de quem não está entendendo.

– Foi.

– Eu não quero ser sua amiga.

Há espaço entre nós dois, e nesse espaço há escuridão. Dou mais um passo, e chego tão perto que dividimos a mesma respiração. O mesmo ar. Pra dentro e pra fora.

– Tessa – diz ele. Sei que é um aviso, mas não ligo.

– Qual é a pior coisa que pode acontecer?

– Vai doer – diz ele.

– Já está doendo.

Ele concorda bem devagar. E é como se um buraco se abrisse no tempo, como se tudo parasse e esse único minuto em que nos olhamos tão de perto se esticasse entre nós dois. Quando ele se inclina na minha direção, sinto um estranho calor varar meu corpo. Esqueço-me que meu cérebro está cheio de todos os rostos tristes em todas as janelas por que jamais passei. Quando ele chega mais perto, sinto apenas o calor de seu hálito sobre a minha pele. Nós nos beijamos muito delicadamente. Quase sem nos beijarmos, como se não tivéssemos certeza. Nossos lábios são o único lugar onde nos tocamos.

Recuamos e olhamos um para o outro. Que palavras existem para descrever o olhar que vai de mim até ele e volta para mim? À nossa volta, todas as coisas se juntam para nos encarar. As coisas perdidas novamente encontradas.

– Caramba, Tess!

– Está tudo bem – digo a ele. – Eu não vou quebrar.

E, para provar o que digo, empurro-o contra a parede de sua casa e prendo-o ali. E dessa vez não há delicadeza nenhuma. Minha língua entra na sua boca, procurando, encontrando a sua. Seus braços me envolvem, quentes. Sua mão segura a minha nuca. Derreto ali. Minha mão desliza por suas costas. Aperto-me mais de encontro a ele, mas nunca é perto o suficiente. Quero entrar dentro dele. Viver dentro dele. Ser ele. É tudo só língua e desejo. Eu o lambo, dou mordidinhas na beirada de seus lábios.

Nunca percebi que estava tão faminta.

Ele se afasta.

– Caramba – repete. – Caramba! – E corre a mão pelos cabelos; os fios reluzem, úmidos, escuros como os de um bicho. A luz da rua resplandece nos seus olhos. – O que é que está acontecendo com a gente?

– Eu quero você – digo a ele.

Meu coração está aos pulos. Sinto-me inteiramente viva.

Vinte e quatro

Zoey não deveria ter me pedido para vir com ela. Não consegui parar de contar desde que passamos pela porta. Estamos aqui há sete minutos. A consulta dela é daqui a seis minutos. Ela ficou grávida noventa e cinco dias atrás.

Tento pensar em números aleatórios, mas a soma deles todos parece dar algum resultado. Oito: número de janelas discretas na parede à nossa frente. Um: a recepcionista igualmente discreta. Quinhentos: número de libras que Scott está gastando para tirar o bebê.

Zoey me lança um sorriso nervoso por cima da revista que está lendo.

– Aposto que no serviço nacional de saúde não tem nada disso.

Não tem mesmo. Os assentos são de couro, e há uma grande mesa de centro quadrada cheia de revistas em papel cuchê, e faz tanto calor que tive de tirar o casaco. Pensei que o lugar fosse estar cheio de meninas com ar desamparado segurando lenços na mão, mas eu e Zoey somos as únicas. Ela prendeu os cabelos para trás em um rabo-de-cavalo e está usando a calça de moletom largona outra vez. Parece cansada e pálida.

– Quer saber quais sintomas eu vou ficar muito feliz em não ter mais? – Ela descansa a revista no colo e começa a contar nos dedos. – Meus peitos estão todos riscados de veias azuis, feito um mapa. Estou me sentindo pesada... Até os meus dedos estão pesados. Não paro de vomitar. Vivo com dor de cabeça. E os meus olhos estão ardendo.

– Alguma coisa boa?

Ela passa alguns instantes pensando.

– Meu cheiro está diferente. Estou com um cheiro bem bom.

Inclino-me por cima da mesa de centro e respiro fundo. Ela tem cheiro de fumaça, perfume, chiclete. E de alguma outra coisa.

– Fecunda – digo a ela.

– O quê?

– Quer dizer que você é fértil.

Ela sacode a cabeça para mim como se eu estivesse maluca.

– Foi o seu namorado quem te ensinou isso?

Quando não respondo, ela volta à revista. Vinte e duas páginas de *gadgets* novos sensacionais. Como escrever a canção de amor perfeita. As viagens espaciais algum dia serão acessíveis?

– Um dia eu vi um filme sobre uma menina que morria – digo. – Quando chegava no céu, o bebê da irmã dela que tinha nascido morto já estava lá, e ela cuidava dele até todos se encontrarem de novo.

Zoey finge que não me escutou. Vira a página da revista como se a tivesse lido.

– Talvez isso aconteça comigo, Zoey.

– Não vai acontecer, não.

– O seu bebê é tão pequeno que eu poderia carregar ele no bolso.

– Cala a boca, Tessa!

– Outro dia você estava olhando roupinhas pra ele.

Zoey afunda na cadeira e fecha os olhos. Sua boca fica flácida, como se alguém a houvesse desligado da tomada.

– Por favor – pede ela. – Por favor, cala a boca. Se era pra me recriminar, você não devia ter vindo.

Ela tem razão. Entendi isso ontem à noite, quando não consegui dormir. Do outro lado do corredor, o chuveiro estava pingando, e alguma coisa – uma barata? uma aranha? – atravessou correndo o carpete do quarto.

Levantei da cama e desci até o andar de baixo, de camisola. Estava pretendendo tomar um chocolate quente, talvez conferir a programação noturna da TV. Mas ali, bem no meio da cozinha, estava um camundongo preso a uma das armadilhas para baratas de papai. O único pedaço do camundongo que não estava colado no papel adesivo era uma das patas traseiras, que ele usava como uma alavanca para tentar fugir de mim. Estava sofrendo. Eu sabia que teria de matá-lo, mas não conseguia pensar em como fazer isso sem causar-lhe ainda mais dor. Com uma faca de cozinha? Com uma tesoura? Espetando um lápis na sua nuca? Só conseguia pensar em finais horríveis.

Por fim, tirei do armário um pote de sorvete velho e enchi de água. Mergulhei o camundongo lá dentro e segurei-o debaixo d'água com uma colher de pau. Ele ficou olhando para mim, atônito, enquanto tentava respirar. Três bolhinhas de ar subiram à superfície, uma depois da outra.

Escrevo um torpedo para o bebê de Zoey: VÁ SE ESCONDER!

– Pra quem é isso?

– Pra ninguém.

Ela se inclina por cima da mesa.

– Deixa eu ver.

Apago o torpedo e mostro-lhe a tela em branco.

– Era pro Adam?

– Não.

Ela revira os olhos.

– Você praticamente transa no jardim e depois fica que nem uma doida fingindo que nada aconteceu.

– Ele não está interessado.

Ela franze o cenho.

– É lógico que ele está interessado. A mãe dele apareceu e deu um flagra em vocês, só isso. Senão ele teria transado com você.

– Isso faz quatro dias, Zoey. Se ele estivesse interessado, teria me procurado.

Ela dá de ombros.

– Vai ver ele está ocupado.

Passamos um minuto sentadas com essa mentira. Meus ossos despontam pontiagudos sob minha pele, tenho olheiras roxas sob os olhos, e com certeza estou começando a ficar com um cheiro estranho. Adam provavelmente está lavando a boca até hoje.

– De toda forma, o amor faz mal – diz Zoey. – Eu sou a prova viva disso. – Ela joga a revista em cima da mesa e olha para o relógio. – Mas que droga, por que é que eu estou pagando, afinal?

Vou me sentar ao seu lado.

– Talvez seja uma brincadeira – diz ela. – Talvez eles peguem o seu dinheiro, deixem você plantada, e esperem você ficar tão envergonhada que simplesmente vá pra casa.

Pego sua mão e seguro-a entre as minhas. Ela parece um pouco surpresa, mas não retira a mão.

O vidro das janelas é escuro, de modo que não se pode ver a rua. Quando chegamos, começava a nevar; as pessoas que faziam compras de Natal estavam todas encapotadas contra o frio. Aqui dentro, o calor emana dos radiadores, e uma música de flautas nos envolve. O mundo lá fora poderia ter acabado, mas aqui dentro você nem iria perceber.

– Depois que isso tudo terminar e a gente ficar só as duas de novo, vamos recomeçar a sua lista – diz Zoey. – Vamos fazer o número seis. Ficar famosa, né? Eu vi uma mulher na televisão outro dia. Ela tem câncer terminal e acabou de fazer um triatlo. Você devia fazer isso.

– Ela tem câncer de mama.

– E daí?

– E daí que é diferente.

– Ela mantém o alto astral correndo e pedalando. Que diferença pode ter? Já viveu muito mais do que qualquer um pensou que ela fosse viver, e hoje é super famosa.

– Eu odeio correr!

Zoey sacode a cabeça para mim, muito solene, como se eu estivesse criando caso de propósito.

– E o *Big Brother*? Nunca teve ninguém como você na casa antes.

– O *Big Brother* só começa no verão.

– E daí?

– Pensa um pouco!

E é então que a enfermeira sai de uma salinha lateral e vem na nossa direção.

– Zoey Walker? Pode entrar.

Zoey me puxa da cadeira.

– Minha amiga pode ir junto?

– Desculpe, mas é melhor ela esperar do lado de fora. Hoje vai ser só uma conversa, mas não é o tipo de conversa fácil de se ter na frente de uma amiga.

A enfermeira soa muito segura disso, e Zoey não parece capaz de resistir. Passa-me seu casaco e diz:

– Segura isto aqui pra mim – e sai junto com a enfermeira. A porta se fecha atrás delas.

Sinto-me muito sólida. Não pequena, mas grande, pulsante, viva. É tão tangível, ser e não ser. Eu estou aqui. Logo não estarei mais. O bebê de Zoey está aqui. Seu coração bate. Logo não estará mais. E, quando Zoey sair daquela sala depois de ter assinado a linha pontilhada, ela vai estar diferente. Vai entender aquilo que eu já sei: que a morte rodeia todos nós.

E tem o mesmo gosto de metal entre os dentes.

Vinte e cinco

– Pra onde a gente está indo?

Papai tira uma das mãos do volante para me dar um tapinha no joelho.

– Cada coisa em seu tempo.

– Eu vou pagar mico?

– Espero que não.

– A gente vai encontrar alguém famoso?

Ele parece alarmado por um instante.

– Era isso que você queria dizer?

– Não, na verdade não.

Atravessamos a cidade, e ele se recusa a me contar. Passamos pelos conjuntos habitacionais e entramos no rodoanel, e meus chutes passam a ser completamente aleatórios. Gosto de fazer meu pai rir. Ele não ri muito.

– A gente vai aterrissar na Lua?

– Não.

– Participar de uma competição de talentos?

– Com a sua voz?

Ligo para Zoey, e pergunto se ela quer dar um chute, mas ela ainda está mal por causa da operação.

– Tenho que levar um adulto responsável. Quem é que eu vou chamar, droga?

– Eu posso ir.

– Eles querem um adulto de verdade. Tipo pai ou mãe.

– Eles não podem obrigar você a contar pros seus pais.

– Odeio isso – diz ela. – Pensei que fossem me dar uma pílula e o negócio fosse simplesmente sair. Por que é que eu preciso de uma operação? Está só do tamanho de uma ervilha.

Nisso ela está errada. Na noite passada, peguei o *Guia de Medicina da Família* do *Reader's Digest* e consultei o verbete "gravidez". Queria saber o tamanho dos bebês na décima sexta semana. Descobri que eles têm o mesmo comprimento de uma flor de dente-de-leão. Não consegui parar de ler. Consultei picadas de abelha e reações alérgicas. Maravilhosas e mundanas doenças de família: eczema, amigdalite, crupe.

– Você ainda está na linha? – pergunta ela.

– Estou.

– Bom, eu vou indo. Um líquido ácido está subindo pela minha garganta até a boca.

É indigestão. Ela precisa fazer massagem no cólon e beber um pouco de leite. Vai passar. O que quer que ela decida fazer em relação ao bebê, os sintomas de Zoey vão passar. Mas eu não digo isso a ela. O que faço é apertar o botão vermelho do celular e me concentrar no caminho à frente.

– Ela é uma menina muito boba – diz papai. – Quanto mais tempo ela deixar, pior vai ser. Interromper uma gravidez não é a mesma coisa que tirar o lixo.

– Ela sabe disso, pai. De toda forma, não tem nada a ver com você... Ela não é sua filha.

– Não – concorda ele. – Não é.

Escrevo um torpedo para Adam. Escrevo: KD VC CARAMBA? Depois apago.

Seis noites atrás, a mãe dele apareceu na soleira da porta e chorou. Disse que estava com medo dos fogos de artifício. Perguntou por que ele a havia deixado sozinha quando o mundo estava acabando.

– Me dá seu celular – disse-me ele. – Eu te ligo.

Trocamos telefones. Foi erótico. Achei que fosse a promessa de alguma coisa.

– Fama – diz papai. – O que a gente que dizer com fama, hein?

Eu quero dizer Shakespeare. Aquela silhueta dele, com a barbicha espetada, de pena na mão, estava impressa na capa de todos os exemplares de suas peças na escola. Ele inventou milhões de palavras novas, e todo mundo sabe quem ele é centenas de anos depois. Ele viveu antes de existirem carros e aviões, armas, bombas, poluição. Antes de existirem canetas. Quando ele estava escrevendo, Elizabeth I era rainha da Inglaterra. Ela também era famosa, não só por ser filha de Henrique VIII, mas pelas batatas, pela Armada, pelo tabaco e por ser muito inteligente.

Tem também Marilyn. Elvis. Até mesmo ícones modernos como Madonna serão lembrados. O Take That está fazendo uma nova turnê, e os ingressos se esgotam em fração de segundos. Os olhos de todos eles estão envelhecidos, e Robbie agora nem canta mais, mas mesmo assim as pessoas querem um pedaço deles. É de fama assim que estou falando. Queria que o mundo inteiro parasse o que está fazendo e viesse pessoalmente me dizer adeus quando eu morrer. O que mais importa?

– O que você quer dizer com fama, pai?

Depois de pensar por alguns minutos, ele diz:

– Deixar um pouco de si mesmo depois de ir embora, eu acho.

Penso em Zoey e seu bebê. Crescendo. Crescendo.

– Pronto – diz papai. – Chegamos.

Não tenho certeza de onde chegamos. Parece uma biblioteca, um daqueles prédios quadrados e funcionais cheios de janelas, com estacionamento próprio e vagas reservadas para o diretor. Estacionamos em uma vaga para deficientes.

A mulher que atende ao interfone quer saber quem viemos encontrar. Papai tenta sussurrar, mas ela não escuta, então ele é obrigado a repetir mais alto.

– Richard Green – diz ele, e me olha de esguelha.

– Richard Green?

Ele confirma, satisfeito consigo mesmo.

– Um dos contadores com quem eu trabalhava conhece ele.

– E o que isso tem de importante?

– Ele quer entrevistar você.

Fico imobilizada no degrau.

– Uma entrevista? No rádio? Mas todo mundo vai me escutar!

– Não é essa a idéia?

– Mas eu vou ser entrevistada sobre o quê?

E é então que ele enrubesce. Talvez seja nessa hora que ele perceba que aquela é a pior idéia que ele já teve na vida, porque a única coisa que me torna extraordinária é a minha doença. Se não fosse por isso, eu estaria no colégio ou dormindo na casa de alguma amiga. Talvez estivesse na casa de Zoey, pegando um antiácido para ela no armário do banheiro. Talvez estivesse deitada nos braços de Adam.

A recepcionista finge que está tudo bem. Pergunta nossos nomes e entrega um adesivo para cada um. Colamos obedientemente os adesivos nos nossos casacos, e ela nos diz que o produtor logo virá nos receber.

– Sentem-se – diz, indicando uma fileira de poltronas no outro lado do hall.

– Você não precisa falar – diz papai enquanto nos sentamos. – Eu posso ir sozinho se quiser, e você pode ficar aqui.

– E sobre o que você vai falar?

Ele dá de ombros.

– Sobre a precariedade das unidades de oncologia, sobre a falta de financiamento para remédios alternativos, sobre as suas necessidades alimentares não serem cobertas pelo serviço nacional de saúde. Poderia falar durante horas. Sou especialista nesse assunto.

– Arrecadação de verbas? Eu não quero ser famosa por arrumar dinheiro! Quero ser famosa por alguma coisa incrível. Quero o tipo de fama que não precisa de sobrenome. A fama de um ícone. Já ouviu falar nisso?

Ele se vira para mim, com os olhos marejados de lágrimas.

– E como vamos conseguir isso?

Ao nosso lado, o bebedouro borbulha e pinga. Sinto-me enjoada. Penso em Zoey. Penso em seu bebê com todas as unhas já formadas: minúsculas unhazinhas de dente-de-leão.

– Quer que eu diga à recepcionista pra cancelar tudo? – pergunta papai. – Não quero que você diga que eu te obriguei.

Sinto uma fração mínima de pena enquanto ele arrasta os sapatos pelo chão debaixo da cadeira como um colegial. Quantos quilômetros de distância nos separam.

– Não, pai, não precisa cancelar.

– Então você vai entrar?

– Vou.

Ele aperta minha mão.

– Que ótimo, Tess.

Uma mulher chega subindo a escada e entra no hall. Aproxima-se a passos largos e aperta calorosamente a mão de papai.

– Falamos pelo telefone – diz ela.

– Sim.

– E esta deve ser Tessa.

– Sou eu!

Ela estende a mão para mim, mas eu a ignoro e finjo que não consigo mexer os braços. Talvez ela pense que isso faz parte da minha doença. Seu olhar cheio de pena abarca meu casaco, meu cachecol e meu chapéu. Talvez ela saiba que não está fazendo tanto frio na rua hoje.

– Não temos elevador – diz ela. – Tudo bem subir de escada?

– A gente consegue – diz papai.

Ela parece aliviada.

– Richard está realmente ansioso para lhe encontrar.

Ela fica paquerando papai enquanto descemos até o estúdio. Passa-me pela cabeça que sua atitude atabalhoadamente protetora em relação a mim talvez seja atraente para as mulheres. Isso me dá vontade de salvá-lo. De mim. Desse sofrimento todo.

– A entrevista vai ser ao vivo – avisa-nos ela. Abaixa a voz quando chegamos à porta do estúdio. – Estão vendo aquela luz vermelha? Significa que o Richard está no ar e que não podemos entrar. Daqui a um minuto, ele vai soltar uma música e a luz vai ficar verde. – Diz isso como se fosse para ficarmos impressionados.

– Qual vai ser o gancho do Richard? – pergunto. – A velha história da menina desenganada, ou ele planejou alguma coisa original?

– Ahn? – O sorriso dela desaparece; um ar de preocupação atravessa seu rosto enquanto ela olha para papai, tentando se tranqüilizar. Estaria por acaso detectando um leve cheiro de hostilidade no ar?

– Unidades de câncer para adolescentes são raras nos hospitais – diz papai rapidamente. – Se a gente conseguir pelo menos fazer as pessoas perceberem isso, já seria incrível.

A luz vermelha do lado de fora do estúdio passa para verde.

– É com vocês! – diz a produtora, e abre a porta para nós. – Tessa Scott e o pai – anuncia.

Parece que somos dois convidados de um jantar, como se tivéssemos ido ali participar de um baile. Mas Richard Green não é nenhum príncipe. Ele ergue o traseiro da cadeira bem de leve e estende a mão gorda para apertarmos sucessivamente. Tem a mão suada, como se precisasse ser torcida. Seus pulmões emitem um chiado quando ele torna a se sentar. Ele fede a cigarro. Remexe uns papéis.

– Sentem-se – pede. – Vou apresentar vocês, depois vamos começar direto.

Eu costumava assistir a Richard Green quando ele apresentava o noticiário local na hora do almoço. Uma das enfermeiras do hospital era a fim dele. Agora entendo por que ele foi relegado ao rádio.

– Bom – diz ele. – Vamos lá. Ajam da forma mais natural que conseguirem. Vai ser tudo bem informal. – Ele vira-se para o microfone. – E agora tenho a honra de receber aqui no estúdio uma mocinha muito corajosa chamada Tessa Scott.

Meu coração bate depressa quando ele diz meu nome. Será que Adam está escutando? Ou Zoey? Ela talvez esteja deitada na cama com o rádio ligado. Enjoada. Quase dormindo.

– Tessa convive com a leucemia há quatro anos, e veio aqui hoje com o pai conversar conosco sobre essa experiência.

Papai se inclina para a frente e Richard, quem sabe percebendo o quanto ele está disposto, faz-lhe a primeira pergunta.

– Fale sobre quando descobriu que Tessa estava doente – diz Richard.

Papai adora isso. Fala sobre a doença parecida com uma gripe, que durou várias semanas e nunca parecia sarar. Conta como nosso clínico geral não identificou logo a causa pelo fato de a leucemia ser muito rara.

– Nós percebemos uns hematomas – diz ele. – Uns sangramentos nas costas da Tessa, causados por uma queda de plaquetas.

Papai é um herói. Conta como teve que abandonar o emprego de consultor financeiro, conta como as nossas vidas foram tragadas por hospitais e tratamentos.

– O câncer não é uma doença localizada – diz ele –, mas uma doença do corpo todo. Quando a Tessa tomou a decisão de abandonar os tratamentos mais agressivos, decidimos seguir uma abordagem holística em casa. Ela segue uma dieta especial. É uma dieta de manutenção cara, mas eu acredito muito que não é a comida que existe na sua vida que gera saúde, mas que o que realmente conta é a vida que existe na sua comida.

Fico espantada com isso. Ele por acaso quer que o povo ligue prometendo dinheiro para legumes orgânicos?

Richard vira-se para mim com o semblante sério.

– Você decidiu desistir do tratamento, Tessa? Parece uma decisão bem difícil de se tomar aos 16 anos.

Minha garganta fica seca.

– Na verdade, nem foi.

Ele concorda, como quem espera mais. Olho de relance para papai, que pisca o olho para mim.

– A quimio prolonga sua vida – digo –, mas deixa você se sentindo mal. Eu estava fazendo uma terapia bem pesada, e sabia que, se parasse, poderia fazer mais coisas.

– Seu pai disse que você quer ser famosa – diz Richard. – Foi por isso que quis vir ao programa de rádio hoje, não foi? Para ter os seus quinze minutos de fama?

Ele me faz parecer uma daquelas garotinhas patéticas que põem anúncios no jornal da cidade porque querem ser damas de honra no casamento de alguém, mas não conhecem nenhuma noiva. Me faz parecer uma imbecil completa.

Respiro fundo.

– Eu tenho uma lista de coisas que quero fazer antes de morrer. Ficar famosa está na lista.

Os olhos de Richard se acendem. Ele é jornalista e sabe reconhecer uma boa história.

– O seu pai não falou nada sobre nenhuma lista.

– É porque a maioria das coisas da lista são ilegais.

Ele estava praticamente dormindo durante a conversa com papai, mas agora está sentado na pontinha da cadeira.

– É mesmo? Por exemplo?

– Bom, eu peguei o carro do meu pai e sumi durante um dia inteiro sem ter carteira e sem ter feito a prova de direção.

– Ha, ha! – faz Richard. – Pode esquecer o bônus do seguro, sr. Scott! – Ele cutuca papai para mostrar que não tem má intenção, mas papai parece simplesmente atônito. Sinto uma onda de culpa e preciso desviar os olhos.

– Um dia eu disse sim para tudo que me pediram.

– E o que aconteceu?

– Acabei indo parar dentro de um rio.

– Tem um comercial assim na TV – diz Richard. – Foi de lá que você tirou a idéia?

– Não.

– Ela quase quebrou o pescoço na garupa de uma moto – interrompe papai. Quer nos levar de volta para um terreno seguro. Mas a idéia foi dele, e agora ele não tem como fugir.

– Eu quase fui presa por roubar em uma loja. Queria burlar o máximo possível de leis em um dia só.

Richard agora parece um pouco nervoso.

– Depois teve sexo.

– Ah.

– E drogas...

– E rock'n roll! – diz Richard no microfone, com a voz animada. – Já ouvi dizer que descobrir que se tem uma doença terminal pode ser encarado como uma oportunidade para pôr ordem na casa, para encerrar assuntos pendentes. Acho que vocês vão concordar, senhoras e senhores, que esta mocinha aqui está agarrando a vida com as duas mãos.

A entrevista é encerrada bem depressa. Espero papai me dar uma bronca, mas ele não o faz. Subimos a escada devagar. Sinto-me exausta.

Papai diz:

– Talvez as pessoas dêem dinheiro. Já aconteceu antes. Vão querer ajudar você.

A minha peça preferida de Shakespeare é *Macbeth*. Quando ele mata o rei, coisas estranhas acontecem pelo país. Corujas gritam. Gafanhotos choram. Nem mesmo toda a água do mar basta para lavar o sangue.

– Se a gente arrecadar dinheiro suficiente, podemos levar você pra se tratar naquele instituto de pesquisa nos Estados Unidos.

– Dinheiro não faz milagre, pai.

– Faz, sim! A gente nunca conseguiria pagar por isso sem ajuda, e eles já tiveram algum sucesso com o programa de aumento da imunidade.

Seguro o corrimão. É feito de plástico, brilhante e liso.

– Pai, eu quero que você pare com isso.

– Parar com o quê?

– Parar de fingir que eu vou ficar boa.

Vinte e seis

Papai passa um espanador feito de penas por cima da mesa, do parapeito da lareira, depois de todos os quatro peitoris das janelas. Ele abre mais as cortinas e acende os dois abajures. É como se estivesse tentando espantar a escuridão.

Mamãe, sentada ao meu lado no sofá, ostenta uma expressão chocada diante daquela cena conhecida.

– Eu tinha esquecido – diz ela.

– O quê?

– Como você entra em pânico.

Ele a encara com um olhar desconfiado.

– Isso é um insulto?

Ela pega o espanador da mão dele e passa-lhe o copo de xerez que vem esvaziando e tornando a encher desde a hora do café-da-manhã.

– Toma aqui – diz ela. – Você ficou pra trás, agora tem que correr.

Acho que ela já acordou bêbada. Com certeza acordou na cama de papai junto com ele. Cal me arrastou pelo corredor para olhar.

– Número sete – eu disse a ele.

– O quê?

– Da minha lista. Eu ia viajar pelo mundo, mas troquei por fazer a mamãe e o papai voltarem.

Ele me deu um sorriso como se fosse eu quem tivesse feito aquilo, quando na verdade eles fizeram tudo sozinhos. Abrimos nossas meias e presentes no chão do quarto deles enquanto nos observavam, sonolentos. Era como estar em um túnel do tempo.

Papai agora está se encaminhando para a mesa de jantar e remexe garfos e guardanapos. Decorou a mesa com surpresas embrulhadas em papel colorido que estalam quando abertas, e bonequinhos de neve feitos de algodão. Transformou os guardanapos em lírios de origami.

– Eu falei uma da tarde – diz ele.

Cal solta um grunhido atrás do álbum de quadrinhos que ganhou de presente.

– Não sei por que você falou alguma coisa. Eles são esquisitos.

– Shh – faz mamãe para ele. – Olha o espírito natalino!

– O Natal é uma besteira – balbucia ele, depois rola o corpo pelo carpete e ergue os olhos para ela, pesaroso. – Preferia que fosse só a gente.

Mamãe cutuca-o com o sapato, mas ele não sorri. Ela agita o espanador para ele.

– Quer que eu te espane?

– Tenta só que você vai ver! – Ele se levanta com um pulo, rindo, e corre pela sala até papai. Mamãe corre atrás dele, mas papai o protege postando-se na frente dela e detendo-a com falsos golpes de caratê.

– Vocês vão acabar derrubando alguma coisa – aviso, mas ninguém me ouve. Em vez disso, mamãe enfia o espanador entre as pernas de papai e sacode-o de um lado para o outro. Ele arranca-o de sua mão e enfia-o dentro de sua blusa, depois a persegue em volta da mesa.

É estranho como eu acho tudo irritante. Queria que eles voltassem a ficar juntos, mas não era bem isso que eu imaginava. Pensei que eles fossem ser um pouco mais profundos.

O barulho que eles fazem é tamanho que não ouvimos a campainha. De repente, alguém arranha o vidro da janela.

– Ih – diz mamãe. – Nossos convidados chegaram! – Ela parece tonta quando se adianta para abrir a porta. Papai ajeita a calça. Ainda está sorrindo quando ele e Cal vão atrás dela até o hall de entrada.

Continuo no mesmo lugar do sofá. Cruzo as pernas. Descruzo. Pego o guia de programação da TV e folheio-o casualmente.

– Olha quem chegou – diz mamãe, conduzindo Adam até a sala. Em vez do jeans, ele veste uma camisa de botão e uma calça social. Penteou os cabelos.

– Feliz Natal – diz ele.

– Pra você também.

– Trouxe um cartão pra você.

Mamãe pisca para mim.

– Vou deixar vocês dois sozinhos, então.

O que não chega a ser exatamente sutil.

Adam senta-se no braço da cadeira à minha frente e fica me olhando abrir o cartão. Na frente, há uma rena de desenho animado com a galhada envolta em azevinho. Do lado de dentro, ele escreveu: *Feliz Natal pra você!* Nenhum beijo.

Ponho o cartão em pé sobre a mesa entre nós dois, e ambos ficamos olhando para ele. Sinto uma dor dentro de mim. Parece frágil e antiga, como se nada pudesse fazê-la passar.

– Sobre aquela noite... – começo.

Ele desliza do braço para o assento da cadeira.

– O que tem?

– Você acha que a gente deveria falar sobre isso?

Ele hesita, como se a pergunta pudesse ser uma pegadinha.

– Provavelmente sim.

– Porque eu fiquei pensando que talvez você tivesse ficado com medo. – Atrevo-me a olhar para ele. – Você está com medo?

No entanto, antes de ele conseguir responder, a porta da sala se abre e Cal entra correndo.

– Você me deu malabares! – anuncia meu irmão. Posta-se na frente de Adam com uma expressão de total espanto. – Como sabia que eu queria isso? São incríveis! Olha, eu quase já consigo lançar.

Não chega nem perto. Os malabares saem voando pela sala em todas as direções. Adam ri, recolhe-os do chão e tenta lançá-los. É surpreendentemente hábil e consegue pegá-los dezessete vezes antes de deixá-los cair.

– Você acha que consegue com facas? – pergunta-lhe Cal. – Porque eu um dia vi um homem fazendo malabarismos com uma maçã e três facas. Ele descascou a maçã e comeu enquanto lançava. Você me ensina antes de eu fazer 12 anos?

– Posso te ajudar a treinar.

Como parecem à vontade um com o outro enquanto lançam os malabares. Como é fácil para eles conversar sobre o futuro.

A mãe de Adam aparece e senta-se ao meu lado no sofá. Cumprimentamo-nos com um aperto de mão, o que é um pouco estranho. As mãos dela são pequenas e secas. Ela parece cansada, como se houvesse passado muitos dias viajando.

– Eu sou a Sally – diz. – Também trouxemos um presente para você.

Ela me estende uma sacola. Lá dentro há uma caixa de chocolates. Não foi sequer embrulhada. Tiro-a da sacola e viro-a no meu colo.

Cal passa os malabares para Sally.

– Quer tentar? – Ela parece hesitar, mas mesmo assim se levanta. – Vou te mostrar o que eu sei fazer – diz ele.

Adam toma o lugar da mãe ao meu lado no sofá. Chega mais perto e diz:

– Eu não estou com medo.

Ele sorri. Eu sorrio de volta. Quero tocá-lo mas não consigo, porque papai aparece com a garrafa de xerez na mão e uma faca na outra, anunciando que o jantar está na mesa.

Montanhas de comida ocupam a mesa. Papai fez peru, rosbife e purê de batata, cinco tipos diferentes de legumes, recheio e molho. Colocou o CD do Bing Crosby para tocar, e uma música antiquada sobre sininhos de trenó e neve flutua à nossa volta enquanto comemos.

Pensei que os adultos fossem ficar conversando sobre hipotecas e que fosse ser tudo um saco. Mas, como papai e mamãe estão meio bêbados, mostram-se carinhosamente bobos um com o outro, e isso não parece nada estranho.

Nem mesmo Sally consegue evitar sorrir quando mamãe conta a história de como seus pais achavam papai proletário demais e proibiram-na de sair com ele. Ela fala sobre colégios particulares e festas de 15 anos, conta como sempre roubava o pônei da irmã e saía passeando pela cidade até o conjunto habitacional para visitar papai à noite.

A lembrança o faz rir.

– Era só uma cidadezinha pequena, mas eu morava do outro lado. O pobre do pônei ficava tão exausto aos sábados que nunca mais ganhou nenhuma gincana.

Mamãe torna a encher o copo de vinho de Sally. Cal faz um truque de mágica com a faca e o guardanapo.

Talvez os remédios de Sally façam-na entrar em contato com realidades alternativas, porque está bem óbvio como Cal faz o guardanapo se mexer, mas mesmo assim ela o olha com admiração.

– Você sabe fazer mais alguma coisa? – pergunta.

Ele fica encantado.

– Um montão. Depois te mostro.

Adam está sentado na minha frente. Meu pé toca o seu debaixo da mesa. Cada parcela do meu corpo está consciente desse fato. Fico olhando-o comer. Quando ele toma um gole de vinho, penso no sabor que terão seus beijos.

– Lá em cima – digo-lhe com os olhos. – Lá em cima, agora. Vamos fugir.

O que eles fariam? O que poderiam fazer? Poderíamos tirar a roupa e entrar na minha cama.

– As surpresas! – exclama mamãe. – A gente esqueceu de abrir as surpresas!

Cruzamos os braços por cima da mesa e formamos uma corrente, uma corrente de surpresas de Natal. Chapéus, piadas e brinquedos de plástico saem voando pelo ar quando puxamos as pontas das embalagens.

Cal lê a piada que recebe.

– *Como se chamam Batman e Robin depois de serem atropelados por um rolo compressor?* – Ninguém sabe. – *Bat-fino e Robin-chato!* – exclama ele.

Todos riem, menos Sally. Talvez esteja pensando no marido que morreu. A minha piada é uma porcaria, sobre um homem que entra correndo em um bar, só que o bar é uma barra e ele fica com dor de cabeça. A de Adam nem é uma piada, mas uma observação que diz que, se o universo tivesse surgido hoje, toda a história conhecida teria acontecido nos últimos dez segundos.

– É verdade – diz Cal. – Os seres humanos são insignificantes comparados ao sistema solar.

– Acho que vou tentar arrumar um emprego em uma fábrica de surpresas – diz mamãe. – Imaginem só, ficar inventando piadas o ano inteiro, não seria divertido?

– Eu posso ficar encarregado de colocar os estalinhos – diz papai, e pisca para ela. Eles com certeza beberam demais.

Sally leva a mão aos cabelos.

– Posso ler a minha?

Todos fazemos "shh" uns para os outros. Seus olhos estão tristes quando ela lê:

– *Um cabide entra em uma loja para comprar um chapéu. O vendedor diz: "São dez libras." Aí o cabide responde: "Obrigado, pode pendurar para mim?"*

Cal solta uma gargalhada. Joga-se da cadeira no chão e começa a espernear. Sally parece contente, e lê a piada outra vez. É engraçada *mesmo*. A sensação começa como uma ondulação na minha barriga, depois vai subindo até minha boca. Sally também ri, um barulho alto e engasgado. Parece surpresa por fazer tanto barulho, o que leva mamãe, papai e Adam a começarem a rir baixinho. Que alívio. Que alívio, meu Deus. Não consigo nem me lembrar da última vez em que ri alto. Lágrimas escorrem pelas minhas faces. Adam me passa seu guardanapo por cima da mesa.

– Toma. – Seus dedos roçam nos meus.

Enxugo os olhos. Lá em cima, lá em cima. Quero tocar você com as minhas mãos. E estou prestes a dizer isso em voz alta, prestes a dizer:

– Tenho uma coisa pra você Adam, só que está lá no meu quarto e você vai ter que vir pegar – quando ouvimos alguém arranhar a vidraça.

É Zoey, com o rosto colado no vidro, parecendo Maria em uma história de Natal. Ela só deveria ter chegado na hora do chá, e seus pais deveriam ter vindo com ela.

Ela traz o frio para dentro de casa. Bate os pés no carpete na frente de nós todos.

– Feliz Natal pra todo mundo – diz.

Papai ergue o copo para ela e deseja o mesmo. Mamãe se levanta e lhe dá um abraço.

Zoey diz:

– Obrigada. – Então começa a chorar.

Mamãe vai pegar uma cadeira e alguns lenços de papel. De algum lugar surgem duas tortas salgadas encimadas por um generoso pedaço de manteiga aromatizada com conhaque. Zoey na verdade não deveria beber álcool, mas talvez a manteiga não conte.

– Quando olhei pela janela – diz ela, fungando –, parecia uma cena de comercial. Quase voltei pra casa.

– O que está acontecendo, Zoey? – pergunta papai.

Ela enfia uma colherada de torta com manteiga de conhaque na boca, mastiga rapidamente, em seguida engole.

– O que vocês querem saber?

– O que você quiser contar.

– Bom, meu nariz está entupido e eu estou me sentindo um lixo. Querem saber isso?

– É por causa do aumento do HCG – digo a ela. – É o hormônio da gravidez. – Faz-se um momento de silêncio em volta da mesa enquanto todos olham para mim. – Eu li na *Reader's Digest*.

Não tenho certeza se deveria ter dito isso em voz alta. Esqueci que Adam, Cal e Sally nem sequer sabem que Zoey está grávida. Mas nenhum deles diz nada, e Zoey não parece se importar, apenas enfia outro pedaço de torta na boca.

– Aconteceu alguma coisa na sua casa, Zoey? – pergunta papai.

Ela torna a encher cuidadosamente a colher.

– Contei pros meus pais.

– Contou pra eles hoje? – Papai soa surpreso.

Ela limpa a boca com a manga.

– Vai ver foi uma hora ruim.

– O que foi que eles disseram?

– Disseram um milhão de coisas, todas horríveis. Eles me odeiam. Na verdade, todo mundo me odeia. Menos o neném.

Cal abre um sorriso.

– Você está esperando neném?

– Estou.

– Aposto que é menino.

Ela sacode a cabeça para ele.

– Eu não quero um menino.

– Mas você quer um bebê? – papai pergunta. Ele pergunta isso com muita delicadeza.

Zoey hesita, como se estivesse pensando no assunto pela primeira vez. Então sorri para ele, com os olhos marejados de lágrimas e cheios de espanto. Nunca vi uma expressão assim no seu rosto antes.

– Quero – diz ela. – Acho que quero, sim. Vou pôr o nome dela de Lauren.

Ela está com dezenove semanas de gravidez, seu bebê está totalmente formado e pesa mais ou menos duzentos e quarenta gramas. Se nascesse agora, caberia na palma da minha mão. A barriga dele estaria cheia de veias cor-de-rosa e toda transparente. Se eu falasse, ele me escutaria.

– Eu pus o seu bebê na minha lista – digo. Provavelmente tampouco deveria ter dito isso em voz alta. Na verdade, não foi minha intenção. Novamente todos me encaram.

Papai estende a mão e toca a minha em cima da mesa.

– Tessa – diz ele.

Detesto isso. Retiro a mão.

– Eu quero estar lá.

– Faltam cinco meses ainda, Tess – diz Zoey.

– E daí? São só cento e sessenta dias. Mas, se você não quiser que eu esteja lá, posso ficar sentada do lado de fora, e quem sabe entrar depois. Quero ser uma das primeiras pessoas do mundo a segurar ela no colo.

Ela se levanta e dá a volta na mesa. Passa os braços à minha volta. Ela está diferente. Sua barriga ficou toda dura e ela está muito quente.

– Tessa – diz ela –, eu *quero* que você esteja lá.

Vinte e sete

A tarde passa depressa. Alguém tira a mesa e liga a TV. Todos escutamos o discurso da Rainha, depois Cal faz alguns truques de mágica.

Zoey passa a tarde no sofá com Sally e mamãe, contando todos os detalhes de seu malfadado caso de amor com Scott. Chega a lhes pedir conselhos sobre o parto.

– Me digam uma coisa, dói tanto quanto dizem? – pergunta.

Papai está entretido com seu livro novo: *Alimentação orgânica*. De vez em quando, lê alguma estatística sobre produtos químicos e pesticidas para quem estiver interessado.

Adam quase só conversa com Cal. Mostra-lhe como lançar os malabares; ensina-lhe um novo truque com moedas. Não consigo me decidir em relação a ele. Não se estou a fim dele ou não, mas se ele gosta de mim. De vez em quando, seu olhar cruza o meu do outro lado da sala, mas ele sempre o desvia antes de mim.

– Ele quer você – articula Zoey com a boca em determinado momento, sem som. Mas, se for verdade, não sei como fazer isso acontecer.

Passei a tarde inteira folheando o livro que Cal me deu: *Cem maneiras esquisitas de encontrar seu Criador*. É bem engraçado, mas não impede que eu sinta como se existisse um lugar dentro de mim que está encolhendo. Há duas horas estou sentada na mesma cadeira do canto, separada dos outros. Sei que faço isso, e sei que não é certo, mas não sei agir de outra forma.

Às quatro horas já está escuro, e papai acendeu todas as luzes. Ele traz tigelas de doces e castanhas. Mamãe sugere uma partida de cartas. Saio de fininho até o hall enquanto eles estão rearrumando as cadeiras. Já estou farta de paredes e estantes estagnadas. Farta de calefação central e jogos de salão. Pego meu casaco do gancho onde fica pendurado e saio para o jardim.

O frio me causa um choque. Acende meus pulmões, transforma minha respiração em fumaça. Subo o capuz, aperto bem o cadarço debaixo do queixo e espero.

Lentamente, como se estivesse saindo da bruma, tudo no jardim vai entrando em foco: o arbusto de azevinha roçando o barracão, um passarinho empoleirado na estaca da cerca, com as penas se eriçando ao vento.

Dentro de casa, devem estar embaralhando as cartas e passando os amendoins, mas aqui fora cada haste de grama cintila, endurecida de gelo. Aqui fora o céu está repleto de estrelas, como uma cena de conto de fadas. Até mesmo a Lua parece enfeitiçada.

Amasso galhos e folhas com minhas botas a caminho da macieira. Toco as ranhuras do tronco, tentando sentir através dos dedos sua cor cinzenta de ardósia. Algumas folhas pendem dos galhos, úmidas. Um punhado de maçãs ressequidas vai se transformando em ferrugem.

Cal diz que os seres humanos são feitos das cinzas do núcleo de estrelas mortas. Segundo ele, quando eu morrer, tornarei a virar pó, luz cintilante, chuva. Se for verdade, quero ser enterrada bem aqui, debaixo desta árvore. Suas raízes vão penetrar a matéria macia do meu corpo até eu ficar totalmente seca. Renascerei como broto de maçã. Na primavera, despencarei até o chão como confetes, e grudarei nos sapatos da minha família. Eles me carregarão no bolso, me espalharão, em forma de seda sutil, nos travesseiros para ajudá-los a dormir. Então, que sonhos terão?

No verão, eles me comerão. Adam pulará a cerca para me roubar, enlouquecido com meu aroma, minha robustez, com o brilho e a saúde que irradio. Pedirá à mãe que me use para preparar um *crumble* ou um *strudel*, e se fartará de mim.

Deito-me no chão e tento imaginar isso. Mesmo, mesmo. Estou morta. Estou me transformando em macieira. Mas é meio difícil. Imagino o passarinho que vi mais cedo, se ele saiu voando. Imagino o que estarão fazendo lá dentro, se já sentiram a minha falta.

Viro-me e pressiono o rosto contra a grama; ela pressiona de volta, fria. Corro as mãos pela grama, aproximo os dedos do nariz para sentir o cheiro da terra. Cheiro de mofo de folhas, hálito de minhoca.

– O que você está fazendo?

Viro-me bem devagar. O rosto de Adam está de cabeça para baixo.

– Achei melhor vir te procurar. Está tudo bem?

Sento-me e limpo a terra da calça.

– Tudo. Eu estava com calor.

Ele concorda, como se isso explicasse o fato de eu estar com o casaco cheio de folhas molhadas. Sei que pareço uma idiota. Também estou com o capuz amarrado debaixo do queixo feito uma velha. Solto o cadarço depressa.

Sua jaqueta faz barulho quando ele se senta ao meu lado.

– Quer este cigarro?

Pego o cigarro que ele oferece e deixo-o acender. Ele acende outro para si, e ficamos soprando fumaça silenciosa pelo jardim. Posso senti-lo olhando para mim. Meus pensamentos estão tão claros que eu não ficaria surpresa se pudesse vê-los piscar acima da minha cabeça, como um letreiro de neon na fachada de uma lanchonete. Estou a fim de você. Estou a fim de você. *Plim. Plim. Plim.* Com um coração vermelho de neon brilhando ao lado das palavras.

Torno a me deitar na grama para fugir do seu olhar. O frio penetra através da minha calça feito água.

Ele se deita ao meu lado, bem pertinho. Tê-lo assim tão perto dói, dói muito. Fico enjoada de tanta dor.

– Aquilo ali é o Cinturão de Órion – diz ele.

– Aquilo o quê?

Ele aponta para o céu.

– Está vendo aquelas três estrelas alinhadas? Mintaka, Alnilam, Alnitak. – As estrelas florescem na ponta de seu dedo conforme ele diz os nomes.

– Como é que você sabe isso?

– Quando eu era criança, meu pai me contava histórias sobre as constelações. Se você apontar um binóculo logo abaixo de Órion, vai ver uma imensa nebulosa de gás onde nascem todas as estrelas novas.

– Estrelas novas? Pensei que o universo estivesse morrendo.

– Depende do ponto de vista. Ele também está se expandindo. – Ele rola de lado e se apóia em um dos cotovelos. – Seu irmão me contou a história sobre você ficar famosa.

– E ele contou que foi um desastre total?

Adam ri.

– Não, mas agora você vai ter que contar.

Gosto de fazê-lo rir. Ele tem uma boca linda, e isso me dá a oportunidade de olhar para ele. Então lhe falo sobre a situação ridícula na emissora de rádio, tornando a história muito mais engraçada do que de fato foi. Fico parecendo uma heroína, uma anarquista das ondas do rádio. Então, como as coisas estão indo bem, conto-lhe sobre roubar o carro do papai e levar Zoey até o hotel. Ficamos deitados na grama úmida, com o céu descomunal acima de nós, a lua baixa e brilhante, e conto-lhe sobre o armário, e sobre como o meu nome desapareceu do mundo. Conto-lhe até sobre meu hábito de escrever nas paredes. É fácil falar no escuro – eu nunca tinha percebido isso antes.

Quando termino, ele diz:

– Você não precisa se preocupar em ser esquecida, Tess. – Então diz: –Acha que vão sentir a nossa falta se a gente for na minha casa por uns dez minutos?

Nós dois sorrimos.

Plim, plim, pisca o neon acima da minha cabeça.

Quando passamos pelo pedaço de cerca quebrado e subimos a trilha de terra batida até sua porta dos fundos, o braço dele roça no meu. Mal nos encostamos, mas é surpreendente.

Sigo-o até a cozinha.

– Só um minuto – diz. – Tenho um presente pra você – e ele desaparece pelo hall e sobe correndo as escadas.

Sinto saudade assim que ele vai embora. Quando ele não está comigo, eu acho que o inventei.

– Adam? – É a primeira vez que chamo seu nome. Soa estranho na minha língua, e potente, como se algo fosse acontecer se eu o dissesse várias vezes. Entro no hall e olho para cima da escada. – Adam?

– Estou aqui em cima. Pode subir se quiser.

Então eu subo.

Seu quarto é igualzinho ao meu, só que ao contrário. Ele está sentado na cama. Parece diferente, pouco à vontade. Segura um pequeno embrulho prateado.

– Não sei nem se você vai gostar.

Sento-me ao seu lado. Todas as noites, dormimos com apenas uma parede entre nós. Vou abrir um buraco na parede atrás do meu armário e criar uma entrada secreta para o mundo dele.

– Toma – diz ele. – Acho melhor você abrir.

Dentro do papel de embrulho tem um saquinho. Dentro do saquinho tem uma caixa. Dentro da caixa tem uma pulseira: sete pedras, cada uma de uma cor diferente, presas por uma corrente de prata.

– Sei que você está tentando não adquirir coisas novas, mas achei que talvez fosse gostar.

Estou tão espantada que nem consigo falar.

– Quer que eu te ajude a colocar? – pergunta ele.

Estendo a mão, e ele envolve meu pulso com a correntinha e prende o fecho. Então entrelaça os dedos nos meus. Baixamos os olhos para nossas mãos, juntas, sobre a cama entre nós. A minha parece diferente ali, misturada à sua, enfeitada com a pulseira nova. E as mãos dele são completamente novas para mim.

– Tessa? – diz ele.

Esse é o seu quarto. Com apenas uma parede entre a minha cama e a sua. Estamos de mãos dadas. Ele me comprou uma pulseira.

– Tessa? – ele repete.

Quando olho para ele, a sensação é parecida com medo. Seus olhos são verdes e cheios de sombras. Sua boca é linda. Ele se inclina na minha direção e eu sei, eu sei.

Ainda não aconteceu, mas vai acontecer.

O número oito é o amor.

Vinte e oito

Meu coração dá pinotes.

– Eu posso fazer isso.

– Não – diz Adam. – Deixa que eu faço.

Cada fivela recebe sua total atenção, e em seguida ele tira minhas botas e as põe lado a lado no chão.

Desço com ele até o tapete. Desamarro seus cadarços, levo seus pés ao colo um de cada vez e tiro seus tênis. Acaricio seus tornozelos, subindo a mão por debaixo da calça. Estou tocando Adam. Estou tocando os pêlos macios de suas pernas. Nunca soube que podia ser tão corajosa.

Fazemos disso um jogo, parecido com *strip* pôquer, só que sem cartas nem dados. Abro o fecho ecler de sua jaqueta e deixo-a cair no chão. Ele desabotoa meu casaco e o faz deslizar pelos meus ombros. Encontra uma folha do jardim nos meus cabelos. Toco seus cachos escuros, entrelaço meus dedos nos fios grossos.

Nada parece pequeno com ele olhando, então demoro bastante para abrir os botões da sua camisa. O último se condensa sob nossos olhos e se transforma em um planeta: branco, leitoso, perfeitamente redondo.

O fato de nós dois sabermos o que fazer é impressionante. Nem sequer tenho de pensar a respeito. Não estou sendo conduzida. Nada é calculado ou previsto. É como se estivéssemos descobrindo o caminho juntos.

Estico os braços por cima da cabeça como uma criança enquanto ele tira meu suéter. Meus cabelos, meus cabelos curtos que acabaram de nascer, ficam cheios de eletricidade estática e estalam no ar. Isso me faz rir. Me dá a sensação de que meu corpo é roliço e saudável.

As costas de seus dedos roçam nos meus seios através do sutiã, e ele sabe, porque estamos olhando um para o outro, que não tem problema nenhum. Já fui tocada por tantas pessoas, cutucada e apertada, examinada e operada. Achei que meu corpo estivesse anestesiado, imune ao toque.

Tornamos a nos beijar. Durante vários minutos. Pequenos beijos em que ele morde de leve meu lábio superior, em que minha língua traça o contorno de sua boca. O quarto parece cheio de fantasmas, de árvores, de céu.

Nossos beijos vão ficando mais profundos. Afundamos um no outro. É como na primeira vez em que nos beijamos: urgente, selvagem.

– Eu quero você – diz ele.

E eu o quero com a mesma intensidade.

Quero lhe mostrar meus seios. Quero abrir o sutiã e tirá-los lá de dentro. Puxo-o na direção da cama. Continuamos a nos beijar: garganta, pescoço, boca. O quarto parece todo enfumaçado, com algo queimando entre nós dois.

Deito-me na cama e arqueio os quadris. Preciso tirar o jeans. Quero me expor a ele, quero que ele me veja.

– Tem certeza disso? – pergunta ele.

– Absoluta.

É simples.

Ele abre minha calça. Desafivelo seu cinto com uma das mãos, como um truque de magia. Traço círculos em volta de seu umbigo com o dedo, e meu polegar encosta em sua cueca.

A sensação da pele dele junto à minha, seu peso em cima de mim, seu calor penetrando meu corpo: eu não sabia que iria me sentir assim. Não tinha entendido que, quando você faz amor, você *faz* mesmo amor. Muda as coisas. Afeta um ao outro. O ar que expiro é puro deslumbramento. Ele o sorve com um arquejo.

Sua mão desliza até debaixo dos meus quadris, cubro-a com a minha, nossos dedos se prendem. Não tenho certeza de que mão pertence a quem.

Eu sou Tessa.

Eu sou Adam.

É lindo demais desconhecer as minhas próprias fronteiras.

A sensação de nós dois debaixo de nossos dedos. Nosso gosto em nossas línguas.

E em nenhum momento deixamos de nos olhar, de nos certificar, feito música, feito uma dança. Olhos nos olhos.

E essa dor entre nós dois vai crescendo, vai mudando e aumentando. Eu o quero. Quero-o mais perto. Não consigo chegar perto o suficiente. Envolvo suas pernas com as minhas, aliso suas costas com as mãos, tentando puxá-lo mais fundo para dentro de mim.

É como se o meu coração desse um pulo e se unisse à minha alma, como se o meu corpo inteiro implodisse. Como uma pedra que cai dentro de um lago, círculos e mais círculos de amor se expandem dentro de mim.

Adam grita de prazer.

Abraço-o e seguro-o bem apertado. Estou maravilhada com ele. Conosco. Com esse presente.

Ele acaricia minha cabeça, meu rosto, beija minhas lágrimas.

Estou viva, abençoada por estar com ele nesta Terra, neste exato instante.

Vinte e nove

Meu nariz escorre sangue. Fico em pé em frente ao espelho do banheiro e vejo-o se derramar por meu queixo e através dos meus dedos até deixar minhas mãos pegajosas. O sangue pinga no chão e se infiltra na trama do tapete.

– Por favor – sussurro. – Agora, não. Essa noite, não.

Mas não pára de sangrar.

No andar de cima, ouço mamãe dar boa noite a Cal. Ela fecha a porta do quarto dele e entra no banheiro. Espero, ouço-a fazer xixi, depois ouço o barulho da descarga. Imagino-a lavando as mãos na pia, secando-as na toalha. Talvez ela se olhe no espelho, assim como estou fazendo aqui embaixo. Pergunto-me se ela se sente tão distante quanto eu, tão atordoada com o próprio reflexo.

Ela fecha a porta do banheiro e desce a escada. Apareço na sua frente quando ela surge no último degrau.

– Ai, meu Deus!

– Meu nariz está sangrando.

– Parece uma bomba! – Ela agita os braços para mim. – Vem aqui, rápido! – Ela me empurra para a sala. Gotas pesadas e grossas pingam no carpete pelo caminho. Papoulas brotando aos meus pés.

– Senta aí – ordena ela. – Inclina a cabeça pra trás e aperta o nariz.

É o contrário do que se deve fazer, então ignoro o que ela diz. Adam vai chegar daqui a dez minutos, e vamos sair para dançar. Mamãe fica em pé durante alguns instantes, olhando para mim, depois sai correndo da sala. Penso que talvez tenha ido vomitar, mas ela volta com um pano de prato e joga-o para mim.

– Inclina a cabeça pra trás. Aperta o pano no nariz.

Como o meu jeito não está funcionando, faço o que ela diz. O sangue escorre pela minha garganta. Engulo o máximo que consigo, mas um montão entra na minha boca e não consigo respirar direito. Inclino-me para a frente e cuspo no pano de prato. Um coágulo grande reluz para mim, escuro e alienígena. Com certeza não é algo que deveria estar do lado de fora do meu corpo.

– Me dá isso aqui – diz mamãe.

Entrego o pano a ela, e ela o examina com atenção antes de fechá-lo. Como as minhas, suas mãos agora estão todas sujas de sangue.

– O que é que eu faço, mãe? Ele vai chegar agorinha.

– Vai parar daqui a pouco.

– Olha só a minha roupa!

Ela sacode a cabeça para mim, em desespero.

– Melhor você deitar.

Isso também é a coisa errada a se fazer, mas a hemorragia não está parando, então tudo já foi por água abaixo mesmo. Mamãe senta-se na beirada do sofá. Eu me deito e vejo as formas das coisas ficarem mais brilhantes e se dissolverem. Imagino que estou em um navio que afunda. Uma sombra bate as asas para mim.

– Melhorou? – pergunta mamãe.

– Muito.

Acho que ela não acredita em mim, porque vai até a cozinha e volta com uma forma de gelo. Agacha-se ao lado do sofá e esvazia a forma no colo. Cubos de gelo escorregam por seu jeans e espalham-se pelo carpete. Ela pega um, limpa os fiapos e passa-o para mim.

– Segure isso junto do nariz.

– Seria melhor umas ervilhas congeladas, mãe.

Ela passa um segundo pensando, depois torna a sair correndo e volta com um pacote de milho.

– Serve milho? Não tinha ervilha.

Isso me faz rir, o que acho que já é alguma coisa.

– O que foi? – pergunta ela. – Qual é a graça?

Seu rímel está borrado, seus cabelos desgrenhados. Estendo a mão para tocar-lhe o braço e ela me ajuda a me sentar. Sinto-me muito velha. Ponho os dois pés no chão e belisco o alto do nariz com dois dedos, como me mostraram no hospital. A pulsação lateja dentro da minha cabeça.

– Não está parando, né? Vou ligar pro papai.

– Ele vai achar que você não dá conta.

– Deixa ele achar.

Ela liga depressa. Erra o número, liga de novo.

– Atende, atende – diz, entre os dentes.

A sala está muito clarinha. Todos os enfeites em cima da lareira descorados feito osso.

– Ele não está atendendo. Por que não está atendendo? Como pode ter tanto barulho assim em um boliche?

– É a primeira noite dele fora de casa em semanas, mãe. Deixa ele. A gente se vira.

Sua expressão desmorona. Ela nunca teve de passar por uma única transfusão ou punção lombar. Não a deixaram chegar perto de mim para o transplante de medula, mas ela poderia ter estado presente em vários diagnósticos, e não esteve. Até mesmo suas promessas de me visitar com mais freqüência foram esquecidas depois do Natal. É a sua vez de ter uma provinha da realidade.

– Mãe, você vai ter que me levar pro hospital.

Ela faz cara de horrorizada.

– Seu pai levou o carro.

– Chama um táxi.

– E o Cal?

– Ele está dormindo, não está?

Ela concorda, desnorteada, sem conseguir pensar na logística daquilo.

– Deixa um recado pra ele.

– A gente não pode deixar ele sozinho!

– Mãe, ele tem 11 anos, já é quase um adulto.

Ela hesita por um breve instante, depois percorre a lista de contatos do celular para chamar um táxi. Fico olhando para o seu rosto, mas não consigo manter o foco. Tudo que distingo é uma impressão de medo e desatino. Fecho os olhos e penso na mãe que vi certa vez em um filme. Ela vivia em uma montanha com uma arma e várias crianças. Era decidida e segura. Colo essa mãe por cima da minha, como um curativo sobre uma ferida.

Quando torno a abrir os olhos, ela está segurando uma porção de toalhas e puxando meu casaco.

– Você provavelmente não deve dormir – diz ela. – Vem, levanta. Já tocaram a campainha.

Sinto-me tonta e com calor, como se tudo aquilo pudesse ser um sonho. Ela me levanta, e juntas seguimos arrastando os pés até o hall. Posso ouvir sussurros vindos da parede.

Mas não é o táxi; é Adam, todo arrumado para sairmos. Tento me esconder, tento cambalear de volta para a sala, mas ele me vê.

– Tess – diz. – Meu Deus, o que foi que aconteceu?

– Hemorragia nasal – diz mamãe. – A gente achou que você fosse o táxi.

– Vocês estão indo pro hospital? Eu levo vocês no carro do meu pai.

Ele entra no hall e tenta passar o braço em volta de mim, como se fôssemos simplesmente andar até seu carro e entrar. Como se ele fosse dirigir e eu fosse sujar o estofado inteiro de sangue e nada disso tivesse importância. Eu pareço um bicho atropelado. Será que ele não entende que não deveria estar me vendo desse jeito?

Afasto-o de mim.

– Vai pra casa, Adam.

– Eu vou levar você pro hospital – repete ele, como se talvez eu não o tivesse escutado da primeira vez, ou talvez o sangue tivesse me deixado burra.

Mamãe segura o braço dele e o conduz delicadamente porta afora.

– A gente se vira – diz ela. – Está tudo bem. De toda forma o táxi chegou, olha.

– Eu quero ficar com ela.

– Eu sei – diz mamãe. – Sinto muito.

Ele toca minha mão quando passo pela sua frente saindo de casa.

– Tess – diz.

Não respondo. Nem sequer olho para ele, porque sua voz está tão nítida que, se eu olhar, talvez mude de idéia. Encontrar o amor na hora de ir embora e ter de abrir mão dele: que piada de mau gosto. Mas eu preciso fazer isso. Por ele e por mim. Antes que comece a doer mais ainda.

Mamãe forra o banco de trás do táxi com toalhas, verifica que os cintos de segurança estão atados, depois encoraja o taxista a fazer uma manobra radical de cento e oitenta graus do lado de fora do portão.

– Pronto – diz-lhe mamãe. – Pode pisar fundo. – Parece até que ela está em um filme.

Adam fica olhando do portão. Dá um aceno. Vai ficando cada vez menor à medida que o carro se afasta.

– Que gentileza a dele – diz mamãe.

Fecho os olhos. Sinto-me cair, muito embora esteja sentada.

Mamãe me cutuca com o cotovelo.

– Fica acordada.

A Lua saltita do outro lado da janela. Nos faróis, bruma.

Íamos sair para dançar. Eu queria experimentar álcool outra vez. Queria subir nas mesas e cantar músicas alegres. Queria pular a cerca do parque, roubar um barco e dar a volta no lago. Queria voltar para a casa de Adam, subir de fininho até seu quarto e fazer amor.

– Adam – digo, com a voz quase inaudível. Mas o nome se cobre de sangue como todo o resto.

No hospital, arrumam uma cadeira de rodas para mim e fazem-me sentar. Sou uma emergência, dizem-me enquanto me levam embora depressa da área de recepção. Deixamos para trás as vítimas comuns de brigas de bar, drogas de má qualidade e contendas domésticas noturnas, e seguimos zunindo pelo corredor rumo a algum lugar mais importante.

Acho os andares de um hospital estranhamente reconfortantes. É um mundo em duplicata, com suas próprias regras, e todos têm o seu lugar. No pronto-socorro haverá os rapazes de carros velozes e freios ruins. Os motociclistas que fizeram uma curva fechada demais.

Nas salas de operação ficam as pessoas que brincaram com espingardas de ar comprimido, ou que foram seguidas até em casa por algum psicopata. Lá estão também as vítimas de algum acidente aleatório: a criança cujos cabelos ficaram presos na escada rolante, a mulher que estava usando um sutiã de armação durante uma tempestade de raios.

E nos leitos, bem lá dentro do hospital, ficam todas as dores de cabeça que nunca passam. Os rins em falência, as erupções, as verrugas de bordas irregulares, os caroços no seio, as tosses que ficaram feias. Na Ala Marie Curie do quarto andar ficam as crianças com câncer. Com seus corpos sendo consumidos secreta e lentamente.

E depois disso há o necrotério, onde os mortos dormem em gavetas refrigeradas com etiquetas de identificação pregadas nos pés.

A sala onde acabo indo parar é clara e asséptica. Há uma cama, uma pia, um médico e uma enfermeira.

– Acho que ela está com sede – diz mamãe. – Ela perdeu muito sangue. Não devia beber um pouco d'água?

O médico desdenha o pedido com um aceno da mão.

– Vamos ter que tamponar o nariz dela.

– Tamponar?

A enfermeira conduz mamãe até uma cadeira e senta-se ao seu lado.

– O médico vai pôr gaze dentro do nariz dela para estancar o sangue – explica. – A senhora pode ficar, se quiser.

Estou tremendo. A enfermeira se levanta para me entregar um cobertor e puxa-o até debaixo do meu queixo. Torno a estremecer.

– Alguém está sonhando com você – diz mamãe. – Por isso está tremendo.

Sempre achei que tremer significasse que, em outra vida, alguém estava pisando no meu túmulo.

O médico aperta meu nariz, espia dentro da minha boca, apalpa minha garganta e minha nuca.

– Mãe? – diz ele.

Ela parece espantada, endireita-se na cadeira.

– Eu?

– Algum sinal de trombocitopenia antes de hoje?

– Como?

– Ela tem reclamado de dores de cabeça? A senhora percebeu algum pequeno hematoma?

– Não procurei.

O médico dá um suspiro, registra em um instante que aquela é uma linguagem inteiramente nova para ela, mas, estranhamente, persevera.

– Quando foi a última transfusão de plaquetas?

Mamãe parece cada vez mais desnorteada.

– Não tenho certeza.

– Ela usou produtos como aspirina recentemente?

– Desculpe. Eu não sei nada disso.

Resolvo salvá-la. Ela não é forte o suficiente, e talvez simplesmente vá embora se as coisas ficarem difíceis demais.

– A última transfusão de plaquetas foi no dia 21 de dezembro – digo. Minha voz soa rascante. O sangue borbulha na minha garganta.

O médico franze o cenho para mim.

– Você não pode falar. Mãe, venha até aqui segurar a mão da sua filha.

Obediente, ela vem se sentar na beirada da cama.

– Aperte a mão da sua mãe uma vez quando a resposta for sim – diz o médico para mim. – Duas vezes quando a resposta for não. Entendeu?

– Entendi.

– Shh – diz ele. – Aperte. Não fale.

Repassamos a mesma rotina: os hematomas, as dores de cabeça, a aspirina, só que dessa vez mamãe conhece as respostas.

– Algum analgésico bucal? – pergunta o médico.

Dois apertos.

– Não – responde mamãe. – Ela não usou.

– Antiinflamatórios?

– Não – responde mamãe. Ela me encara nos olhos. Finalmente está falando a minha língua.

– Ótimo – diz o médico. – Vou tamponar a parte da frente do seu nariz com gaze. Se não adiantar, vamos tamponar a parte de trás, e se mesmo assim a hemorragia continuar, vamos ter de cauterizar. Já cauterizaram o seu nariz alguma vez?

Aperto a mão de mamãe com tanta força que ela faz uma careta.

– Sim, já.

Dói para burro. Passei dias sentindo o cheiro da minha própria carne queimada.

– Vamos ter que medir a sua taxa de plaquetas – continua ele. – Eu ficaria surpreso se você não estiver abaixo de vinte. – Ele toca meu joelho através do cobertor. – Sinto muito. Que noite péssima você está tendo.

– Abaixo de vinte? – repete mamãe.

– Ela provavelmente vai precisar de uma ou duas unidades – explica ele. – Não se preocupe, deve levar no máximo uma hora.

Enquanto ele enche meu nariz de algodão cirúrgico, tento me concentrar em coisas simples: uma cadeira, as bétulas gêmeas prateadas no jardim de Adam e a forma como suas folhas estremecem sob o sol.

Mas não consigo.

A sensação que tenho é de ter engolido um absorvente íntimo; minha boca está seca, é difícil respirar. Olho para mamãe, mas tudo que consigo ver é que ela está enjoada e virou o rosto para o outro lado. Como é possível eu me sentir mais velha do que a minha própria mãe? Fecho os olhos para não ter de vê-la fracassar.

– Está desconfortável? – pergunta o médico. – Mãe, alguma chance de distrair sua filha?

Gostaria que ele não tivesse dito isso. O que ela vai fazer? Dançar para nós? Cantar? Talvez faça o seu famoso número de desaparecimento e saia porta afora.

O silêncio se prolonga. Então ela diz:

– Você se lembra do dia em que todo mundo comeu ostra, e como seu pai passou mal na lixeira no final do píer?

Abro os olhos. Todas as sombras do quarto desaparecem com a claridade das suas palavras. Até a enfermeira sorri.

– As ostras tinham exatamente o mesmo gosto do mar – diz ela. – Lembra?

Eu me lembro. Ela comprou quatro, uma para cada um. Mamãe jogou a cabeça para trás na mesma hora e engoliu a sua inteira. Fiz a mesma coisa. Mas papai mastigou a dele, e a ostra ficou presa em seus dentes. Ele correu pelo píer segurando a barriga e, quando voltou, bebeu uma latinha inteira de limonada sem parar para respirar. Cal também não gostou.

– Talvez seja uma coisa de mulher – disse mamãe, e comprou uma segunda para cada uma de nós duas.

Ela prossegue descrevendo uma cidadezinha à beira-mar e um hotel, uma caminhada curta até a praia, e dias em que o sol brilhava, forte e quente.

– Você adorava aquilo lá – diz ela. – Passava horas catando conchinhas e pedrinhas. Uma vez, amarrou um pedaço de corda em um pedaço de madeira e passou o dia inteiro arrastando aquilo de um lado para o outro da praia, fingindo que tinha um cachorro.

A enfermeira acha graça disso, e mamãe sorri.

– Você era uma menininha com uma imaginação maravilhosa – diz ela para mim. – Que criança mais boazinha.

E, se eu pudesse falar, perguntaria por que, então, ela me abandonou? E talvez ela finalmente falasse sobre o homem por quem trocou papai. Talvez me contasse sobre um amor tão grande que eu começasse a entender.

Mas não posso falar. Minha garganta parece pequena e irritada. Então, em vez disso, fico ouvindo mamãe revisitar um velho sol, dias desbotados, belezas do passado. É bom. Ela é muito inventiva. Até o médico parece estar se divertindo. Na sua história, o céu cintila, e todos os dias nós vemos golfinhos brincando no mar.

– Oxigênio suplementar – diz o médico. E pisca o olho para mim como se estivesse me oferecendo alguma droga. – Não vamos precisar cauterizar. Muito bem. – Ele dá uma palavrinha com a enfermeira, depois se vira na soleira da porta para se despedir. – Minha melhor cliente da noite até agora – ele diz para mim, depois faz uma pequena mesura para mamãe. – A senhora também não se saiu nada mal.

– Bom, foi uma noite e tanto! – diz mamãe quando finalmente entramos em um táxi de volta para casa.

– Gostei de você estar comigo.

Ela parece surpresa, satisfeita até.

– Não tenho certeza se fui muito útil.

A luz do início da manhã se derrama do céu sobre a rua. Faz frio dentro do táxi, e o ar está rarefeito, como no interior de uma igreja.

– Toma – diz mamãe, desabotoando o próprio casaco e ajeitando-o em volta dos meus ombros.

– Pode pisar fundo – diz ela ao motorista, e nós duas rimos.

Pegamos o mesmo caminho da ida. Ela está muito falante, cheia de planos para a Páscoa. Quer passar mais tempo na nossa casa, diz. Quer convidar alguns dos amigos antigos dela e de papai para jantar. Talvez queira dar uma festa para o meu aniversário, em maio.

Talvez dessa vez esteja falando sério.

– Sabe – diz ela –, toda noite, quando as barracas do mercado estão sendo desmontadas, eu vou lá catar verduras e frutas do chão. Às vezes eles jogam fora caixas inteiras de mangas. Semana passada, encontrei cinco peixes simplesmente jogados dentro de um saco plástico. Se eu começar a guardar coisas no congelador do papai, vamos ter mais do que o suficiente para festas e ele não vai precisar desembolsar um tostão.

Ela se perde em jogos de salão e coquetéis. Fala de bandas e animadores; aluga o salão de festas do centro comunitário e decora-o com serpentinas e bolas. Aninho-me junto a ela e recosto a cabeça no seu ombro. Afinal de contas, sou sua filha. Tento ficar inteiramente imóvel, pois não quero que nada mude. É delicioso ser embalada por suas palavras e pelo calor do seu casaco.

– Olha só – diz ela. – Que estranho.

Abrir os olhos é um esforço.

– Que estranho o quê?

– Ali, na ponte. Aquilo não estava ali antes.

Paramos no sinal em frente à estação de trem. Mesmo a essa hora, a estação já está movimentada, com táxis largando pessoas determinadas a fugir do horário do *rush*. Na ponte, bem alto acima da rua, letras floresceram durante a noite. Várias pessoas estão olhando. Um T tremido, um E serrilhado, e quatro curvas interligadas para formar o duplo S. Por último, maior do que as outras letras, há um gigantesco A.

– Que coincidência – diz mamãe.

Mas não é.

Meu celular está no bolso. Meus dedos se dobram e se desdobram.

Ele deve ter feito isso na noite passada. Devia estar escuro. Ele subiu na mureta, passou a perna por cima, depois se esticou pela borda.

Meu coração dói. Tiro o celular do bolso e escrevo: VC TÁ VIVO?

O sinal fica verde. O táxi passa debaixo da ponte e segue pela rua principal.

São seis e meia da manhã. Será que ele vai estar acordado? E se ele tiver perdido o equilíbrio e despencado até a rua lá embaixo?

– Nossa – diz mamãe –, você está por toda parte!

As lojas da rua principal têm as cortinas de metal abaixadas, cegas e adormecidas. Todas estão cobertas com garranchos do meu nome. Estou na fachada da banca de jornais Ajay. Estou na grade cara da loja de comida natural. Estou também, imensa, na loja de móveis Handie, no galeto King e no Barbecue Café. Cubro toda a calçada em frente ao banco e chego até a loja infantil Mothercare. Tomei conta da rua, e sou um círculo reluzente na rotatória.

– É um milagre! – sussurra mamãe.

– Foi o Adam.

– Da casa ao lado? – Ela parece assombrada, como se houvesse magia naquilo.

Meu telefone emite um bipe. ESTOU. E VC?

Rio bem alto. Quando eu chegar, vou bater na porta da casa dele e pedir desculpas. Ele vai sorrir para mim do mesmo jeito que sorriu ontem quando estava levando o lixo do jardim para fora, me viu olhando e disse:

– Não consegue ficar longe de mim, né? – Aquilo me fez rir, porque era mesmo verdade, mas dizer as palavras em voz alta as fez soar menos dolorosas.

– O Adam fez isso pra você? – Mamãe estremece de entusiasmo. Ela sempre acreditou na paixão.

Mando outro torpedo. ESTOU VIVA TB. INDO PRA CASA AGORA.

Zoey certa vez me perguntou:

– Qual foi o melhor instante da sua vida até agora? – E eu lhe falei sobre o dia em que estava treinando plantar bananeira com minha amiga Lorraine. Eu tinha 8 anos, a feira da escola seria no dia seguinte, e mamãe prometera me comprar uma caixa de jóias. Fiquei deitada na grama segurando a mão de Lorraine, tonta de felicidade, e com certeza absoluta de que o mundo era bom.

Zoey achou que eu estivesse maluca. Mas, sério, essa foi a primeira vez em que eu soube de forma tão consciente que estava feliz.

Beijar Adam substituiu aquele instante. Fazer amor substituiu o momento do beijo. E agora ele fez isso por mim. Tornou-me famosa. Escreveu meu nome no mundo inteiro. Eu passei a noite toda no hospital, minha cabeça está entupida de algodão. Estou segurando um saco de papel cheio de antibióticos e analgésicos, e meu braço dói por causa das duas unidades de plaquetas injetadas através do meu cateter subcutâneo. Apesar de tudo isso, é extraordinário como me sinto feliz.

Trinta

– Eu quero que o Adam venha morar aqui.

Papai se vira da pia, e suas mãos fazem escorrer detergente no chão. Ele parece inteiramente atônito.

– Deixa de ser ridícula!

– Estou falando sério.

– Onde é que ele vai dormir?

– No meu quarto.

– Não há hipótese de eu permitir isso, Tess! – Ele torna a se virar para a pia, mexe as tigelas e pratos de um lado para o outro. – Isso faz parte da sua lista? Ter um namorado morando em casa faz parte da sua lista?

– O nome dele é Adam.

Papai sacode a cabeça.

– Pode esquecer.

– Então eu vou me mudar pra casa dele.

– E você acha que a mãe dele vai querer você lá?

– Então a gente vai fugir pra Escócia e morar em uma fazenda. Você preferiria isso?

Quando ele se vira para mim outra vez, sua boca está tremendo de raiva.

– Tess, a resposta é não.

Detesto a forma como ele se aproveita da própria autoridade, como se tudo estivesse resolvido só porque ele falou. Então subo até meu quarto pisando firme e bato a porta. Ele acha que isso tem a ver com sexo. Será que não percebe que é mais profundo? E será que não vê como é difícil pedir?

Três semanas atrás, no final de janeiro, Adam me levou para passear de moto, mais rápido do que da primeira vez e mais longe: até um lugar na fronteira de Kent, onde o terreno é pantanoso e desce em declive até a praia. Lá longe, no meio do mar, havia quatro turbinas de vento, com suas pás fantasmagóricas girando.

Ficamos jogando pedrinhas nas ondas, e eu me sentei no chão de seixos e disse a ele como a minha lista está fugindo do meu controle.

– Tem tantas coisas que eu quero. Dez não é mais suficiente.

– Me fala – pediu ele.

No início foi fácil. Falei sem parar. Primavera. Narcisos e tulipas. Nadar à noite sob um céu calmo e azul. Uma longa viagem de trem, um pavão, uma pipa. Outro verão. Mas não consegui lhe dizer a coisa que eu mais quero.

Nessa noite, ele foi para casa. Todas as noites, vai para casa cuidar da mãe. Ele dorme a poucos metros de mim, depois da parede, do outro lado do armário.

No dia seguinte, ele apareceu com entradas para o zoológico. Fomos até lá de trem. Vimos lobos e antílopes. Um pavão abriu a cauda esmeralda e azul-turquesa para mim. Almoçamos em um café, e Adam comprou para mim um prato de frutas, com uvas pretas e fatias brilhantes de manga.

Alguns dias mais tarde, ele me levou a uma piscina coberta e aquecida. Depois de nadar, ficamos sentados na borda, enrolados em toalhas, balançando os pés dentro d'água. Bebemos chocolate quente e rimos das crianças que berravam no ar frio.

Certa manhã, ele veio me trazer uma tigela de flores de açafrão.

– Primavera – falou.

Levou-me até a nossa colina de moto. Havia comprado uma pequena pipa na banca de jornal, e nós a soltamos juntos.

Dia após dia, era como se alguém houvesse desmontado a minha vida inteira e polido cada pedacinho com muito cuidado antes de juntar tudo de novo.

Mas nós nunca passamos nenhuma noite juntos.

Então, no Dia dos Namorados, fiquei anêmica apenas doze dias depois de uma transfusão de sangue.

– O que isso quer dizer? – perguntei ao especialista.

– Você chegou mais perto da linha – respondeu ele.

Está ficando mais difícil respirar. As olheiras debaixo dos meus olhos se tornaram mais fundas. Meus lábios parecem plástico esticado diante de uma cerca.

Ontem à noite, acordei às duas da manhã. Minhas pernas estavam doendo, um latejar difuso, como uma dor de dente. Eu havia tomado paracetamol antes de me deitar, mas precisava de codeína. A caminho do banheiro, passei pela porta aberta do quarto de papai, e mamãe estava lá: seus cabelos se espalhavam sobre o travesseiro, e o braço dele a envolvia protetoramente. É a terceira vez que ela dorme aqui nas últimas duas semanas.

Fiquei no corredor olhando os dois dormirem e soube, com absoluta certeza, que não poderia mais ficar sozinha no escuro.

Mamãe sobe até o andar de cima e senta-se na minha cama. Estou em pé junto à janela, olhando o anoitecer. O céu está repleto de alguma coisa, as nuvens baixas e carregadas.

– Soube que você quer que o Adam venha morar aqui – diz ela.

Escrevo meu nome na janela embaçada. As marcas do meu dedo desenhadas no vidro fazem eu me sentir jovem.

– O seu pai pode concordar com uma noite de vez em quando, Tess, mas não vai deixar o Adam vir morar aqui – diz ela.

– O papai disse que ia me ajudar com a minha lista.

– Ele *está* ajudando. Acabou de comprar passagens pra todo mundo ir pra Sicília, não foi?

– Isso é porque ele quer passar uma semana inteira com você!

Quando me viro para olhar para ela, ela franze o cenho para mim como se eu fosse alguém que nunca tivesse visto antes.

– Ele disse isso?

– Ele está apaixonado por você, é óbvio. Viajar nem está mais na minha lista.

Ela faz cara de espantada.

– Achei que viajar fosse número sete.

– Eu troquei por fazer você e o papai voltarem.

– Ah, Tessa!

É estranho porque, de todas as pessoas, ela era quem mais deveria entender de amor. Cruzo os braços para ela.

– Me fala sobre ele.

– Sobre quem?

– Sobre o homem por quem você deixou a gente.

Ela sacode a cabeça.

– Por que você está falando nisso agora?

– Porque você disse que não teve escolha. Não foi isso que você disse?

– Eu disse que estava infeliz.

– Várias pessoas são infelizes, nem por isso elas fogem.

– Por favor, Tess, eu não quero mesmo falar sobre isso.

– A gente amava você.

Plural. Pretérito. Mesmo assim, as palavras são grandes demais para o pequeno quarto.

Ela ergue os olhos para mim, com o rosto pálido e anguloso.

– Desculpa.

– Você deve ter amado ele como nunca amou ninguém. Ele devia ser maravilhoso, uma pessoa meio mágica.

Ela não diz nada.

Simples. Um amor grande assim. Torno a me virar para a janela.

– Então você deve entender o que eu sinto pelo Adam.

Ela se levanta e chega perto de mim. Não me toca, mas fica muito perto.

– Ele sente a mesma coisa por você, Tess?

– Não sei.

Quero me encostar nela e fingir que tudo vai ficar bem. Mas tudo que faço é apagar meu nome da vidraça e olhar para a noite do outro lado. Lá fora está estranhamente sombrio.

– Vou falar com seu pai – diz ela. – Ele está pondo o Cal pra dormir, mas quando terminar eu levo ele pra tomar uma cerveja. Tudo bem vocês dois ficarem sozinhos?

– Vou chamar o Adam. Fazer um jantar pra ele.

– Tá bom. – Ela se vira para sair, depois torna a se virar na soleira da porta. – Você quer algumas coisas lindas e maravilhosas, Tessa, mas cuidado. As outras pessoas nem sempre podem te dar o que você quer.

Corto quatro fatias gigantes de pão em cima de uma tábua e ponho-as debaixo do *grill*. Pego uns tomates da cesta de legumes e, como Adam está de costas para a pia olhando para mim, seguro um com cada mão na altura dos seios e vou rebolando até a bancada.

Ele ri. Corto ao meio os dois tomates e ponho-os no *grill* ao lado das torradas. Pego o ralador no armário, o queijo na geladeira, e ralo uma pilha de queijo sobre a tábua enquanto a torrada está no forno. Sei que há um buraco entre a barra da minha camiseta e o cós da minha calça. Sei que há uma curva especial (a única curva que ainda tenho) onde minhas costas se encontram com meu bumbum, e que, quando me apóio sobre um dos quadris, essa curva se projeta na direção de Adam.

Depois de ralar o queijo, lambo um dedo de cada vez, de propósito e bem devagar, e acontece exatamente o que eu sabia que aconteceria. Ele se aproxima e beija a minha nuca.

– Quer saber o que eu estou pensando? – sussurra ele.

– Pode falar – digo, embora eu já saiba.

– Eu quero você. – Ele me vira e me beija na boca. – Muito.

Fala como se houvesse sido possuído por uma força que não compreende. Adoro isso. Pressiono meu corpo contra o seu.

– Quer saber o que eu quero? – pergunto.

– Fala.

Ele sorri. Acha que sabe o que eu vou dizer. Não quero que ele pare de sorrir.

– Você.

É a verdade. Mas ao mesmo tempo não é.

Desligo o forno antes de subirmos. A torrada já virou carvão. O cheiro de queimado me deixa triste.

Em seus braços, esqueço. Mas depois, quando estamos deitados juntos, em silêncio, torno a me lembrar.

– Eu tenho pesadelos – digo.

Ele acaricia meu quadril, o alto da minha coxa. Sua mão é cálida e firme.

– Me conta.

– Nesses pesadelos eu vou a algum lugar.

Caminho descalça por um campo até chegar a um lugar no final desse mundo. Subo degraus e atravesso uma grama alta. A cada noite, vou mais longe. Na noite passada, cheguei a um bosque – escuro e não muito grande. Do outro lado havia um rio. Uma bruma flutuava sobre a superfície. Não havia peixes e, quando saí da água, havia lama escorrendo entre meus dedos.

Adam roça um dedo na minha bochecha. Depois me puxa para mais perto e me beija. Na bochecha. No queixo. Na outra bochecha. Depois na boca. Muito delicadamente.

– Se eu pudesse, iria com você.

– Dá um medo danado.

Ele balança a cabeça.

– Eu sou muito corajoso.

Sei que ele é. Quantas pessoas estariam aqui comigo, para começo de conversa?

– Adam, eu preciso te pedir uma coisa.

Ele espera. Sua cabeça está ao lado da minha sobre o travesseiro, seus olhos estão calmos. É difícil. Não consigo encontrar as palavras. Os livros na prateleira acima da cama parecem suspirar e se mover.

Ele se senta e me passa uma caneta.

– Escreve na parede.

Olho para todas as coisas que escrevi ali ao longo dos meses. Garranchos de desejos. Poderia acrescentar tantas outras coisas. Uma conta conjunta no banco, cantar na banheira junto com ele, ouvi-lo roncar durante anos e anos.

– Vai – diz ele. – Eu tenho que ir embora daqui a pouco.

E são essas palavras, que contêm dentro de si um pouco do mundo exterior, de coisas a fazer e de lugares aonde ir, que me permitem escrever.

Eu quero que você venha morar comigo. Quero as noites. Escrevo depressa, com uma letra horrível, para que talvez ele não consiga ler. Depois me escondo debaixo do edredom.

Há uma pausa de um segundo.

– Eu não posso, Tess.

Desvencilho-me do edredom. Não consigo ver seu rosto, somente um vislumbre de luz refletido nos olhos. Talvez sejam estrelas brilhando ali. Ou talvez a Lua.

– Por que você não quer?

– Não posso deixar minha mãe sozinha.

Detesto a mãe dele, as rugas em sua testa e ao redor dos olhos. Ela perdeu o marido, mas não perdeu mais nada.

– Você não pode voltar pra cá depois que ela for dormir?

– Não.

– Pelo menos já pediu pra ela?

Ele sai da cama sem me tocar e se veste. Queria que fosse possível espalhar células cancerosas pela bunda dele. Eu poderia alcançá-la daqui, e então ele seria meu para sempre. Eu ergueria o carpete e arrastaria Adam por debaixo do chão até os alicerces da casa. Faríamos amor diante dos vermes. Meus dedos penetrariam debaixo de sua pele.

– Eu vou assombrar você – digo-lhe. – Mas por dentro. Sempre que você tossir vai pensar em mim.

– Pára de bagunçar a minha cabeça.

E então ele vai embora.

Agarro minhas roupas e saio atrás dele. Ele pega a jaqueta pendurada no corrimão. Ouço-o atravessar a cozinha e abrir a porta dos fundos.

Quando o alcanço, ele ainda está em pé no degrau da porta. Atrás dele, no jardim, grandes flocos de neve caem rodopiando. Deve ter começado quando estávamos no quarto. O caminho de terra batida está coberto de neve, o gramado também. O céu está repleto dela. O mundo parece silencioso e menor.

– Você queria neve. – Ele estende a mão para pegar um floco e me mostra. É um floco perfeito, como os que eu costumava recortar em papel e pregar na janela no primário. Ficamos olhando o floco derreter na palma de sua mão.

Pego meu casaco. Adam encontra minhas botas, meu cachecol e meu chapéu, e me ajuda a descer o degrau. Minha respiração é puro gelo. Neva tanto que nossas pegadas desaparecem no mesmo instante em que se formam.

A neve sobre a grama é mais profunda; ela geme quando pisamos. Atravessamos juntos a superfície toda nova. Escrevemos nossos nomes com os pés, tentando penetrá-la, chegar à grama lá embaixo. No entanto, mais neve vem cobrir todas as marcas que fazemos.

– Olha – diz Adam.

Ele se deita de costas no chão e agita os braços e pernas. Grita por causa do frio em seu pescoço, em sua cabeça. Torna a ficar em pé com um pulo, limpa a neve da calça.

– Para você – diz. – Um anjo desenhado na neve.

É a primeira vez que ele olha para mim desde que escrevi na parede. Seus olhos estão tristes.

– Já tomou sorvete de neve? – pergunto.

Mando-o ir buscar dentro de casa uma tigela, açúcar de confeiteiro, baunilha e uma colher. Ele segue minhas instruções, põe algumas colheradas de neve dentro da tigela, mistura todos os ingredientes. O troço vira uma pasta, fica marrom, com um gosto esquisito. Não é como nas minhas lembranças de menina.

– Talvez seja com iogurte e suco de laranja.

Ele sai correndo. Volta. Tentamos de novo. Fica pior ainda, mas dessa vez ele ri.

– Que boca linda – digo.

– Você está tremendo – diz ele. – Devia entrar em casa.

– Não sem você.

Ele olha para o relógio.

– Como se chama um boneco de neve no deserto? – pergunto.

– Eu tenho que ir, Tess.

– Poça.

– Sério.

– Você não pode ir embora agora, no meio de uma tempestade de neve. Nunca mais vou encontrar o caminho de casa.

Abro o fecho do casaco. Deixo-o se abrir, expondo o ombro. Mais cedo, Adam passou vários minutos beijando esse pedacinho específico do meu ombro. Ele pisca para mim. A neve cai sobre seus cílios.

– O que você quer de mim, Tess? – pergunta ele.

– As noites.

– O que você quer *de verdade*?

Eu sabia que ele iria entender.

– Quero que você fique comigo no escuro. Que me abrace. Que continue me amando. Que me ajude quando eu ficar com medo. Que vá até a beiradinha junto comigo pra ver o que tem lá.

Ele me olha com muita intensidade.

– E se eu fizer alguma coisa errada?

– É impossível você fazer alguma coisa errada.

– Eu posso te decepcionar.

– Você não vai me decepcionar.

– Eu posso surtar.

– Não faz mal. Eu só quero que você esteja comigo.

Ele olha para mim em meio à paisagem invernal do jardim. Seus olhos são muito verdes. Neles vejo seu futuro se estender à sua frente. Não sei o que ele vê nos meus. Mas ele é corajoso. Sempre soube disso a seu respeito. Pega minha mão e torna a me conduzir para dentro de casa.

No andar de cima, sinto-me pesada, como se a cama houvesse colado em mim e estivesse me sugando para baixo. Adam leva uma eternidade para tirar a roupa, depois fica em pé, tremendo, só de cueca.

– Entro na cama, então?

– Só se você quiser.

Ele revira os olhos, como se comigo nunca fosse possível vencer. É tão difícil conseguir o que eu quero. Fico preocupada que as pessoas só me dêem coisas porque sentem culpa. Quero que Adam *queira* estar aqui. Como é que vou poder saber a diferença?

– Não é melhor a gente avisar à sua mãe? – pergunto quando ele sobe na cama ao meu lado.

– Amanhã eu aviso. Ela vai sobreviver.

– Você não está fazendo isso porque tem pena de mim, está?

Ele sacode a cabeça.

– Pára com isso, Tess.

Nós nos enroscamos um no outro, mas o frio da neve perdura; nossas mãos e pés são feitos de gelo. Entrelaçamos as pernas para nos aquecer. Ele me esfrega, me afaga. Torna a me envolver em seus braços. Sinto seu pau ficar duro. Isso me faz rir. Ele também ri, mas um riso nervoso, como se eu estivesse rindo dele.

– Você me quer? – pergunto.

Ele sorri.

– Eu sempre te quero. Mas está tarde, é melhor você dormir.

A neve torna o mundo do lado de fora mais brilhante. A luz penetra através da janela. Adormeço vendo-a cintilar e resplandecer sobre a pele dele.

Quando acordo, ainda é de noite e ele está dormindo. Seus cabelos sobre o travesseiro são escuros, seu braço está jogado sobre o meu corpo como se ele fosse capaz de me reter ali. Ele suspira, pára de respirar, mexe-se, torna a respirar. Está bem no meio do sono – parte deste mundo, mas parte de outro mundo também. Isso é estranhamente reconfortante para mim.

Mas o fato de ele estar comigo não impede minhas pernas de doerem. Deixo-lhe o edredom, enrolo-me no cobertor e vou cambaleando até o banheiro buscar codeína.

Quando saio, papai está de roupão no corredor. Tinha me esquecido de que ele sequer existia. Não está calçando chinelos. Seus dedos dos pés parecem muito compridos e cinzentos.

– Você deve estar ficando velho – digo a ele. – Só velhos acordam no meio da noite.

Ele aperta mais o roupão em volta do corpo.

– Eu sei que o Adam está aí dentro com você.

– E a mamãe está aí dentro com você?

Isso me parece um detalhe importante, mas ele decide ignorá-lo.

– Você fez isso sem a minha permissão.

Baixo os olhos para o carpete e torço para ele terminar logo com isso. Minhas pernas estão pesadas, como se meus ossos estivessem inchando. Arrasto os pés no chão.

– Não estou querendo cortar o seu barato, Tess, mas é meu dever cuidar de você e eu não quero que você se machuque.

– É um pouco tarde pra isso.

Eu pretendia que a frase soasse como uma brincadeira, mas ele não sorri.

– Tessa, o Adam é só uma criança. Você não pode depender dele pra tudo. Ele pode te decepcionar.

– Ele não vai fazer isso.

– E se fizer?

– Aí eu ainda vou ter você.

É estranho abraçá-lo no corredor escuro. Apertamo-nos mais forte do que me lembro de jamais ter acontecido. Depois de algum tempo, ele solta e me olha com um ar muito sério.

– Eu vou sempre estar ao seu lado, Tess. O que quer que você faça, o que quer que ainda tenha pra fazer, o que quer que a sua lista idiota te leve a fazer. Você precisa saber disso.

– Não falta mais quase nada.

Número nove é Adam se mudar para a minha casa. Mais profundo do que sexo. É enfrentar a morte, mas não sozinha. É a minha cama não ser mais assustadora, mas, sim, um lugar onde Adam está deitado, quentinho, à minha espera.

Papai beija o alto da minha cabeça.

– Então vai lá.

Ele vai para o banheiro.

Eu volto para Adam.

Trinta e um

A primavera é um feitiço poderoso.

O azul. As nuvens altas e fofas. O ar mais quente do que esteve em muitas semanas.

– A luz estava diferente hoje de manhã – digo a Zoey. – Ela me acordou.

Zoey muda de posição na espreguiçadeira.

– Que sorte a sua. O que me acordou foi uma cãibra na perna.

Estamos sentadas debaixo da macieira. Zoey trouxe um cobertor do sofá e enrolou-se nele, mas eu não estou com o menor frio. É um daqueles dias amenos de março em que se tem a sensação de que a Terra está se derramando para a frente. Margaridas coalham a grama. Buquês de tulipas brotam no pé da cerca. Até o cheiro do jardim é diferente: úmido, secreto.

– Você está bem? – pergunta Zoey. – Está um pouco esquisita.

– Estou me concentrando.

– Em quê?

– Sinais.

Ela solta um grunhido baixinho, pega o folheto de viagem do meu colo e folheia as páginas.

– Então vou ficar me torturando com isto aqui. Me avisa quando tiver terminado.

Eu nunca vou terminar.

Aquele rasgo nas nuvens por onde a luz cai.

Aquele passarinho destemido voando em linha reta pelo céu.

Há sinais por toda parte. Eles me mantêm segura.

Cal agora também começou a procurá-los, embora de maneira mais prática. Chama-os de "feitiços para afastar a morte".

Ele pendurou alho em cima de todas as portas e nos quatro cantos da minha cama. Fabricou placas de MANTENHA DISTÂNCIA para os portões da frente e dos fundos.

Ontem à noite, quando estávamos vendo televisão, ele amarrou minha perna na sua com uma corda de pular. Parecíamos prestes a nos inscrever em uma corrida de três pernas.

– Ninguém vai levar você embora se estiver amarrada em mim – disse.

– Eles podem levar você junto!

Ele deu de ombros, como se isso pouco lhe importasse.

– Também não vão pegar você na Sicília; não vão ter como saber onde você está.

Vamos pegar o avião amanhã. Uma semana inteira ao sol.

Provoco Zoey com o folheto, corro meus dedos por cima da praia vulcânica de areia preta, do mar emoldurado por montanhas, dos cafés e das *piazzas*. Em algumas fotos, o monte Etna aparece ao fundo, baixo e maciço, distante e tempestuoso.

– O vulcão está ativo – informo a ela. – Solta faíscas à noite e, quando chove, tudo se cobre de cinzas.

– Mas não vai chover, né? Deve estar fazendo uns trinta graus. – Ela fecha o folheto com um estalo. – Não consigo acreditar que a sua mãe deu a passagem dela pro Adam.

– Meu pai também não.

Zoey pensa no assunto por alguns instantes.

– Fazer eles dois voltarem não estava na sua lista?

– Número sete.

– Que horrível. – Ela joga o folheto na grama. – Agora fiquei triste.

– São os hormônios.

– Mais triste do que você pode imaginar.

– É, são os hormônios.

Ela olha para o céu, desolada, depois vira-se de volta para mim quase no mesmo instante, com um sorriso no rosto.

– Te falei que vou pegar as chaves daqui a três semanas?

Falar sobre o apartamento sempre a deixa mais alegre. O governo aceitou fazer-lhe um empréstimo. Ela vai poder trocar vales por tinta e papel de parede, diz. Fica bem animada ao descrever o mural que está planejando pintar no quarto, e os azulejos com peixinhos tropicais que quer pôr no banheiro.

É estranho mas, enquanto ela fala, seu corpo começa a ondular nas bordas. Tento me concentrar em seus planos para a cozinha, mas é como se ela estivesse no meio de uma miragem.

– Você está bem? – pergunta ela. – Está com aquela cara esquisita de novo.

Inclino-me para a frente e massageio o couro cabeludo. Concentro-me na dor atrás dos meus olhos e tento fazê-la ir embora.

– Quer que eu chame o seu pai?

– Não.

– Quer um copo d'água?

– Não. Fica aqui. Eu já volto.

Não posso ver Adam, mas posso ouvi-lo. Ele está revolvendo a terra para sua mãe poder plantar flores enquanto estivermos viajando. Posso ouvir o impacto de sua bota na pá, a resistência molhada da terra.

Passo pelo buraco na cerca. Ouço o murmúrio de coisas crescendo: botões que se abrem, delicadas folhas verdes que se esticam em direção ao céu.

Ele está sem o suéter, e veste apenas uma camiseta sem manga e o jeans. Cortou os cabelos ontem, e o arco de seu pescoço no ponto onde encontra os ombros é chocante de tão belo. Sorri ao me ver olhando, larga a pá e se aproxima.

– Oi!

Encosto-me nele e espero me sentir melhor. Ele está quente. Sua pele é salgada e tem cheiro de sol.

– Eu te amo.

Silêncio. Surpreendente. Será que eu pretendia mesmo dizer isso?

Ele sorri seu sorriso de viés.

– Eu também te amo, Tess.

Tampo sua boca com a mão.

– Não fala isso se não for verdade.

– É verdade, sim. – Seu hálito umedece meus dedos. Ele beija a palma da minha mão.

Enterro essas coisas dentro do meu coração: a sensação de seu corpo sob meus dedos, seu gosto na minha boca. Vou precisar delas, como talismãs, para sobreviver a uma jornada impossível.

Ele roça um dedo na minha face, da têmpora ao queixo, depois por cima dos lábios.

– Você está bem?

Faço que sim com a cabeça.

Ele me olha de cima, um pouco intrigado.

– Está parecendo tão quietinha. Quer que eu vá te procurar quando terminar? A gente poderia andar de moto se você quiser, se despedir da colina por uma semana.

Faço que sim de novo. Sim.

Ele me dá um beijo de despedida. Tem gosto de manteiga.

Seguro a cerca enquanto torno a atravessar o buraco. Um passarinho canta uma canção complicada, e papai está em pé no degrau em frente à porta dos fundos, segurando um abacaxi. São bons sinais. Não há por que ter medo.

Volto para minha cadeira. Zoey está fingindo dormir, mas abre um dos olhos quando me sento.

– Fico pensando se você estaria a fim dele se não estivesse doente.

– Estaria.

– Ele não é tão bonito quanto o Jake.

– É muito mais legal.

– Aposto que às vezes ele te irrita. Aposto que só fala merda, ou quer transar com você quando você não quer.

– Ele não faz isso.

Ela franze o cenho para mim.

– Ele é homem, não é?

Como posso lhe explicar? O reconforto de seu braço em volta do meu ombro à noite? A forma como sua respiração muda com as horas, de modo que sei quando a madrugada chega? Todas as manhãs, quando acorda, ele me dá um beijo. Sua mão sobre o meu seio faz meu coração continuar a bater.

Papai vem andando na nossa direção, ainda segurando o abacaxi.

– Você precisa entrar agora. A Philippa chegou.

Mas eu não quero ficar dentro de casa. Não tenho gostado de paredes. Quero ficar debaixo da macieira, em meio ao ar de primavera.

– Pede pra ela vir aqui, pai.

Ele dá de ombros, torna a se virar para a casa.

– Tenho que tirar sangue – digo a Zoey.

Ela torce o nariz.

– Tá bom. Aqui fora está um gelo mesmo.

Philippa enfia os dedos dentro de uma luva cirúrgica.

– O amor continua fazendo sua mágica, então?

– Amanhã é nosso décimo aniversário.

– Dez semanas? Bom, isso está fazendo maravilhas por você. Vou começar a recomendar a todos os meus pacientes que se apaixonem.

Ela suspende meu braço na direção do céu e limpa em volta do cateter subcutâneo com compressas de gaze.

– Já fez as malas?

– Alguns vestidos. Um biquíni e um par de sandálias.

– Só isso?

– Do que mais vou precisar?

– Filtro solar, um chapéu e um casaquinho, pra começar! Não quero ter que tratar suas queimaduras de sol quando você voltar.

Gosto que ela se preocupe comigo. Já faz algumas semanas que ela é minha enfermeira fixa. Acho que talvez eu seja sua paciente preferida.

– Como vai o Andy?

Ela sorri, desanimada.

–Passou a semana inteira resfriado. Mas é claro que ele diz que é gripe. Sabe como são os homens.

Na verdade eu não sei, mas mesmo assim concordo. Pergunto-me se o marido dela a ama, se a faz se sentir deslumbrante, se fica hipnotizado deitado em seus braços gordos.

– Philippa, por que você não tem filhos?

Ela me olha bem nos olhos enquanto colhe sangue em uma seringa.

– Eu não conseguiria suportar esse tipo de medo.

Ela colhe uma segunda seringa de sangue que transfere para um frasco, enxágua meu cateter com soro fisiológico e heparina, depois guarda suas coisas dentro da maleta e se levanta. Por um instante, penso que ela vai se abaixar e me dar um abraço, mas ela não o faz.

– Tenha uma ótima viagem – diz ela. – E não se esqueça de me mandar um postal.

Vejo-a se afastar com seu andar pesado. No degrau em frente à porta, ela se vira para acenar.

Zoey torna a sair de casa.

– O que exatamente ela está procurando no seu sangue?

– Doença.

Ela concorda, comportada, enquanto torna a se sentar.

– Seu pai está preparando o almoço, aliás. Vai trazer a comida daqui a pouquinho.

Uma folha dança. Uma sombra percorre a extensão do gramado.

Há sinais por toda parte. Alguns deles você cria. Outros vêm até você.

Zoey agarra minha mão e aperta-a de encontro à barriga.

– Ela está se mexendo! Põe a mão aqui... Não, aqui. Isso. Sentiu?

É um rolamento vagaroso, como se o bebê estivesse dando a mais preguiçosa das cambalhotas. Não quero tirar a mão dali. Quero que o bebê faça de novo.

– Você é a primeira pessoa a sentir isso. Sentiu mesmo, não foi?

– Senti.

– Agora imagina ela – diz Zoey. – Imagina ela de verdade.

Faço isso com freqüência. Desenhei-a na parede acima da minha cama. Não é grande coisa como desenho, mas todas as medidas estão exatas: fêmur, abdômen, circunferência craniana.

Número dez na minha lista. Lauren Tessa Walker.

– As estruturas da coluna estão todas no lugar – digo a Zoey. – Trinta e nove anéis, cento e cinqüenta articulações e mil ligamentos. As pálpebras estão abertas, sabia? E as retinas estão formadas.

Zoey pisca para mim, como se não acreditasse de fato que alguém possa saber essas informações. Decido não lhe dizer que o seu próprio coração está trabalhando duas vezes mais depressa do que o normal, fazendo circular seis litros de sangue a cada minuto. Acho que isso a faria surtar.

Papai vem andando na nossa direção.

– Pronto, meninas. – Ele pousa a bandeja na grama entre nós duas. Salada de abacate com agrião. Fatias de abacaxi e kiwi. Uma tigela de groselhas.

– Sem chance de um hambúrguer, então? – pergunta Zoey.

Ele franze o cenho, percebe que ela está brincando e diz:

– Vou pegar o cortador de grama. – Afasta-se rumo ao barracão.

Adam e sua mãe aparecem no buraco da cerca.

– Que dia lindo, não é mesmo? – entoa Sally.

– É a primavera – diz Zoey, com agrião brotando da boca.

– A primavera só começa quando o horário muda.

– Então deve ser a poluição.

Sally faz cara de alarmada.

– Um homem disse no rádio que, se a gente parasse de andar de carro, poderia comprar mais mil anos na Terra para a raça humana.

Adam ri e sacode as chaves do carro para ela.

– Então vamos a pé até o centro de jardinagem, mãe?

– Não, eu quero comprar mudas. A gente nunca iria conseguir carregar.

Ele sacode a cabeça.

– Daqui a uma hora a gente volta.

Ficamos olhando os dois se afastarem. No portão, ele pisca o olho para mim.

– Isso com certeza iria me irritar – diz Zoey.

Ignoro-a. Como uma fatia de kiwi. Tem gosto de alguma outra coisa. As nuvens correm pelo céu como carneirinhos em um estranho campo azul. O sol surge e some. Tudo parece volátil.

Papai vem do barracão arrastando o cortador de grama. A máquina está coberta de toalhas velhas, como se estivesse hibernando. Ele costumava cuidar religiosamente do jardim, costumava plantar e podar, amarrar coisas com pedaços de barbante e manter alguma ordem. Agora o jardim está completamente selvagem: a grama sem viço, as rosas esticando-se para dentro do barracão.

Rimos dele quando o cortador não liga, mas ele não parece se importar, simplesmente dá de ombros, como se não quisesse mesmo cortar a grama. Volta a entrar no barracão, sai trazendo um podão e começa a aparar galhos da cerca.

– Te falei sobre o grupo de adolescentes grávidas? – pergunta Zoey. – Eles servem bolo e chá e ensinam a trocar fraldas e coisas assim. Achei que fosse ser um saco, mas a gente riu à beça.

Um avião cruza o céu, deixando um rastro de fumaça. Outro avião cruza o caminho do primeiro, formando um beijo. Nenhum dos dois cai.

– Você está ouvindo? – pergunta Zoey. – Porque parece que não está.

Esfrego os olhos, tento focar a visão. Ela conta que fez amizade com uma menina... Alguma coisa sobre as duas terem a mesma data de parto... Alguma outra coisa sobre uma parteira. Parece estar falando comigo do fundo de um túnel.

Reparo em um botão repuxado no meio de sua blusa.

Uma borboleta aterrissa no caminho de terra batida e abre as asas. Está tomando banho de sol. É muito cedo ainda para borboletas.

– Tem certeza de que está escutando?

Cal entra pelo portão. Joga a bicicleta no gramado e dá duas voltas correndo pelo jardim.

– Primeiro dia de férias! – grita ele. Trepa na macieira para comemorar, prendendo o joelho entre dois galhos e agachando-se ali feito um duende.

Ele recebe um torpedo, e a luz azul de seu celular pisca entre as folhas recentes. Isso me lembra um sonho que tive algumas noites atrás. No sonho, uma luz azul saía da minha garganta toda vez que eu abria a boca.

Ele manda um torpedo em resposta, rapidamente recebe outro de volta. Ri. Mais um torpedo chega, depois mais outro, como um bando de pássaros pousando na árvore.

– A sétima série ganhou! – anuncia ele, radiante. – Teve uma guerra de água no parque contra o primeiro ano e a gente ganhou!

Cal encontrando seu caminho no ensino médio. Cal com amigos e um novo telefone celular. Cal deixando crescer os cabelos porque quer ter um *look* de skatista.

– Está olhando o quê? – Ele me mostra a língua, pula da árvore e corre para dentro de casa.

O jardim está mergulhado em sombras. O ar está úmido. Um papel de bala é soprado pelo caminho de terra batida.

Zoey estremece.

– Acho que vou indo. – Ela me abraça apertado, como se uma de nós duas pudesse cair. – Você está muito quente. É assim mesmo?

Papai a acompanha até a porta.

Adam passa pelo buraco na cerca.

– Pronto. – Aproxima a espreguiçadeira de mim e senta-se. – Ela comprou metade da loja. Custou uma fortuna, mas ela estava muito animada. Quer plantar um jardim de ervas.

Feitiços para afastar a morte. Segurar a mão do seu namorado com muita força.

– Tudo bem com você?

Descanso a cabeça em seu ombro. Tenho a sensação de que estou esperando alguma coisa.

Há sons: o vago retinir de pratos na cozinha, o farfalhar de folhas, o rugido de um motor distante.

O sol transformou-se em líquido, derretendo-se frio no horizonte.

– Você está muito quente. – Ele encosta a mão na minha testa, roça minha face, apalpa minha nuca. – Fica aí.

Ele me deixa sozinha e corre até a casa pelo caminho de terra batida.

O planeta gira, o vento sacode as árvores.

Não sinto medo.

Continue respirando, simplesmente continue. É fácil: inspira, expira.

Estranho como o chão sobe ao meu encontro, mas é mais confortável estar lá embaixo. Penso no meu nome enquanto estou ali deitada. Tessa Scott. Um bom nome de três sílabas. A cada sete anos nossos corpos mudam, cada célula. A cada sete anos nós desaparecemos.

– Meu Deus! Ela está ardendo em febre! – O rosto de papai cintila logo acima de mim. – Vai chamar uma ambulância! – Sua voz vem de muito longe. Quero sorrir. Quero lhe agradecer por estar aqui, mas por algum motivo não pareço capaz de encadear as palavras.

– Não fecha os olhos, Tess. Está me ouvindo? Fica com a gente!

Quando eu faço um sinal de sim com a cbeça, o céu rodopia com uma velocidade nauseante, como se eu estivesse despencando de um prédio.

Trinta e dois

A morte me prende à cama do hospital, sobe por meu peito com suas garras afiadas e fica sentada ali. Não sabia que iria doer tanto assim. Não sabia que tudo de bom que jamais aconteceu na minha vida seria esvaziado por ela.

está acontecendo agora e é verdade mesmo. E por mais que todos prometam se lembrar de mim não faz a menor diferença se lembrarem ou não porque eu não vou estar mais aqui para saber

Um buraco escuro se abre no canto do quarto e se enche de bruma, como um tecido passando entre as árvores.

De longe, ouço-me gemer. Não quero ouvir. Capto o peso de olhares. Enfermeira para médico, médico para papai. Suas vozes abafadas. Da garganta de papai vaza pânico.

Ainda não. Ainda não.

Não paro de pensar em brotos. Branco brotando de um céu rodopiante. Como os seres humanos são pequenos, como são vulneráveis se comparados às pedras, às estrelas.

Cal entra. Lembro-me dele. Quero lhe dizer para não ter medo. Quero que ele fale com sua voz normal e me conte alguma coisa engraçada. Mas ele vai se postar ao lado de papai, calado e pequeno, e sussurra:

– O que ela tem?

– Ela está com uma infecção.

– Ela vai morrer?

– Eles deram antibióticos pra ela.

– Então, ela vai ficar boa?

Silêncio.

Não é assim que deveria ser. Não de repente, como ser atropelada por um carro. Não esse calor estranho, essa sensação de um enorme hematoma bem lá no fundo. A leucemia é uma doença progressiva. Eu deveria ficar cada vez mais fraca até não ligar mais para nada.

Mas eu ainda ligo. Quando será que vou parar de ligar?

Tento pensar em coisas simples: batatas cozidas, leite. Em vez disso, porém, coisas assustadoras me vêm à mente: árvores vazias, travessas de pó. O ângulo descorado de um osso maxilar.

Quero dizer a papai como estou com medo, mas falar é como escalar as paredes de um tonel de óleo. Minhas palavras brotam de algum lugar escuro e escorregadio.

– Não me deixa cair.

– Estou te segurando.

– Eu estou caindo.

– Eu estou aqui. Estou te segurando.

Mas os seus olhos têm medo e seu rosto está flácido, como se ele tivesse cem anos de idade.

Trinta e três

Acordo e vejo flores. Vasos de tulipas, cravos como em um casamento, cravos-de-amor cascateando pela mesinha de cabeceira.

Acordo e vejo papai, ainda segurando minha mão.

Todas as coisas no quarto são maravilhosas: a jarra, aquela cadeira. O céu do outro lado da janela é muito azul.

– Está com sede? – pergunta papai. – Quer beber alguma coisa?

Quero suco de manga. Em grande quantidade. Ele afofa um travesseiro debaixo da minha cabeça e segura o copo para mim. Seus olhos se prendem aos meus. Sugo o líquido, engulo. Ele me dá tempo para respirar, torna a virar o copo. Quando já bebi o suficiente, ele limpa minha boca com um lenço de papel.

– Feito um bebê – digo a ele.

Ele concorda. Lágrimas silenciosas enchem seus olhos.

Adormeço. Torno a acordar. E dessa vez estou faminta.

– Alguma chance de um sorvete?

Papai larga o livro com um sorriso.

– Espera aí. – Ele não demora muito e volta com um picolé de morango. Enrola o palito em um lenço de papel para o sorvete não escorrer, e eu consigo segurá-lo sozinha. É simplesmente uma delícia. Meu corpo está se recuperando. Não sabia que ainda era capaz de fazer isso. Sei que não vou morrer com um picolé de morango na mão.

– Acho que talvez eu vá querer outro depois deste.

Papai me diz que posso tomar cinqüenta sorvetes se quiser. Deve ter se esquecido de que não posso comer açúcar nem laticínios.

– Tenho outra coisa para você. – Ele vasculha o bolso do casaco e retira um ímã de geladeira. Tem o formato de um coração, está pintado de vermelho e coberto com uma camada mal-aplicada de verniz. – Foi o Cal quem fez. Ele mandou um beijo.

– E a mamãe?

– Ela veio te visitar uma ou duas vezes. Você estava muito vulnerável, Tessa. Só eram permitidos pouquíssimos visitantes.

– Então o Adam ainda não veio?

– Ainda não.

Lambo o sorvete, tentando extrair todo o sabor. A madeira do palito é áspera sob minha língua.

– Quer que eu pegue outro? – pergunta papai.

– Não. Agora eu quero que você vá embora.

Ele faz cara de quem não entende.

– Vá embora pra onde?

– Vai encontrar o Cal quando ele chegar do colégio, leva ele pra jogar futebol no parque. Compra batata frita pra ele. Depois volta e me conta tudo.

Papai parece um pouco surpreso, mas ri.

– Estou vendo que você acordou animada!

– Quero que você ligue pro Adam. Diz pra ele vir me visitar hoje à tarde.

– Mais alguma coisa?

– Diz pra mamãe que eu quero presentes: sucos de fruta caros, montes de revistas e maquiagem nova. Se é para ela se comportar mal, pelo menos pode me comprar coisas.

Papai tem um ar radiante enquanto pega um pedaço de papel e anota a marca da base e do batom que eu quero. Incentiva-me a pensar em outras coisas de que poderia gostar, então peço *muffins* de mirtilo, leite achocolatado e uma caixa de ovinhos de chocolate recheados. Afinal de contas, estamos quase na Páscoa.

Ele me dá três beijos na testa e me diz que vai voltar mais tarde.

Depois que ele sai, um passarinho pousa no peitoril da janela. Não é um passarinho espetacular, nem abutre nem fênix, mas um estorninho comum. Uma enfermeira entra no quarto, remexe os lençóis, enche minha jarra de água. Aponto o passarinho para ela, brinco que é o sentinela da Morte. Ela faz cara de séria e me diz para não provocar o destino.

Mas o passarinho olha diretamente para mim e inclina a cabeça.

– Ainda não – digo a ele.

O médico aparece para uma visita.

– Então – diz –, no final das contas acabamos encontrando o antibiótico certo.

– Depois de um tempo.

– Mas teve uma fase um pouco assustadora.

– Foi?

– Para você, quero dizer. Esse nível de infecção pode ser muito desorientador.

Leio o crachá com seu nome enquanto ele ausculta meu peito. Dr. James Wilson. Tem mais ou menos a idade do meu pai, com cabelos pretos rareando no cocuruto. É mais magro do que o meu pai. Parece cansado. Examina meus braços, pernas e costas à procura de sangramentos sob a pele, depois senta-se na cadeira ao lado da cama e faz anotações no meu prontuário.

Médicos esperam que você se mostre educado e grato. Isso torna o trabalho deles mais fácil. Mas eu hoje não estou a fim de agir com tato.

– Quanto tempo eu ainda tenho?

Ele ergue os olhos, surpreso.

– Você não prefere esperar o seu pai chegar antes de termos essa conversa?

– Por quê?

– Para podermos avaliar juntos as alternativas de tratamento.

– Quem está doente sou eu, não meu pai.

Ele torna a pôr a caneta no bolso. Os músculos em volta de seu maxilar se retesam.

– Não quero falar em unidades de tempo com você, Tessa. Elas não ajudam em nada.

– Ajudam a mim.

Não é que eu tenha decidido ser corajosa. Não se trata de nenhuma resolução de Ano Novo. É só que estou com uma agulha espetada no braço e já perdi vários dias da minha vida deitada em uma cama de hospital. De repente, as coisas importantes parecem muito óbvias.

– A minha melhor amiga vai ter neném daqui a oito semanas, e eu preciso saber se vou estar com ela.

Ele cruza as pernas, depois as descruza imediatamente. Sinto um pouco de pena dele. Médicos não recebem muita formação em morte.

– Se eu for otimista demais, você vai ficar desapontada – diz ele. – Também não ajuda em nada fazer uma previsão pessimista.

– Não faz mal. Você tem uma idéia melhor do que eu. Por favor, James.

As enfermeiras não têm autorização para chamar os médicos pelo primeiro nome, e numa situação habitual eu jamais me atreveria a fazê-lo. Mas alguma coisa mudou. Trata-se da minha morte, e há coisas que eu preciso saber.

– Eu não vou te processar se você estiver errado.

Ele dá um sorrisinho desanimado.

– Apesar de termos conseguido curar a sua infecção e de você estar obviamente se sentindo bem melhor, a sua contagem sangüínea não progrediu como esperávamos, então fizemos alguns exames. Quando o seu pai voltar, podemos conversar juntos sobre o resultado.

– A doença chegou no sangue periférico?

– Você e eu não nos conhecemos muito bem, Tessa. Você não prefere esperar o seu pai chegar?

– Fala logo.

Ele dá um profundo suspiro, como se não conseguisse acreditar realmente que está prestes a ceder.

– Sim, encontramos sinais de doença no seu sangue periférico. Eu sinto muitíssimo.

É isso, então. Estou tomada pelo câncer, meu sistema imunológico está detonado e ninguém mais pode fazer nada para me ajudar. Eu vinha fazendo exames de sangue semanais para verificar isso. E agora aconteceu.

Sempre pensei que receber a notícia definitiva seria como um soco no estômago: doloroso, seguido por um latejar difuso. Mas não é nada difuso. É muito forte. Meu coração dispara, a adrenalina corre dentro de mim. Sinto-me absolutamente focada.

– Meu pai já sabe?

Ele faz que sim.

– Nós íamos contar para você juntos.

– Quais são as minhas alternativas?

– O seu sistema imunológico entrou em colapso, Tessa. As suas alternativas são limitadas. Podemos continuar com as transfusões de sangue e plaquetas se você quiser, mas é provável que os resultados sejam de curta duração. Se você ficar anêmica imediatamente depois de uma transfusão, teríamos de parar.

– E aí?

– Aí teríamos de fazer tudo ao nosso alcance para você ficar confortável e deixar você em paz.

– Transfusões diárias não são viáveis?

– Não.

– Então eu não vou conseguir chegar a oito semanas, vou?

O dr. Wilson me encara nos olhos.

– Vai ter muita sorte se conseguir.

Sei que estou parecendo uma pilha de ossos coberta por filme de PVC. Vejo o choque nos olhos de Adam.

– Não era bem assim que você se lembrava de mim, né?

Ele se abaixa e me dá um beijo na bochecha.

– Você está linda.

Mas acho que é disso que ele sempre teve medo: ter de continuar interessado quando eu estivesse feia e imprestável.

Ele trouxe tulipas do jardim. Ponho-as dentro da jarra d'água enquanto ele lê os cartões de melhoras que recebi. Passamos algum tempo conversando amenidades: como as mudas que ele comprou no centro de jardinagem estão crescendo, como sua mãe está aproveitando o tempo bom agora que tem saído mais de casa. Ele olha pela janela, faz alguma piada sobre a vista do outro lado do estacionamento.

– Adam, eu quero que você seja verdadeiro.

Ele franze o cenho como se não estivesse entendendo.

– Não precisa fingir que está se importando. Eu não preciso de você como anestésico.

– Que história é essa?

– Não quero ninguém fingindo.

– Eu não estou fingindo.

– Eu não te culpo. Você não sabia que eu ia ficar tão doente assim. E agora só vai piorar.

Ele pensa nisso por alguns instantes, depois tira os sapatos.

– O que você está fazendo, Adam?

– Sendo verdadeiro.

Ele afasta o cobertor e sobe na cama ao meu lado. Segura-me e envolve-me em seus braços.

– Eu te amo – sussurra ele com raiva junto ao meu pescoço. – É a pior dor da minha vida, mas é o que eu sinto. Então não se atreva a dizer que eu não sinto. Nunca mais fala isso!

Pouso a palma da mão em sua bochecha, e ele pressiona o rosto contra ela. Ocorre-me que ele pode estar se sentindo sozinho.

– Desculpa.

– Você me deve mesmo desculpas.

Ele não me encara nos olhos. Acho que está tentando não chorar.

Passa a tarde inteira comigo. Assistimos à MTV, depois ele lê o jornal que papai deixou no quarto, e eu tiro outro cochilo. Sonho com ele, mesmo ele estando bem ali ao meu lado. Juntos caminhamos pela neve, mas estamos com calor e usando roupas de banho. Há trilhas vazias, árvores congeladas e uma estrada que faz uma curva e nunca termina.

Quando acordo, estou novamente com fome, então peço-lhe para ir buscar outro picolé de morango. Sinto sua falta assim que ele sai. É como se o hospital inteiro se esvaziasse. Como é possível isso? Fico apertando as mãos uma na outra debaixo do cobertor até ele tornar a subir na cama ao meu lado.

Ele desembrulha o sorvete e entrega-o a mim. Ponho-o em cima da mesinha de cabeceira.

– Toca em mim.

Ele faz cara de quem não está entendendo.

– O seu sorvete vai derreter.

– Por favor.

– Eu estou aqui. Estou tocando em você.

Levo sua mão até meu seio.

– Assim.

– Não, Tess, eu posso machucar você.

– Você não vai me machucar.

– E a enfermeira?

– Se ela entrar, a gente joga a comadre em cima dela.

Muito delicadamente, ele envolve meu seio com a mão através do pijama.

– Assim?

Toca-me como se eu fosse preciosa, como se estivesse atônito, como se o meu corpo o maravilhasse, mesmo agora que está deixando de funcionar. Quando sua pele toca a minha, pele contra pele, nós dois estremecemos.

– Eu quero fazer amor.

A mão dele se imobiliza.

– Quando?

– Quando eu voltar pra casa. Mais uma vez antes de eu morrer. Quero que você prometa.

A expressão em seus olhos me amedronta. É a primeira vez que a vejo. É muito profunda e real, como se ele tivesse visto coisas no mundo que os outros só pudessem imaginar.

– Eu prometo.

Trinta e quatro

Eles trocam de guarda como vigias. Papai vem todos os dias de manhã. Adam vem todas as tardes. Papai volta no final do dia junto com Cal. Mamãe faz visitas aleatórias, e da segunda vez consegue assistir a uma transfusão de sangue inteira.

– Hemoglobina e plaquetas saindo – disse ela enquanto me preparavam para o procedimento.

Gostei do fato de ela saber as palavras certas.

Mas já são dez dias. Eu perdi até a Páscoa. É tempo demais para perder.

Todas as noites fico deitada na minha cama de solteiro no hospital e anseio por Adam, por suas pernas entrelaçadas às minhas, por seu calor.

– Eu quero ir pra casa – digo à enfermeira.

– Ainda não.

– Já estou melhor.

– Não o suficiente.

– O que vocês estão esperando? Uma cura?

O sol se ergue todos os dia de manhã, e todas as luzes da cidade se apagam. Nuvens chispam pelo céu, um tráfego frenético entra e sai do estacionamento, e então o sol torna a tombar na direção do horizonte e mais um dia termina. O tempo corre. O sangue corre.

Faço minha mala e me visto. Sento-me na cama tentando parecer disposta. Estou esperando James.

– Eu vou pra casa – digo enquanto ele examina meu prontuário.

Ele concorda, como se estivesse esperando por isso.

– Está decidida?

– Muito. Sinto falta do ar livre. – Aponto para a janela, só para o caso de ele estar ocupado demais para reparar na luz cálida e no céu azul cheio de nuvens.

– É preciso um certo rigor para manter esta contagem sangüínea, Tessa.

– Não posso ser rigorosa em casa?

Ele olha para mim, muito sério.

– Existe um equilíbrio sutil entre a qualidade da vida que você ainda tem e o nível de intervenção médica necessário para manter essa qualidade de vida. Você é a única capaz de avaliar a situação. Está me dizendo que para você já chega?

Não paro de pensar nos cômodos da nossa casa, nas cores dos carpetes e das cortinas, no posicionamento exato dos móveis. Há um percurso que gosto muito de fazer: sair do meu quarto, descer a escada, atravessar a cozinha e sair para o jardim. Quero ficar sentada na minha espreguiçadeira no gramado.

– A última transfusão durou só três dias.

Ele aceita, compreensivo.

– Eu sei. Eu sinto muito.

– Eu fiz outra hoje de manhã. Quanto tempo você acha que essa vai durar?

Ele suspira.

– Não sei.

Aliso o lençol da cama com a palma da mão.

– Eu só quero ir pra casa.

– Por que você não conversa com a equipe de tratamento comunitário? Se eu conseguir fazer com que eles garantam visitas diárias, então talvez a gente possa reavaliar a situação. – Ele torna a prender meu prontuário no pé da cama. – Vou ligar pra eles e voltar quando seu pai estiver aqui.

Depois que ele sai, conto até cem. Uma mosca roça a mesa. Estico o dedo para sentir aquelas asas diáfanas. A mosca detecta o meu movimento, ganha vida e sai voando em ziguezague até a luminária de teto, onde fica traçando círculos, fora do meu alcance.

Visto o casaco, enrolo o cachecol em volta dos ombros e pego a bolsa. A enfermeira nem repara quando passo por sua mesa e entro no elevador.

Quando chego ao térreo, mando um torpedo para Adam: LEMBRA DA SUA PROMESSA?

Quero morrer do meu jeito. A doença é minha, a morte é minha, a decisão é minha.

É isso que significa dizer sim.

É o prazer de andar, um pé na frente do outro, seguindo as linhas amarelas pintadas no chão do corredor até chegar à recepção. É o prazer de portas giratórias:

dar duas voltas para celebrar a genialidade de quem que as inventou. E o prazer do ar. O delicioso, fresco e chocante mundo exterior.

Em frente ao portão do hospital há um quiosque de jornais. Compro uma barra de chocolate e um pacote de balas de goma. A mulher do outro lado do balcão me olha com ar estranho quando pago. Acho que talvez eu esteja cintilando um pouco por causa de todos os tratamentos, e algumas pessoas consiguem ver isso, como um ferimento em neon que pisca quando eu ando.

Caminho lentamente até o ponto de táxi, saboreando detalhes: a câmera de circuito interno de TV no poste girando em seu eixo, os celulares tocando ao meu redor. O hospital parece se afastar enquanto sussurro uma despedida, e a sombra dos plátanos transforma todas as janelas em breu.

Uma menina passa andando rápido, os saltos altos estalando no chão; um cheiro de frango frito se desprende dela enquanto ela lambe os dedos. Um homem com uma criança aos prantos no colo grita no telefone: “Não! Eu não posso carregar batatas também, droga!”

Nós criamos padrões, compartilhamos momentos. Algumas vezes eu acho que sou a única a ver isso.

Divido meu chocolate com o motorista de táxi e nos juntamos ao tráfego da hora do almoço. Ele me conta que hoje está trabalhando em turno duplo, e que há carros demais na rua para o seu gosto. Faz um gesto de desconsolo na direção dos carros enquanto nos arrastamos pelo centro da cidade.

– Onde será que isso tudo vai terminar? – pergunta ele.

Ofereço-lhe uma bala de goma para alegrá-lo. Depois mando outro torpedo para Adam: VC TEM PROMESSAS A CUMPRIR.

O tempo virou, o sol agora está escondido atrás de nuvens. Abro a janela. O ar frio de abril é um choque para meus pulmões.

O motorista tamborila com os dedos no volante, impaciente.

– Está tudo parado!

Gosto disso: dos movimentos espasmódicos do tráfego, do ronco grave de um motor de ônibus, de uma sirene urgente ecoando ao longe. Gosto de percorrer a rua principal tão devagar que tenho tempo de ver os ovos de Páscoa que ainda não foram comprados na vitrine da loja de jornais e revistas, e as guimbas de cigarro varridas em um montinho bem-arrumado do lado de fora do restaurante de galeto. Vejo crianças carregando as coisas mais estranhas: um urso polar, um polvo. E, sob as rodas de um carrinho de bebê em frente à Mothercare, vejo meu nome, agora desbotado, mas ainda serpenteando pela calçada até o banco.

Ligo para o celular de Adam. Ele não atende, então mando outro torpedo: EU QUERO VOCÊ.

Simples.

No cruzamento, uma ambulância está atravessada no caminho, com as portas abertas, e o azul de suas luzes piscando pela rua. A luz chega a piscar até as nuvens que pairam muito baixas acima de nós. Há uma mulher deitada no asfalto e há um cobertor sobre ela.

– Olhe só que coisa – comenta o taxista.

Todos estão olhando: passageiros de outros carros, funcionários de escritórios que saíram para almoçar seu sanduíche. A cabeça da mulher está coberta, mas suas pernas ultrapassam o cobertor. Ela está de meia-calça; seus sapatos formam ângulos estranhos. Seu sangue, escuro como a chuva, empoça ao seu lado.

O taxista me dispara um olhar de relance pelo retrovisor.

– É aí que a gente percebe, não é?

Sim. É tão tangível. Ser e não ser.

Sinto como se uma energia entrasse pelos meus dedos dos pés, subisse por meus tornozelos e chegasse às minhas canelas quando bato na porta da casa de Adam.

Sally abre uma fresta da porta e olha para mim. Sinto uma onda de amor por ela.

– O Adam está?

– Você não deveria estar no hospital?

– Não mais.

Ela parece não entender.

– Ele não disse que iam liberar você.

– É uma surpresa.

– Mais uma? – Ela suspira, abre um pouco mais a porta e olha para o relógio. – Ele só volta às cinco.

– Às cinco?

Ela franze o cenho para mim.

– Você está bem?

Não. Cinco horas é tarde demais. Talvez a essa hora eu já esteja completamente anêmica de novo.

– Onde ele está?

– Pegou o trem para Nottingham. Ele foi aceito na entrevista.

– Que entrevista?

– Da universidade. Quer começar em setembro.

O jardim rodopia.

– Você parece tão surpresa quanto eu fiquei.

Eu adormeci nos seus braços naquela cama de hospital.

– Toca em mim – falei, e ele tocou.

– Eu te amo – disse ele. – E não se atreva a me dizer que não.

Ele me fez uma promessa.

Começa a chover quando torno a descer o caminho de terra batida até o portão. Uma chuva fina e prateada, como teias de aranha caindo do céu.

Trinta e cinco

Arranco meu vestido de seda do cabide do armário e abro um rasgo nele logo abaixo da cintura. A tesoura está afiada, então fica fácil, como deslizar metal através da água. Meu vestido azul transpassado recebe um corte diagonal no peito. Disponho-os lado a lado sobre a cama como um par de amigos doentes e os acaricio.

Não adianta nada.

A porcaria do jeans que comprei com Cal nunca serviu mesmo, então corto as pernas fora na altura dos joelhos. Descosturo os bolsos de todas as minhas calças de malha, abro rombos nos moletons e jogo todas as peças ao lado dos vestidos.

Levo séculos para apunhalar minhas botas. Meus braços doem e meus pulmões emitem um chiado. Mas eu fiz uma transfusão hoje de manhã, e o sangue de outras pessoas corre quente pelas minhas veias, então não paro. Corto cada bota em todo o comprimento. Duas feridas surpreendentes.

Quero ficar vazia. Quero morar em um lugar que não esteja atulhado.

Abro a janela e atiro as botas para fora. Elas aterrissam no gramado.

O céu agora é pura nuvem, cinza e baixo. Uma chuva fina cai. O barracão está molhado. A grama está molhada. A churrasqueira está ficando enferrujada.

Tiro o resto das roupas do armário. Meus pulmões chiam, mas não vou parar. Botões ricocheteiam pelo quarto quando corto meus casacos. Reduzo os suéteres a tiras. Destruo cada calça. Alinho meus sapatos no peitoril da janela e corto todas as lingüetas.

É bom. Sinto-me viva.

Pego os vestidos da cama e jogo-os pela janela junto com os sapatos. Tudo despenca na varanda e fica ali, pegando chuva.

Checo meu celular. Nenhum recado. Nenhuma chamada perdida.

Detesto meu quarto. Tudo nele me lembra alguma outra coisa. A tigelinha de porcelana, suvenir de St. Ives. O jarro de cerâmica marrom onde mamãe costumava guardar biscoitos. O cachorrinho dormindo com seu chinelo que ficava exposto em cima da lareira da vovó. Minha maçã verde de vidro. Tudo isso vai parar no gramado, com exceção do cachorro, que se espatifa contra a cerca.

Os livros se abrem quando os jogo pela janela. Suas páginas esvoaçam como asas de pássaros exóticos, rasgam-se e flutuam pelo ar. CDs e DVDs são arremessados como *frisbees* por cima da cerca do vizinho. Adam poderá tocá-los para seus novos amigos da universidade depois que eu morrer.

Edredom, lençóis, cobertor, tudo vai pela janela. Vidros e caixas de remédios da mesinha de cabeceira, bomba de seringa, creme emoliente, creme hidratante. Minha caixa de jóias.

Corto meu pufe, decoro o chão inteiro com bolinhas de isopor e jogo o saco vazio na chuva. O jardim agora parece bem movimentado. Coisas irão brotar. Árvores de calças. Videiras de livros. Depois vou me jogar pela janela também e me enraizar naquele espaço escuro ao lado do barracão.

Ainda nenhum recado de Adam. Jogo meu celular por cima de sua cerca.

A TV é pesada como um carro. Minhas costas doem quando a levanto. Minhas pernas queimam. Arrasto-a e puxo-a pelo carpete. Não consigo mais respirar, preciso parar. O quarto sai de prumo. Respire. Respire. Você consegue. Tudo tem de sumir.

Ergo a TV até o peitoril da janela.

E jogo.

Ela ruge, explode como uma enorme bomba de vidro e plástico.

É isso. Não sobrou mais nada. Acabou.

Papai entra de supetão. Passa alguns instantes em pé, imóvel e boquiaberto.

– Sua monstra – sussurra ele.

Sou obrigada a tapar os ouvidos.

Ele se aproxima e me segura pelos dois braços. Seu hálito recende a tabaco velho.

– Você quer me deixar sem nada?

– Não tinha ninguém em casa!

– Aí você resolveu pôr tudo abaixo?

– Onde você estava?

– No supermercado. Depois fui pro hospital te visitar, mas você não estava mais lá. Ficou todo mundo histérico.

– Caguei, pai!

– Mas eu não! Eu não caguei nadinha! Assim você vai ficar completamente exausta.

– O corpo é meu. Eu posso fazer o que quiser!

– Então agora você não liga mais pro seu corpo?

– Não, estou cheia do meu corpo! Estou cheia de médicos, agulhas, exames de sangue, transfusões. Estou cheia de ficar enfiada em uma cama dia após dia enquanto todos vocês tocam as suas vidas. Odeio isso! Odeio todos vocês! O Adam foi fazer uma entrevista na universidade, sabia? Ele vai passar anos lá fazendo tudo que quiser, e eu vou estar debaixo da terra daqui a duas semanas!

Papai começa a chorar. Desaba na cama, segura a cabeça com as mãos e simplesmente irrompe em prantos. Não sei o que fazer. Por que ele é mais fraco do que eu? Sento-me ao seu lado e toco seu joelho.

– Eu não vou voltar pro hospital, pai.

Ele limpa o nariz na manga da camisa e olha para mim. Parece-se com Cal.

– Você não agüenta mais, mesmo?

– Não agüento mais, mesmo.

Passo o braço em volta dele, e ele recosta a cabeça no meu ombro. Afago seus cabelos. É como se estivéssemos flutuando em um barco. Uma brisa chega a soprar da janela aberta. Ficamos sentados assim um tempão.

– Nunca se sabe, talvez eu não morra estando em casa.

– Seria maravilhoso.

– Em vez disso, vou fazer a prova do ensino médio. Depois vou entrar pra faculdade.

Ele suspira, estica-se deitado na cama e fecha os olhos.

– Boa idéia.

– Vou arrumar um emprego, e talvez um dia tenha filhos... Chester, Merlin e Daisy.

Papai abre um dos olhos por um instante.

– Que Deus os ajude!

– Você vai ser avô. Vamos te visitar sempre. Vamos te visitar durante anos e anos, até você chegar aos 90.

– E depois? Vão parar de ir?

– Não, depois você vai morrer. Antes de mim. Como deveria ser.

Ele não diz nada. Nos pontos em que a escuridão atravessa a janela e a sombra toca seu braço, ele parece desaparecer.

– Você não vai mais morar nesta casa, mas em algum lugar menor, perto do mar. Como eu te visito sempre, tenho a chave da sua casa, e um dia entro, como sempre, mas encontro as cortinas fechadas e a correspondência em cima do capacho. Subo até o quarto pra procurar você. Fico tão aliviada quando te vejo deitado tranqüilamente na cama que rio bem alto. Mas, quando abro as cortinas, percebo que sua boca está azul. Toco sua bochecha, e está fria. As suas mãos também estão frias. Digo seu nome várias vezes, mas você não me escuta nem abre os olhos.

Papai senta-se na cama. Está chorando de novo. Dou-lhe um abraço apertado e afago suas costas.

– Desculpa. Estou te apavorando?

– Não, não. – Ele se afasta, passa uma das mãos por cima dos olhos. – Melhor eu ir limpar lá fora antes de escurecer. Você vai ficar bem sozinha se eu for fazer isso?

– Claro.

Fico olhando-o pela janela. Está chovendo forte agora, e ele calçou as galochas e vestiu um anoraque. Pega uma vassoura e o carrinho de mão no barracão. Calça luvas de jardinagem. Recolhe a televisão. Varre o vidro quebrado. Pega uma caixa de papelão e empilha os livros lá dentro. Chega a catar as páginas que estão jogadas contra a cerca, trêmulas.

Cal aparece usando seu uniforme escolar, de mochila e bicicleta. Tem um aspecto forte e saudável. Papai se aproxima dele e lhe dá um abraço.

Cal larga a bicicleta e começa a ajudar na limpeza. Parece um caçador de tesouros, segurando cada anel contra o céu. Encontra o colar de prata que ganhei no meu último aniversário, minha pulseira de resina. Depois encontra objetos ridículos: uma lesma, uma pena, uma pedra especial. Encontra uma poça de lama e pisa em cima. Isso faz papai rir. Ele se apóia na vassoura e dá uma gargalhada. Cal também ri.

A chuva martela suavemente a janela, lavando-os e deixando os dois transparentes.

Trinta e seis

– E aí, você algum dia ia me contar?

Adam me olha desconsolado da beirada da cadeira onde está equilibrado.

– Era difícil.

– Então a resposta é não.

Ele dá de ombros.

– Eu tentei algumas vezes. Mas é que parecia tão injusto, tipo: como é que eu tenho o direito de ter uma vida?

Sentada em cima da cama, inclino-me para a frente.

– Não se atreva a sentir pena de você mesmo porque vai ficar!

– Não estou sentindo.

– Porque se você também quiser morrer eu tenho um plano. A gente sai de moto. Você faz uma curva fechada bem rápido quando uma carreta vier na outra direção, e morremos os dois juntos... Muito sangue, funeral conjunto, ossos entrelaçados por toda a eternidade. Que tal?

Ele faz uma cara tão horrorizada, que eu caio na risada. Ele me retribui com um sorriso, aliviado. É como respirar no meio da névoa, como se o sol nascesse dentro do quarto.

– Vamos esquecer isso, Adam. O momento foi mal escolhido, só isso.

– Você jogou tudo pela janela!

– Não foi só por sua causa.

Ele reclina a cabeça para trás, encosta-a na cadeira e fecha os olhos.

– Não.

Papai contou a ele que para mim chega de hospital. Todo mundo já sabe. Philippa virá amanhã de manhã para conversar sobre alternativas, embora eu não ache que haja muita coisa sobre o que conversar. O efeito da transfusão de hoje já está passando.

– Mas e aí, como foi na universidade?

Ele dá de ombros.

– Era grande, vários prédios. Fiquei um pouco perdido.

Mas ele brilha com a perspectiva do futuro. Posso ver isso em seus olhos. Ele pegou um trem e foi até Nottingham. Irá a tantos lugares sem mim.

– Conheceu alguma menina?

– Não!

– Não é para isso que as pessoas vão pra universidade?

Ele se levanta da cadeira e senta-se na beirada da cama. Olha para mim, muito sério.

– Eu vou pra universidade porque a minha vida era uma bosta antes de eu te conhecer. Vou porque não quero estar aqui quando você não estiver mais, ainda morando com a minha mãe e sem nada estar diferente. Não estaria nem pensando em ir se não fosse você.

– Aposto que no final do primeiro trimestre você já vai ter me esquecido.

– Aposto que não.

– Isso é praticamente uma lei.

– Pára! Será que eu vou ter que fazer alguma coisa radical pra você acreditar em mim?

– Vai.

Ele sorri.

– O que você sugere?

– Que você cumpra a sua promessa.

Ele estende a mão para erguer o edredom, mas eu o detenho.

– Apaga a luz primeiro.

– Por quê? Eu quero te ver.

– Estou só pele e osso. Por favor.

Ele suspira, apaga a luz do teto e torna a se sentar na cama. Acho que o assustei, porque ele não tenta entrar na cama, mas fica me acariciando através do edredom: toda a minha perna, da coxa ao tornozelo, depois toda a outra perna. Suas mãos são firmes. Sinto-me como um instrumento sendo afinado.

– Eu poderia passar horas em cada pedacinho de você – diz ele. Depois ri, como se não fosse bacana dizer isso. – Você é linda mesmo.

Sob suas mãos. Porque seus dedos dão dimensão ao meu corpo.

– Tudo bem eu te fazer carinho assim?

Quando digo que sim, ele desce da cama, ajoelha-se no tapete e segura meus pés com as duas mãos, aquecendo-me através das meias.

Passa tanto tempo massageando meus pés que eu quase pego no sono, mas acordo quando ele retira minhas meias, leva meus dois pés à boca e os beija. Passa a língua em volta de cada dedo. Roça os dentes nas solas. Lambe a extensão dos meus calcanhares.

Pensei que meu corpo não fosse mais sentir calor, não aquele tipo de calor urgente que já senti com ele. Fico maravilhada quando tudo volta em enxurrada. Ele também sente, eu sei. Despe a camiseta e tira as botas. Nossos olhares se prendem enquanto ele desafivela o cinto.

Adam é incrivelmente bonito: os cabelos como estão agora, curtos, mais curtos do que os meus, o arco de suas costas quando ele tira o jeans, os músculos firmes por causa do trabalho no jardim.

– Entra aqui – digo a ele.

O quarto está quente, os radiadores pelando, mas mesmo assim estremeço quando ele ergue o edredom e entra na cama ao meu lado. Toma cuidado para não apoiar o peso em mim. Sustenta-se em um dos cotovelos para me beijar na boca muito delicadamente.

– Não precisa ter medo de mim, Adam.

– Não estou com medo.

Mas é a minha língua que busca a sua. Sou eu quem levo sua mão até meu seio e o incentivo a abrir meus botões.

Ele emite um ruído no fundo da garganta, um grunhido grave, à medida que seus beijos vão descendo pelo meu corpo. Seguro sua cabeça. Afago seus cabelos delicadamente enquanto ele suga meu seio com cuidado, como um bebê faria.

– Senti tanta saudade de você – digo.

Suas mãos deslizam até minha cintura, minha barriga e o alto da minha coxa. Os beijos seguem as mãos e vão descendo até sua cabeça estar entre minhas pernas, e então ele olha para mim, pedindo permissão com os olhos.

Aquilo me inunda, a idéia de ele me beijar ali.

Sua cabeça está na sombra, seus braços passados debaixo das minhas pernas. Seu hálito é morno sobre minha coxa. Ele começa bem devagar.

Se pudesse arquear o corpo, eu o faria. Se pudesse uivar para a Lua, eu o faria também. Sentir uma coisa dessas quando eu achava que tudo estivesse terminado, quando meu corpo está parando de funcionar e pensei que nunca mais fosse ter prazer com ele.

Eu sou abençoada.

– Vem aqui. Sobe aqui.

Uma centelha de preocupação atravessa seus olhos.

– Está tudo bem?

– Como foi que você soube fazer isso?

– Foi legal?

– Foi incrível!

Ele sorri, ridiculamente orgulhoso de si mesmo.

– Vi em um filme uma vez.

– Mas e você? Agora você ficou de fora.

Ele dá de ombros.

– Não tem problema, você está cansada. A gente não precisa fazer mais nada.

– Você podia se tocar.

– Na sua frente?

– Eu podia ficar olhando.

Ele enrubesce.

– Sério?

– Por que não? Eu preciso de mais lembranças.

Ele sorri, tímido.

– Quer mesmo que eu faça isso?

– Quero mesmo.

Ele se ajoelha. Eu posso não ter mais nenhuma energia, mas ainda sou capaz de lhe dar o meu olhar.

Ele fica olhando para os meus seios enquanto se toca. Nunca compartilhei nada tão íntimo, nunca vi uma expressão tão cheia de amor e de espanto como quando a boca dele se abre e seus olhos se arregalam.

– Eu te amo, Tess! Porra, como eu te amo!

Trinta e sete

– Me fala como vai ser.

Philippa assente, como se estivesse esperando essa pergunta. Tem uma expressão estranha no rosto: profissional, distante. Acho que ela começou a se afastar. O que mais pode fazer? Seu trabalho é cuidar de quem está morrendo mas, se ela chegar perto demais, pode cair no abismo.

– De agora em diante, você não vai mais querer comer muito. Provavelmente vai querer dormir bastante. Talvez não queira conversar, mas pode se sentir disposta o suficiente para conversas de até dez minutos entre dois cochilos. Pode até querer descer ou sair para o jardim se estiver fazendo calor, se o seu pai puder levar você no colo. Mas o que mais vai fazer é dormir. Daqui a alguns dias, vai começar a perder a consciência de forma intermitente, e nesse estágio você talvez não consiga reagir, mas vai saber que as pessoas estão ao seu lado e vai poder ouvir quando falarem com você. Depois de algum tempo, você simplesmente vai apagar, Tess.

– Vai doer?

– Acho que a sua dor vai ser sempre administrável.

– No hospital não era. Pelo menos no início.

– Não – admite ela. – No início eles não conseguiram acertar os remédios. Mas eu te trouxe sulfato de morfina, que tem liberação progressiva. Também trouxe uma solução oral da mesma substância, para podermos complementar se for preciso. Você não deve sentir nenhuma dor.

– Você acha que eu vou ficar com medo?

– Acho que não existe jeito certo ou errado. – Pela minha expressão, ela pode ver que eu acho isso uma bobagem. – Eu acho que você teve a pior sorte do mundo, Tessa, e se eu estivesse no seu lugar ficaria com medo, sim. Mas acho também que, qualquer que seja a forma como você passar esses últimos dias, vai ser exatamente como deveria ser.

– Detesto ouvir você dizer *dias*.

Ela franze o cenho.

– Eu sei. Desculpa.

Ela me fala sobre alívio da dor, mostra-me caixas e frascos. Fala baixinho, e suas palavras passam direto por mim, suas instruções se perdem. Sinto como se tudo estivesse se aproximando do alvo, uma estranha alucinação de que toda a minha vida foi um caminho rumo a este momento. Eu nasci e cresci para receber esta notícia e receber este remédio da mão desta mulher.

– Tem alguma pergunta, Tessa?

Tento pensar em todas as coisas que deveria perguntar. Mas tudo que sinto é um vazio e um mal-estar, como se ela tivesse vindo se despedir de mim na estação e nós duas estivéssemos torcendo para o trem chegar logo para podermos evitar todo aquele ridículo papo furado.

Chegou a hora.

Lá fora é uma clara manhã de abril. O mundo seguirá sem mim. Não tenho escolha. Estou toda cheia de câncer. Tomada por ele. E não há nada a fazer.

– Agora vou descer para conversar com seu pai. Vou tentar voltar para ver você em breve – diz Philippa.

– Não precisa.

– Eu sei, mas eu vou.

A gorda e gentil Philippa, que ajuda tanta gente a morrer, de Londres até o litoral sul. Ela se abaixa e me dá um abraço. Está quente, suada e tem cheiro de lavanda.

Depois que ela vai embora, tenho um sonho no qual entro na sala e está todo mundo lá sentado. Papai está fazendo um barulho que eu nunca escutei antes.

– Por que você está chorando? – pergunto. – O que aconteceu?

Mamãe e Cal estão lado a lado no sofá. Cal está de terno e gravata, parecendo um jogador de sinuca mirim.

E então entendo: eu morri.

– Estou aqui, bem aqui! – grito, mas eles não me ouvem.

Certa vez vi um filme sobre os mortos: sobre como eles na verdade nunca vão embora, mas vivem silenciosamente entre nós. Quero dizer isso a eles. Tento derrubar um lápis de cima da mesa, mas minha mão passa direto através dele. E através do sofá também. Atravesso a parede e volto. Agito os dedos dentro da cabeça de papai e ele se remexe na cadeira, talvez perguntando-se de onde vem aquele calafrio.

Então acordo.

Papai está sentado em uma cadeira ao lado da cama. Estende a mão para segurar a minha.

– Como está se sentindo?

Penso na pergunta, vasculho meu corpo em busca de sinais.

– Não estou com dor.

– Que bom.

– Estou um pouco cansada.

Ele concorda.

– Está com fome?

Eu quero estar. Por ele. Quero lhe pedir arroz com camarão e pudim de melado, mas estaria mentindo.

– Tem alguma coisa que eu possa pegar pra você, alguma coisa que você queira?

Conhecer a neném. Terminar o colégio. Ficar adulta. Viajar pelo mundo.

– Uma xícara de chá?

Papai parece satisfeito.

– Alguma outra coisa? Um biscoito?

– Uma caneta e um papel.

Ele me ajuda a me sentar. Afofa os travesseiros nas minhas costas, acende a luz da cabeceira e me entrega um bloco e uma caneta que pega na prateleira. Então desce para pôr água para ferver.

Número onze. Uma xícara de chá.

Número doze...

Instruções para papai

Não quero ficar na geladeira do necrotério. Quero que me deixem em casa até a hora do funeral. Por favor, alguém pode ficar sentado comigo para o caso de eu me sentir sozinha? Prometo não assustar ninguém.

Quero ser enterrada com meu vestido de borboletas, meu conjunto de sutiã e calcinha lilás e minhas botas pretas de zíper (tudo ainda na mala que fiz para a Sicília). Também quero usar a pulseira que o Adam me deu.

Não me maquie. Maquiagem fica ridículo em gente morta.

Eu NÃO quero ser cremada. Cremar polui a atmosfera com dioxinas, ácido hidroclorídrico, ácido hidrofluórico, dióxido de enxofre e dióxido de carbono. Além do mais, os crematórios têm aquelas cortinas horrorosas.

Quero um caixão de salgueiro biodegradável e quero ser enterrada em um cemitério-parque. O pessoal do Centro da Morte Natural me ajudou a escolher um não muito longe da nossa casa, e eles podem ajudar você com todas as providências.

Quero uma árvore nativa da nossa região plantada em cima ou perto do meu túmulo. Gostaria que fosse um carvalho, mas não me importo se for uma castanheira ou até um salgueiro. Quero uma placa de madeira com meu nome. Quero plantas e flores silvestres crescendo em cima do meu túmulo.

Quero que a cerimônia seja simples. Diga para Zoey levar Lauren (se ela já tiver nascido). Convide Philippa e o marido dela, Andy (se ele quiser ir), e também James do hospital (mas talvez ele esteja ocupado).

Não quero ninguém que não me conhece dizendo nada sobre mim. O pessoal do Centro da Morte Natural vai estar lá, mas eles também não devem se intrometer. Quero que as pessoas que eu amo se levantem e falem sobre mim, e mesmo se vocês chorarem, não tem problema. Quero que digam coisas sinceras. Se quiserem, podem dizer que eu era um monstro, dizer como eu dei trabalho a vocês todos. Se conseguirem pensar em alguma coisa legal para dizer, digam também! Escrevam primeiro, porque parece que nos funerais as pessoas muitas vezes se esquecem do que queriam dizer.

Não leiam, sob hipótese nenhuma, aquele poema do Auden. Se ouvirem esse poema de novo, as pessoas podem morrer de tédio (ha, ha), e além disso é triste demais. Peçam para alguém ler o Soneto 12, de Shakespeare.

Músicas: "Blackbird", dos Beatles. "Plainsong", do The Cure. "Live Like You Were Dying", de Tim McGraw. "All the Trees of the Field Will Clap Their Hands", de Sufjan Stevens. Talvez não dê tempo de tocar todas, mas não deixe de tocar a última. Zoey me ajudou a escolher as músicas, e estão todas no iPod dela (que tem alto-falantes, se precisar pedir emprestado).

Depois, vá almoçar em um pub. *Tenho duzentos e sessenta libras na minha conta poupança, e quero muito que você use para isso. Sério, é verdade: o almoço é por minha conta. Não se esqueça de comer sobremesa: um caramelo bem grudento, torta musse de chocolate,* sundae, *alguma coisa que faça bem mal à saúde. Pode ficar bêbado também, se quiser (mas não deixe Cal assustado). Gaste todo o dinheiro.*

E depois, quando já tiver passado alguns dias, fique de olho para ver se eu apareço. Talvez eu escreva na condensação do espelho quando você estiver no banho, ou brinque com as folhas da macieira quando estiver no jardim. Talvez eu entre em algum sonho seu.

Vá visitar meu túmulo quando puder, mas não fique se martirizando se não puder ir, ou se mudar de casa e de repente o cemitério ficar longe demais. Lá é lindo no verão (dê uma olhada no site). Pode levar comida para um piquenique e ficar sentado comigo um pouquinho. Eu gostaria disso.

Pronto. É isso.

Eu te amo.

Beijos,

Tessa

Trinta e oito

– Eu vou ser o único menino da escola com uma irmã morta.

– Vai ser bacana. Vai passar um tempão sem precisar fazer dever de casa, e todas as meninas vão ficar a fim de você.

Cal pensa a respeito.

– Eu ainda vou ser um irmão?

– Claro.

– Mas você não vai saber.

– Vou, sim.

– Você vai me assombrar?

– Quer eu te assombre?

Ele sorri, nervoso.

– Talvez eu fique com medo.

– Então não vou assombrar.

Ele não consegue ficar parado, e anda de um lado para o outro pelo carpete entre a minha cama e o armário. Alguma coisa mudou entre nós dois desde o hospital. Nossas brincadeiras não são mais tão espontâneas.

– Pode jogar a televisão pela janela se quiser, Cal. Eu me senti melhor.

– Não quero fazer isso.

– Então me mostra algum truque.

Ele corre para buscar suas coisas e volta vestido com sua jaqueta especial, aquela preta com bolsos camuflados.

– Presta bastante atenção.

Amarra dois lenços de seda um no outro pelas pontas e enfia-os dentro da mão fechada. Depois abre a mão, um dedo de cada vez. Está vazia.

– Como você fez isso?

Ele sacode a cabeça e bate com a varinha no nariz.

– Os mágicos nunca revelam seus segredos.

– Faz de novo.

Em vez de repetir o truque, ele mistura e espalha as cartas de um baralho.

– Escolhe uma, olha e não me diz qual é.

Escolho a rainha de espadas, depois torno a colocá-la no bolo. Cal espalha as cartas de novo, dessa vez viradas para cima. Mas a rainha sumiu.

– Cal, você é bom!

Ele se joga na cama.

– Não sou bom o suficiente. Queria saber fazer alguma coisa maior, alguma coisa assustadora.

– Pode me serrar ao meio, se quiser.

Ele sorri, mas quase na mesma hora começa a chorar, primeiro sem fazer barulho, depois com grandes soluços engasgados. Até onde sei, é apenas a segunda vez que ele chora, então talvez precise fazer isso. Ambos agimos como se ele não tivesse controle sobre aquilo, como se fosse uma hemorragia nasal que nada tivesse a ver com seus sentimentos. Puxo-o para perto e o abraço. Ele soluça no meu ombro, e suas lágrimas penetram meu pijama. Tenho vontade de lambê-las. Suas lágrimas reais, tão reais.

– Eu te amo, Cal.

É fácil. Mesmo que isso o faça chorar dez vezes mais, fico muito contente por ter ousado.

Número treze, abraçar meu irmão enquanto o crepúsculo desce sobre o peitoril da janela.

Adam sobe na cama. Ele puxa o edredom até bem debaixo do queixo, como se estivesse com frio ou com medo de que o teto caia sobre a sua cabeça.

– Amanhã seu pai vai comprar uma cama de armar e colocar ali no chão pra mim – diz ele.

– Você não vai mais dormir comigo?

– Talvez você não queira, Tess. Talvez não queira que ninguém te abrace.

– E se eu quiser?

– Bom, nesse caso eu vou te abraçar.

Mas ele está apavorado. Posso ver nos seus olhos.

– Tudo bem, eu te libero.

– Shh.

– Não, sério. Estou te liberando.

– Eu não quero ficar livre. – Ele se estica e me dá um beijo. – Me acorda se precisar de mim.

Ele adormece depressa. Fico acordada, ouvindo as luzes serem apagadas por toda a cidade. Boas-noites sussurrados. O rangido preguiçoso de molas de colchão.

Encontro a mão de Adam e seguro-a com força.

Fico contente por existirem vigias noturnos, enfermeiras, caminhoneiros de longa distância. Reconforta-me saber que, em outros países com fusos horários diferentes, mulheres lavam roupa nos rios e crianças estão a caminho da escola. Neste exato momento, em algum lugar do mundo, um menino está escutando o tilintar alegre da sineta de uma cabra enquanto sobe uma montanha. Fico muito contente com isso.

Trinta e nove

Zoey está costurando. Não sabia que ela costurava. Sobre seus joelhos há uma roupinha de bebê amarelo-limão. Ela passa a linha pela agulha com um dos olhos fechados, puxa a linha e dá um nó esfregando-a entre os dedos depois de lambê-los. Quem lhe ensinou isso? Passo vários minutos olhando para ela, e ela costura como se tivesse sido sempre assim. Seus cabelos louros estão presos no alto da cabeça, seu pescoço forma um ângulo delicado. De tão concentrada, ela morde o lábio inferior.

– Vive – digo a ela. – Você vai viver, não vai?

Ela ergue os olhos de repente, chupa sangue vermelho-vivo do dedo.

– Caraca! – exclama. – Não sabia que você estava acordada.

Isso me faz rir.

– Você está florescendo.

– Estou é gorda! – Ela se ergue pesadamente da cadeira e empurra a barriga na minha direção para provar o que diz. – Estou do tamanho de uma ursa!

Adoraria ser essa bebezinha bem lá dentro dela. Ser pequenina e saudável.

Instruções para Zoey

Não diga à sua filha que o planeta está apodrecendo. Mostre a ela coisas bonitas. Seja uma giganta por ela, mesmo que os seus pais não tenham sido capazes de fazer isso por você. Nunca se envolva com nenhum menino que não te ame.

– Quando a neném nascer, você acha que vai sentir falta da vida que tinha antes?

Zoey olha para mim com um ar muito solene.

– Você devia pôr uma roupa. Não é legal pra você passar o dia inteiro de pijama.

Torno a me recostar nos travesseiros e olho para os cantos do quarto. Quando eu era criança, sempre quis morar no teto: o espaço parecia tão limpo, livre, como a parte de cima de um bolo. Agora só me faz pensar em lençóis de cama.

– Eu sinto que deixei você na mão. Não vou poder ficar de babá nem nada.

– Está muito gostoso lá fora – diz Zoey. – Quer que eu peça ao Adam ou ao seu pai pra te carregarem?

Passarinhos se digladiam no gramado. Nuvens irregulares emolduram um céu azul. A espreguiçadeira está quentinha, como se houvesse passado horas absorvendo a luz do sol.

Zoey lê uma revista. Adam massageia meus pés através das meias.

– Escutem só isso – diz Zoey. – Esta piada ganhou o prêmio de melhor do ano.

Número quatorze, uma piada.

– *Um homem vai ao médico e diz: "Estou com um morango preso no meu traseiro." "Ah", diz o médico, "eu tenho um creme para isso."*

Rio bastante. Sou um esqueleto gargalhante. Ouvir nós três – Adam, Zoey e eu – é como ter uma janela pela qual pular. Depois disso, qualquer coisa pode acontecer.

Zoey empurra sua neném para o meu colo.

– O nome dela é Lauren.

Ela é gorda, pegajosa e está babando leite. Tem um cheiro bom. Acena com os bracinhos para mim, agarrando o ar com as mãos. Seus pequenos dedos arranham meu nariz com suas unhas em meia-lua.

– Oi, Lauren.

Digo-lhe como ela é grande e esperta. Digo todas as coisas bobas que imagino que os bebês gostem de ouvir. E ela me olha com olhos insondáveis, e dá um enorme suspiro. Posso ver até lá no fundo de sua boquinha cor-de-rosa.

– Ela gostou de você – diz Zoey. – Sabe quem você é.

Ponho Lauren Tessa Walker em cima do meu ombro e afago suas costas em movimentos circulares. Fico ouvindo seu coração bater. Um som cuidadoso, determinado. Ela é espantosamente quente.

Debaixo da macieira, as sombras dançam. Os galhos peneiram a luz do sol. Ao longe, um cortador de grama ronrona. Zoey continua lendo sua revista, e a solta quando vê que estou acordada.

– Você passou um tempão dormindo – diz ela.

– Sonhei que a Lauren tinha nascido.

– Ela era linda?

– Claro.

Adam ergue os olhos e sorri para mim.

– Oi – diz ele.

Papai vem subindo o caminho de terra batida, filmando-nos com sua câmera de vídeo.

– Pára com isso – digo a ele. – É mórbido.

Ele torna a levar a câmera para dentro de casa, sai com a caixa de reciclagem e a põe no chão ao lado do portão. Começa a retirar flores mortas das plantas.

– Vem sentar aqui com a gente, pai.

Mas ele não consegue ficar parado. Volta para dentro de casa, torna a sair com uma tigela cheia de uvas, vários tipos de chocolate, copos de suco.

– Alguém quer um sanduíche?

Zoey faz que não com a cabeça.

– Estou satisfeita com isto aqui, obrigada.

Gosto da forma como sua boca se franze enquanto ela chupa as bolinhas de chocolate.

Feitiços para afastar a morte.

Peça à sua melhor amiga para ler as melhores partes da revista que estiver lendo: moda, fofocas. Diga-lhe para se sentar perto o suficiente para você poder alisar-lhe a barriga em toda sua incrível extensão. E, quando ela tiver de ir para casa, respire fundo e diga-lhe que a ama. Porque é verdade. E, quando ela se inclinar na sua direção e sussurrar a mesma coisa, abrace-a com força, porque essas não são palavras que vocês diriam em circunstâncias normais.

Faça seu irmão se sentar ao seu lado depois de chegar da escola e contar cada detalhe do seu dia, cada aula, cada conversa, inclusive o que comeu na cantina, até ele ficar tão entediado que implore para sair e ir jogar futebol com os amigos no parque.

Observe sua mãe tirar os sapatos e massagear os pés, porque seu novo emprego na livraria significa que ela tem de passar o dia inteiro em pé e ser educada com desconhecidos. Ria quando ela der um livro de presente ao seu pai porque tem um desconto e pode se dar ao luxo de ser generosa.

Veja seu pai beijar a bochecha dela. Repare em como sorriem. Saiba que, aconteça o que acontecer, eles são seus pais.

Ouça sua vizinha podar as rosas enquanto as sombras se espicham pelo gramado. Ela cantarola uma canção antiga, e você está debaixo do cobertor junto com seu namorado. Diga-lhe que sente orgulho dele, porque ele plantou aquele jardim e incentivou a mãe a cuidar das plantas.

Estude a Lua. Está bem próxima e rodeada por um halo cor-de-rosa. Seu namorado lhe diz que isso é uma ilusão de ótica, que ela só parece grande por causa do ângulo em relação à Terra.

Compare seu tamanho com o da Lua.

E à noite, quando você for levada novamente para o andar de cima e mais um dia terminar, recuse-se a deixar seu namorado dormir na cama de armar. Diga-lhe que quer ser abraçada e não tenha medo de ele não querer porque, se ele diz que sim, é porque a ama, e isso é tudo que importa. Entrelace suas pernas com as dele. Ouça-o dormir, ouça sua respiração suave.

E quando ouvir um ruído, como o vento batendo em uma pipa e chegando cada vez mais perto, como as pás de um moinho girando lentamente, diga:

– Ainda não, ainda não.

Continue respirando. Apenas siga fazendo isso. É fácil. Inspira, expira.

Quarenta

A luz começa a voltar. A escuridão absoluta se dissipa nas extremidades. Minha boca está seca. A aspereza dos remédios de ontem à noite forra minha garganta.

– Oi – diz Adam.

Ele está de pau duro, desculpa-se por isso com um sorriso tímido, depois abre as cortinas e fica em pé diante da janela, olhando para fora. Atrás dele, as nuvens opacas e rosadas da manhã.

– Você vai passar anos e anos aqui sem mim – digo-lhe.

– Quer que eu faça café pra gente? – pergunta ele.

Como um mordomo, ele me traz coisas. Um pirulito de limão. Uma bolsa de água quente. Gomos de laranja cortados em cima de um prato. Outro cobertor. Põe pauzinhos de canela para ferver no forno lá de baixo, porque eu quero sentir o cheiro do Natal.

Como foi que isso aconteceu tão depressa? Como foi que se tornou mesmo verdade?

por favor entre na cama e suba em cima de mim com seu calor e envolva-me com seus braços e faça isso parar

– Mamãe está montando uma treliça – diz ele. – Primeiro foi um jardim de ervas, depois rosas, e agora ela quer madressilva. De repente vou lá dar uma mãozinha quando seu pai vier sentar com você. Tudo bem?

– Claro.

– Não está com vontade de ir sentar lá fora hoje de novo?

– Não.

Não tenho ânimo para me mexer. O sol perfura meu cérebro e tudo dói.

um louco psicopata manda todo mundo para um descampado e diz vou escolher um de vocês só um de vocês entre todos vocês para morrer e todo mundo começa a olhar em volta e pensar é muito pouco provável que seja eu porque somos milhares aqui então estatisticamente é totalmente improvável e o psicopata fica andando de um lado para o outro olhando para todo mundo e quando chega perto de mim ele hesita depois sorri e depois aponta direto para mim e diz é você e para mim isso é um choque mas ao mesmo tempo é claro que sou eu por que não eu sempre soube que seria

Cal entra no quarto de supetão.

– Posso sair?

Papai suspira.

– Pra onde?

– Só sair.

– Você vai ter que ser um pouco mais preciso.

– Quando chegar lá eu te aviso.

– Isso não basta.

– Todos os outros podem sair pra qualquer lugar.

– Não estou interessado em todos os outros.

Que raiva maravilhosa quando Cal vai até a porta batendo o pé. Os pedacinhos de jardim em seus cabelos, a sujeira de suas unhas. Seu corpo capaz de abrir a porta com um safanão e batê-la com força atrás de si.

– Que saco, vocês são todos uns pentelhos! – ele grita, enquanto desce correndo as escadas.

Instruções para Cal

Não morra jovem. Não pegue meningite, nem Aids, nem qualquer outra coisa nunca. Seja saudável. Não lute em nenhuma guerra nem entre para nenhuma seita, nem vire religioso, nem dê o seu coração para alguém que não mereça. Não pense que você tem que ser bonzinho porque foi o único que sobrou. Seja mau o quanto quiser.

Estendo a mão para segurar a de papai. Seus dedos estão esfolados, como se houvessem sido esfregados em um ralador.

– Você se machucou?

Ele dá de ombros.

– Não sei. Nem reparei.

Mais instruções para papai: deixe Cal ser suficiente para você

Eu te amo. Eu te amo. Envio essa mensagem através dos meus dedos para dentro dos dele, pelo seu braço e até dentro do seu coração. Escute. Eu te amo. E sinto muito por deixá-lo.

Acordo horas depois. Como foi que isso aconteceu?

Cal está aqui de novo, sentado ao meu lado na cama cheia de travesseiros.

– Desculpa eu ter gritado.

– O papai falou pra você dizer isso?

Ele faz que sim com a cabeça. As cortinas estão abertas, mas inexplicavelmente a escuridão voltou.

– Você está com medo? – Cal faz a pergunta bem baixinho, como se fosse algo que ele estivesse pensando, mas não tivesse a intenção de dizer.

– Estou com medo de dormir.

– E não acordar?

– É.

Os olhos dele brilham.

– Mas você sabe que não vai ser hoje à noite, né? Quero dizer, você será capaz de saber, né?

– Não vai ser hoje à noite.

Ele descansa a cabeça no meu ombro.

– Odeio isso, odeio mesmo – diz.

Quarenta e um

A sineta que me deram faz muito barulho no escuro, mas eu nem ligo. Adam aparece, com os olhos turvos, de samba-canção e camiseta.

– Você me deixou sozinha.

– Desci neste segundo pra fazer um chá.

Não acredito nele. E estou pouco ligando para o seu chá. Ele pode beber a água morna da minha jarra se estiver desesperado de sede.

– Segura minha mão. Não solta.

Toda vez que fecho os olhos, eu caio. Uma queda sem fim.

Quarenta e dois

Todas as coisas estão iguais: a luz através das cortinas, o zumbido distante do tráfego, a água correndo pelo *boiler*. Poderia ser o dia de ontem repetido, a não ser pelo fato de o meu corpo estar mais cansado, minha pele mais transparente. Eu sou menos do que ontem.

E

Adam está deitado na cama de armar.

Tento me sentar, mas não consigo reunir energia suficiente.

– Por que você dormiu aí?

Ele toca minha mão.

– Você sentiu dor durante a noite.

Ele abre as cortinas da mesma forma que fez ontem. Posta-se em frente à janela, olhando para fora. Atrás dele, o céu está pálido e aguado.

fizemos amor vinte e sete vezes e dormimos juntos na mesma cama sessenta e duas noites e isso é muito amor

– Quer tomar café? – pergunta ele.

Eu não quero estar morta.

Não fui amada desse jeito por tempo suficiente.

Quarenta e três

Minha mãe passou quatorze horas em trabalho de parto para eu nascer. Foi o dia de maio mais quente da história. Tão quente que eu não usei roupa nenhuma durante meus primeiros quinze dias de vida.

– Eu deitava você na minha barriga, e a gente passava horas dormindo – diz ela. – O calor era demais para fazer qualquer outra coisa que não dormir.

As lembranças, revisitadas, parecem charadas.

– Eu sempre levava você de ônibus pra encontrar papai no intervalo de almoço dele, e você ficava sentada no meu colo encarando as pessoas. Tinha um olhar muito intenso. Todo mundo comentava sobre o seu olhar.

A luz está muito forte. Um imenso facho entra pela janela e aterrissa na cama. Posso descansar minha mão no sol sem sequer me mexer.

– Lembra quando a gente foi a Cromer e você perdeu sua pulseira da sorte na praia?

Ela trouxe fotos, levanta-as uma por uma.

Uma tarde verde e branca fazendo guirlandas de margarida.

A luz do inverno, feito giz, no centro agropecuário municipal.

Folhas amarelas, botas sujas de lama e um balde preto orgulhoso.

– O que você pegou, você se lembra?

Philippa disse que a audição seria a última coisa que eu perderia, mas não disse que eu veria cores quando as pessoas falassem.

Frases inteiras traçam arcos pelo quarto, como arco-íris.

Fico confusa. Estou na cabeceira, e quem está morrendo é mamãe, não eu. Afasto os lençóis para olhar para ela e vejo que está pelada, uma velha toda enrugada com pelos pubianos grisalhos.

Choro por um cachorro, atropelado e enterrado. Nunca tivemos cachorro. Essa lembrança não é minha.

Sou mamãe trotando pela cidade montada em um pônei para ir visitar papai. Ele mora em um conjunto habitacional, e eu e o pônei entramos no elevador e subimos até o oitavo andar. Os cascos do pônei emitem um ruído metálico. Isso me faz rir.

Tenho 12 anos. Chego em casa do colégio e mamãe está em pé no degrau da frente. Está de casaco, com uma mala aos seus pés. Estende-me um envelope.

– Entrega isso pro seu pai quando ele chegar em casa.

Ela me dá um beijo de despedida. Fico olhando até ela chegar ao horizonte e, no alto da colina, como uma nuvem de fumaça, ela desaparece.

Quarenta e quatro

A luz parte meu coração.

Papai toma chá ao lado da cama. Quero dizer a ele que está perdendo seu programa matinal na TV, mas não tenho certeza se está mesmo. Não sei ao certo que horas são.

Ele também está fazendo um lanche. Cream crackers com molho picante e queijo cheddar maturado. Eu gostaria de querer isso. De estar interessada em sabor: na textura e na consistência crocante das coisas.

Ele larga o prato quando me vê olhando e segura minha mão.

– Linda menina – diz.

Digo-lhe obrigada.

Mas meus lábios não se mexem, e ele não parece me escutar.

Então digo: eu estava pensando agora mesmo naquela cesta de *netball* que você montou em um poste quando eu entrei para o time do colégio. Lembra como errou as medidas e pôs a cesta alto demais? Eu treinava tanto nessa cesta que no colégio sempre arremessava longe demais, e eles me tiraram do time de novo.

Mas ele tampouco parece escutar isso.

Então continuo.

Pai, você jogava *rounders* comigo, mesmo detestando esse jogo e querendo que eu jogasse críquete. Aprendeu a colecionar selos porque eu queria fazer isso. Passou horas e horas sentado em hospitais e nunca, nem sequer uma vez, reclamou. Escovou meus cabelos com mãos de mãe. Desistiu do trabalho por minha causa, desistiu dos amigos por minha causa, desistiu de quatro anos da sua vida por minha causa. Você nunca deu um gemido. Quase nunca. Deixou eu ficar com Adam. Deixou eu fazer as coisas da minha lista. Eu abusei. Querendo, sempre querendo tanto. E você nunca disse:

– Chega. Agora pára.

Já faz algum tempo que eu queria dizer isso.

Cal me espia de cima.

– Oi – diz ele. – Tudo bom?

Pisco os olhos para ele.

Ele se senta na cadeira e me examina.

– Você não consegue mais falar mesmo?

Tento dizer a ele que sim, é claro que consigo. Ele é burro, por acaso?

Ele suspira, levanta-se e vai até a janela.

– Você acha que eu sou novo demais pra ter namorada? – pergunta.

Respondo que sim.

– Porque vários dos meus amigos têm namorada. Na verdade eles nem saem. Não exatamente. Ficam só mandando torpedos um pro outro. – Ele sacode a cabeça, incrédulo. – Eu nunca vou entender o amor.

Mas acho que ele já entendeu. Melhor do que a maioria das pessoas.

Zoey diz:

– Oi, Cal.

– Oi – responde ele.

– Vim me despedir – diz ela. – Quero dizer, eu sei que já me despedi, mas quis vir me despedir de novo.

– Por quê? – pergunta ele. – Aonde você vai?

Gosto do peso da mão de mamãe sobre a minha.

Ela diz:
– Se eu pudesse trocar de lugar com você, eu trocaria, sabe.
Então ela diz:
– Eu só queria poder salvar você disso.
Talvez ela ache que não consigo escutá-la.

Ela diz:
– Eu poderia escrever um depoimento para uma daquelas revistas de depoimentos contando como foi difícil deixar vocês. Não quero que você pense que foi fácil.

quando eu tinha 12 anos olhei no mapa onde ficava a Escócia e vi que depois do Firth havia as ilhas de Orkney e eu sabia que lá haveria barcos que a levariam ainda mais longe do que isso

Instruções para mamãe

Não desista de Cal. Nunca se afaste dele, nem se mude para a Escócia de novo, nem pense que algum homem é mais importante. Se fizer isso, eu volto para assombrar você. Vou mexer os seus móveis, atirar coisas em você e deixar você apavorada. Trate bem papai. Sério. Estou de olho.

Ela me dá um gole de água gelada. Delicadamente, põe um pano frio sobre a minha testa.

Então diz: "Eu te amo."
Como três gotas de sangue caindo na neve.

Quarenta e cinco

Adam se deita em sua cama de armar. A cama range. Depois pára.

Lembro-me dele chupando meu seio. Não faz tanto tempo assim. Estávamos neste quarto, os dois na minha cama, e eu acomodei-o na curva do meu braço, e ele se aninhou junto a mim, e eu me senti como se fosse a sua mãe.

Ele prometeu vir até a beiradinha. Eu o fiz prometer. Mas não sabia que iria se deitar ao meu lado à noite como um bom escoteiro. Não sabia que doeria ser tocada, que ele teria medo de segurar minha mão.

Ele deveria estar lá fora na noite com alguma menina de belas curvas e hálito com perfume de laranjas.

Instruções para Adam

Não cuide de ninguém a não ser de você mesmo. Vá para a universidade, faça vários amigos, embebede-se. Esqueça as chaves de casa. Ria. Coma miojo no café-da-manhã. Mate aula. Seja irresponsável.

– Boa noite, Tessa – diz Adam.

Boa noite, Adam.

– Liguei para a enfermeira. Ela falou pra gente complementar a morfina com a solução oral.

– Ninguém vai vir?

– A gente se vira.

– Ela ficou chamando a mãe de novo enquanto você falava no telefone.

não paro de pensar em fogueiras em fumaça subindo no badalar enlouquecido de sinos e nos rostos surpresos de uma multidão como se algo lhe houvesse sido arrancado

– Posso ficar sentado com ela se você quiser, Adam. Vai assistir TV lá embaixo, ou dormir um pouco.

– Eu disse que não ia deixar ela sozinha.

É como apagar as luzes uma a uma.

a chuva cai mansamente sobre a areia e nossas pernas nuas enquanto papai dá os retoques finais no castelo e mesmo estando chovendo eu e Cal juntamos água do mar em um balde para encher o fosso e mais tarde quando o sol aparece colocamos bandeiras em cada torre e elas ficam voando e compramos um sorvete na barraquinha no alto da duna e mais tarde ainda papai vem se sentar conosco enquanto a maré sobe e juntos tentamos empurrar toda a água para longe para as pessoas do castelo não se afogarem

– Vai, Adam. Nenhum de nós vai conseguir ajudar se estiver exausto.

– Não, eu não vou sair daqui.

quando eu tinha 4 anos quase caí no poço de uma mina de estanho e quando tinha 5 o carro saiu da pista na auto-estrada e quando tinha 7 saímos de férias e a boca de gás do trailer explodiu e ninguém percebeu

passei a vida inteira morrendo

– Ela está mais tranqüila agora.

– Hm.

Ouço apenas uma fração das coisas. Palavras despencam em grotas, perdem-se por horas, depois tornam a subir voando e aterrissam no meu peito.

– Sou grato a você.

– Por quê?

– Por não ter ido embora. A maioria dos caras já teria corrido vários quilômetros.

– Eu amo a Tess.

Quarenta e seis

– Oi – diz Adam. – Você acordou.

Ele se curva e umedece minha boca com uma esponja. Seca meus lábios com um pano e passa um protetor labial neles.

– Está com as mãos frias. Vou segurar um pouco para elas esquentarem, que tal?

Estou fedendo. Sinto o cheiro dos meus próprios puns. Ouço o feio tique-taque do meu corpo se consumindo. Estou afundando, afundando na cama.

Quinze, levantar da cama e descer e é tudo uma brincadeira.

Duzentos e nove, casar com Adam.

Trinta, ir à reunião de pais do nosso filho e descobrir que ele é um gênio. Na verdade nossos três filhos são gênios: Chester, Merlin e Daisy.

Cinqüenta e um, dois, três. Abrir os olhos. Abrir os olhos, porcaria.

Não consigo. Estou caindo.

Quarenta e quatro, não estar caindo. Não quero cair. Estou com medo.

Quarenta e cinco, não estar caindo.

Pensar em alguma coisa. Não vou morrer se pensar no hálito quente de Adam entre as minhas pernas.

Mas não consigo me segurar em nada.

Como uma árvore que perde as folhas.

Esqueço-me até do que estava pensando.

– Por que ela está fazendo esse barulho?

– É o pulmão dela. O fluido não consegue escoar porque ela não está se mexendo.

– Que barulho horrível.

– O barulho é pior do que a coisa em si.

Será Cal? Ouço um anel sendo puxado, o chiado de uma lata de Coca.

– O que o seu pai está fazendo? – pergunta Adam.

– Falando no telefone. Está dizendo pra mamãe vir pra cá.

– Ótimo.

O que acontece com corpos mortos, Cal?

Pó, luz cintilante, chuva.

– Você acha que ela consegue ouvir a gente?
– Com certeza.
– Porque eu vinha dizendo coisas pra ela.
– Que tipo de coisas?
– Não vou te falar!

o *big bang* foi a origem do sistema solar e somente então a Terra se formou e somente então a vida pôde surgir e depois de passados toda a chuva e todo o fogo vieram peixes depois insetos anfíbios dinossauros mamíferos pássaros primatas hominídeos e finalmente seres humanos

– Tem certeza de que ela deveria estar fazendo esse barulho?
– Acho que está tudo bem.
– Está diferente de agora há pouco.
– Shh, não estou conseguindo escutar.
– Está pior. Parece que ela nem consegue respirar.
– Merda!
– Ela está morrendo?
– Vai chamar o seu pai, Cal. Corre!

um passarinho move uma montanha de areia um grãozinho de cada vez pega um grãozinho a cada milhão de anos e depois de movida a montanha o passarinho leva tudo de volta e é essa a duração da eternidade e é um tempo muito longo para se estar morto

Talvez eu volte como outra pessoa.

Serei a menina de cabelos despenteados que Adam conhece em sua primeira semana na universidade. "Oi, você também está no curso de horticultura?"

– Eu estou aqui, Tess. Estou bem aqui do seu lado, segurando a sua mão. O Adam também está aqui, sentado ali do outro lado da cama. E o Cal. A mamãe está vindo, vai demorar um minutinho só. Nós todos amamos você, Tessa. Estamos bem aqui do seu lado.

– Detesto esse barulho. Parece que está machucando ela.

– Não, Cal. Ela está inconsciente. Não sente dor.

– O Adam disse que ela conseguia escutar a gente. Como é que ela consegue escutar a gente se está inconsciente?

– É como estar dormindo, só que ela sabe que a gente está aqui. Vem sentar aqui comigo, Cal, está tudo bem. Vem sentar no meu colo. Ela está em paz, não se preocupa.

– Pelo barulho, ela não parece em paz. Parece um *boiler* com defeito.

Volto-me para dentro, e suas vozes parecem um barulho de água murmurante.

Instantes se sucedem.

Aviões se chocam contra edifícios. Corpos voam pelo ar. Trens de metrô e ônibus explodem. Radiação vaza das calçadas. O sol se transforma em um minúsculo pontinho preto. A raça humana morre, e as baratas dominam a Terra.

Qualquer coisa poderia acontecer agora.

Musse em pó na praia.
Um garfo batendo em uma tigela.
Gaivotas. Ondas.

– Está tudo bem, Tessa, pode ir. A gente te ama. Pode ir agora.
– Por que você está dizendo isso?
– Ela talvez precise de permissão pra morrer, Cal.
– Eu não quero que ela morra. Não vou dar minha permissão.

Vamos dizer sim, então.
Sim para tudo só por mais um dia.

– Talvez seja bom você se despedir, Cal.
– Não.
– Pode ser importante.
– Pode fazer ela morrer.
– Nada que você disser pode fazer ela morrer. Ela quer saber que tem o seu amor.

Outro instante. Mais um. Eu consigo mais um.
Um papel de bala vai subindo o caminho do jardim soprado pelo vento.

– Vai lá, Cal.
– Estou me sentindo um idiota.
– Ninguém está escutando. Chega perto e sussurra.

Meu nome em volta de uma rotatória.
Areia da praia coalhada de moluscos.
Um pássaro morto no gramado.
Milhões de vermes ofuscados pela luz do sol.

– Tchau, Tess. Pode me assombrar se quiser. Eu não ligo.

Um cabide entra em uma loja para comprar um chapéu.
Um camundongo mergulhado dentro d'água e imobilizado com uma colher.
Três pequenas bolhas de ar subindo à superfície, uma após a outra.

Seis bonecos de neve feitos de algodão.
Seis guardanapos dobrados como lírios de origami.
Sete pedrinhas, todas de cores diferentes, presas por uma corrente de prata.

O sol bate na minha xícara de chá.

Zoey olha pela janela e eu guio o carro para fora da cidade. O céu vai ficando cada vez mais escuro.

Deixá-los ir.

Adam sopra fumaça na direção da cidade lá embaixo. Ele diz: "Qualquer coisa poderia estar acontecendo lá embaixo, mas aqui em cima a gente não iria nem saber."

Adam acaricia minha cabeça, meu rosto, beija minhas lágrimas.
Somos abençoados.

Deixá-los todos ir.

O barulho de um pássaro voando pelo jardim. Depois nada. Nada. Uma nuvem passa. Novamente nada. A luz entra pela janela, cai em cima de mim, entra em mim.

Instantes.

Todos convergindo em direção a este.

Agradecimentos

Obrigada aos primeiros e melhores leitores: Megan Dunn, Brian Keaney, Anne Douglas e Nicola Williams.

Por sua generosidade (de espírito e de espaço), obrigada a Anne McShane.

Por sua pesquisa muito perspicaz, obrigada a Andrew St. John.

Obrigada a meus colegas escritores do Centerprise Literature Development Project, por seu apoio e incentivo constantes: Nathalie Abi-Ezzi, Steve Cook, Sarah Lerner, Eva Lewin, Anna Owen, Stef Pixner, Jacob Ross e Spike Warwick.

E obrigada a Catherine Clarke, por sua fé.

Este livro foi composto em Minion 10,5/15,1
e impresso pela Ediouro Gráfica sobre
papel pólen soft 80g para a Agir em setembro de 2008.